庫NV
2〉

パンドラ抹殺文書

マイケル・バー＝ゾウハー
広瀬順弘訳

早川書房

5826

THE DEADLY DOCUMENT

by

Michael Bar-Zohar

Translated by
Masahiro Hirose

Published 2006 in Japan by
HAYAKAWA PUBLISHING, INC.
This book is published in Japan by
direct arrangement with
MICHAEL BAR-ZOHAR.

目次

パンドラ抹殺文書

登場人物

ジェームズ・ブラッドリー……………主人公
シルヴィー・ド・セリニー……………フランス人美術学生
リチャード・ホール……………………大学院生
レオニード・ブレジネフ……………ソ連共産党書記長
ユーリ・アンドロポフ………………KGB議長
アレクセイ・カリーニン……………同第一管理本部本部長
アルカージー・スヴォーロフ…………同第一管理本部副本部長
ウィリアム・ハーディ………………CIA長官
ロバート・オーエン…………………同作戦担当次官
ハーバート・クランツ………………同情報担当次官
ジェフ・クロフォード………………同USSR部部長
ロジャー・タフト……………………同F3課課長
ジーン・アッカーマン………………同エージェント
ジェニファー・ソームズ……………シルヴィーの友人
ショーン・ブラニガン
ミセス・オショーネシー
　　……………IRAのメンバー
アグネス・ド・セリニー……………シルヴィーの母親
アントニー・コリンズ………………大学教授

プロローグ　パンドラ

黒いウールのスーツの上から白い厚手のコートをはおる。ボタンをとめる指先が小きざみにふるえる。クレムリンの時計台の鐘が七時を打った。モスクワの空は暗く重くたれこめ、小さなリビング・ルームの窓からのしかかってくるようだった。出かける時間である。最後にもう一度バッグの中身をたしかめ、頭のなかで指令をくり返す。深く息を吸い、ゆっくりと顔を上げる。

鏡の顔も視線を上げて見返す。とてもマタ・ハリを気取れる顔じゃないわね——彼女は心中嗤《わら》った。自分を嗤うことで、しだいに高まる緊張感を少しでもほぐそうとしたのだ。鷲のように鋭い目鼻だち、くぼんだ血色の悪い頬、小さすぎる口、くせのない金髪を頭のてっぺんでひっつめ、束ねた髪型——実際どこをとってもマタ・ハリの妖しい美貌とは縁がなかった。ごくあたりまえの顔である。というより、眼のまわりや口元にひろがる細かなしわがはっきり眼につき、年よりずっと老けてみえる。たった一つのチャーム・ポイント、美しい大きな茶色の眸《ひとみ》すら、心から笑うことがなくなってからすでに久しく、かつての黄金のような輝きを失ってしまっていた。いまはただ心中の不安とあきらめをうつし出すだけである。

まったく、スパイものの小説や映画というと、色とりどりに、しかも都合よく登場するなんとも魅惑的な女間諜たち、そんな一人では決してない。だがその点については、十年まえにCIAに加わったときから、現実は小説や映画とはちがうと、すでに知りぬいていた。目立たなければ目立たないほどよいのだ。名もない平々凡々な女にみえればみえるほど、任務は遂行しやすいことを経験は教えてくれた。カルロビ機関の崩壊のあと、彼女ひとりプラハを脱出できたのも、オーストリアの国境を警備している警官らに怪しまれずにすんだからだった。悲しげな眼をし、観光バスの最後部にぽつんとかけているどこにでもいるような娘など調べる必要はないと警官らは考えたのだろうが、じつは新型シュコダT76水陸両用戦車の青写真をテープで太ももの柔肌にとめていた。東ベルリンでも、ミュールダー機関の伝書使《クーリエ》だとはだれにも気づかれなかった。東ドイツの人民警察の文字どおり鼻先で受け渡しをし、張り込んでいる警官らのまえを平然と歩いて立ち去り、チェックポイント・チャーリー（C検問所）をまんまと通過した。そのときはライカ・レーザー光線照準器をくたびれたバッグに無造作にしまいこんでいたのだった。

もちろん、いまはあの頃とはまったく事情がちがう——アパートのドアを二重にロックし、ロビーへおりる旧式のエレベーターを待ちながら、彼女は思った。もうどこにでもいる名もない女を決めこんでいるわけにはいかない。大使館員という立場は、いやでも始終KGBの注意をひいてきた。かれらとて決して侮《あなど》れる相手ではない。米ソ文化交流担当のアシスタント・アタッシェ以外にも何かしていると感づかれている可能性は大いにある。ただ、第一線の秘密情報員《エージェント》であることを知られているおそれはまずなかった。彼女はおそらくソ連内で活動している最も重要なエージェントなのである。といってその任務――これも相手に悟られる確率はほとんど安心していられるほど低かった――はそれほどむずかしい仕事ではない。六カ月ごとに極秘のドロップ・ポイントで四回の受け渡しをするだけなのである。ドロップの相手に会うことも、その名前を知らされることもない。だいたい、名前があるかどうかもわからないのだ。ソ連情報機関の幹部といわれているこのモール（スパイ活動を始める前に、何年かかけて敵組織内における地位を確立し正体を完全に隠した秘密情報エージェント）は、実際には存在しないのかもしれない。いずれにしても、彼女には何の手がかりも与えられない。あるいは別のだれかが別のどこかでほんとうの接触をおこなっており、彼女はそのためのおとりを演じているだけなのかもしれない。そういう手も現実に使われないわけではないのだ。

エレベーターに乗り込むと、彼女は今夜の任務に神経を集中させようとした。両の手のひらが汗ばんでいるのにふと気づき、そんな自分に苛立ちをおぼえて、何も心配することなどないと心のなかでくり返す。前回の五月のときと同様に、うまくいくことはまちがいないのである。なにしろいやというほど練習させられたのだ。

きしみながら、エレベーターはぎくしゃくと下降しはじめた。そのとき彼女の部屋では電話が鳴っていたが、それはむろん彼女の耳には届くはずもなかった。

革命広場に、乗ってきた小型車をとめる。クレムリンの城壁の向こうに、明るい照明を浴びて壮大なスパスカヤ塔がそびえている。塔にちらりと視線を投げかけてから、まっすぐレーニン博物館に向かう。ふたたび雪が降りはじめ、街のドームや記念塔に静かに舞いおりる無数の雪片が美しい。博物館の広大なロビーにはいり、小さなクロークルームのまえで陽気に談笑しているロシア人や外国人招待客の列に加わる。白のシャギー・コートを脱いで預けると、らせん階段をのぼり、中二階へ行く。そこには文化相はじめ、ソヴィエトの高官がずらりと並んで招待客を迎えていた。モスクワはいま十月革命記念祭のさなかで、贅沢《ぜいたく》なレセプションがソヴィエト政府のさまざまな省庁で催され、各国の外交官やソ連指導者らは、この二、三週間ほど毎日といっていいくらいあちこちで顔を合わせるのである。

頭の禿《は》げあがったずんぐりした体軀の案内係に招待状を渡すと、案内係は朗々とした声で読みあげた。「アメリカ合衆国大使館、文化交流担当アシスタント・アタッシェ、ミス・エミリー・ホバース！」つくり笑いをうかべ、お定まりの社交辞令を口にしながら、彼女は歓迎の列のまえを通り過ぎた。左手のドアからすでに立ち去ろうとしている客たちの姿が眼にはいる。ほかのレセプションに向かうか、あるいは街で食事しようというのだろう。

それでも予想どおり、ウラジーミル・イリイチ・レーニン記念博物館の二十二の陳列室はどこも人でいっぱいだった。通りかかったウエーターのトレーから反射的にシャンパンのグラスをとり、人混みのあいだをかきわけるようにして進む。ペトルコフ作の若きレーニンのブロンズ胸像の下に、大使館の同僚のルイーズが待ち受けていた。微笑をかわし、さりげなくクロークの札をとりかえる。ときどきぶつかる知った顔に笑いかけながら、ガヤガヤとうるさい人立ちのあいだを、ふたたび縫うようにしてゆっくりと出口へもどる。博物館にはいって十一分後、彼女は再度クロークのまえに立った。カウンターの背後の猫背の老女は顔も見ずに、ルイーズの黒いみすぼらしいコートとよれよれのウールの帽子を彼女に渡した。ロシアふうに深々と帽子をかぶり、金髪をすっかり覆いかくす。丸石を敷いた広場を急ぎ足で横切り、地下鉄の革命広場駅へ、エスカレーターをくだる。そしてコムソモルスカヤ行きの地下鉄に乗ったとき、はじめてエミリー・ホバースは尾行されていないことを確信した。

数分後、コムソモルスカヤ広場に出る。ここはなんとも雑然とした印象の広場だった。古典的なコーニスが目立つレニングラード駅、帝政時代の過剰な装飾がうっとうしいヤロスラフ駅、モダニスト的な大ビルのカザン駅、そしてはずれにはレニングラーツカヤ・ホテルのスターリン好みの壮大なゴシック様式の尖塔がそそり立っている。さらにエミリーにとって好都合なのは、これら三つの大きな駅から何千という旅行者が吐き出されていることだった。のろのろと移動する人波を縫って進むひとりの黒いコートの女に注意を払う者など一人としていそうにない。エミリーはモスクヴィッチのおんぼろタクシーの一台をとめ、乗り込んだ。

「ゴスチーニツァ（ホテル）・ウクライーナ」申し分ないロシア語で行き先を告げる。中央アジアのキルギスかカザフ出身だろう、目尻の上がった運転手はうなずくと、無造作にアクセルを踏み込み、降りたての雪を忙しくかいている年配の女たちの一団にあやうく接触しそうになりながらスピードをあげた。

タクシーは人通りの少ないレールモントフスカヤ広場をつっきり、キーロフ通りをくだり、やがてジェルジンスキー広場に出た。運転手はただ単にクレムリンに接する混みあった大通りを避けようとしただけなのだが、広場のかなたに悪名高いルビヤンカ監獄の大きな建物がぼうっとうかびあがったときには、エミリーは思わず身震いした。新しい棟の上部三階の窓にはあかあかと照明がともり、いっそう不気味なものを感じさせる。KGBの本拠である。この、世界で最も情け容赦のない防諜組織は、いまこの瞬間も警戒態勢を敷いて彼女を監視しているのではないか、彼女が任務を遂行する寸前に抹殺しようと計画しているのではないか、という疑いが抑えようもなく頭をもたげてくる。またもまったく不条理な不安におびえる自分に苛立ち、エミリーはそれを振り払うように強く首を振った。うしろを振り返ってみても、尾行してくる車は一台もない。どこまでも平穏な道が延びているだけである。

チャイコフスキー通りのアメリカ大使館の横を通り、モスクワ川を渡ると、タクシーはホテル・ウクライナのすぐ手まえのタラス・シェフチェンコ埠頭でとまった。エミリーは料金を払い、ホテルへ足を踏みいれた。広大なロビーは、いつものように混みあっていた。ほとんどが視察旅行中の東ヨーロッパの役人である。そのあいだをかきわけて、ロビーを抜け、レストランにはいり、クツゾフスキー大通りに面した入り口から表へ出る。地方の党員らしいおのぼりさんの一団が、あきらかに初めての首都訪問とみえ、停留所でおとなしくバスを待っていた。その一団とともにバスに乗り、後部に一つ空席を見つける。バスは小さな半島状のルージニキ地区を完全に横切り、モスクワで最も古い区域、ザモスクヴァレチエにはいった。ゴーリキー中央公園の入り口に着くと、ほとんどの乗客が降り、園内の喫茶店やレストラン、展示館などに散っていった。ただエミリーだけがひとりいまバスが走ってきた道を引き返し、川のほうに向かって歩く。やがて街灯の薄明かりのなかに、この日の長い隠密行動の目的地点がようやく見えはじめた。クリムスキー橋である。

胸の鼓動が激しくなる。何分かすればすべて終わることとなのだ。本能的な焦《あせ》りから、足が速まろうとするのをどうにかこらえ、しっかりと落ち着いた歩調を保つ。注意深くあたりを横目で見たが、急ぎ足ですれちがっていった二、三人の通行人のほか、橋に人影はない。ついに橋の上まで来た。右手をバッグに入れる。バッグには外交行嚢《がいこうこうのう》でワシントンから送られてきたものがはいっていた。その包み紙をすばやくとると、表面がでこぼこでざらざらの石塊状の物体が出てきた。

あと十歩ほどである。ドロップ・ポイントが見つかった。石の欄干《らんかん》の、歩道の上一フィートほどのところに、長方形に近い割れめが口をあけていた。エミリーはその割れめのまえまで行き、立ちどまった。心臓が早鐘のように打つ。かがんで靴のぐあいをみるようなふりをしながら、彼女は手をのばして〝石〟を割れめに押し込もうとした。

そのときだった。めくるめくような衝撃が彼女をおそった。叫び声と同時に走り寄る足音がきこえ、声をあげる間もなくだれかにうしろから押さえつけられた。手が彼女の手首を締めつける。〝石〟を川に投げ込むこともできなかった。エミリーはぬれた歩道に押し倒された。ショックで軀《からだ》がしびれ、悲鳴が声にならない。見上げると、五、六人の男たちが彼女をとり囲んでいた。だいたいが私服姿の若い男たちで、手首をつかんでいたひとりがぐいと彼女を引き寄せる。その赤ら顔は汗でぎらつき、吐く息はむかつくような強いタバコのにおいがした。エミリーは刃向かおうとしなかった。もはや遅すぎるのだ。立つよう命令され、力なく従う。ひざががくがくふるえる。ソ連防諜エージェントの一団、スメルシュにドロップの現場を押さえられ、いつも恐れていたこと、くり返しくり返しうなされてきた血も凍りつくような悪夢が、まさに現実となったのである。あとできることはただ一つ――まだ近くにひそんでいるかもしれぬドロップの相手に警告を発することだった。

「放して!」とても自分のものとは思えぬかん高い声で、エミリーは叫んでいた。「わたしは外国人です! 外交官なんです! 外交特権があります!」

橋の反対側で、やや猫背の長身の男が電話ボックスにはいった。アメリカ大使館政治部二等書記官の直通番号をまわす。「北京レストランですか？」

「番号違いです」書記官は答え、電話を切った。そして彼のオフィスで待機していたほかの二人を見上げた。

「見張りからだ。エミリーはつかまった」

午前二時数分まえ、大型高級車ジルがたった一台、ニコルスカヤ門からクレムリン内にはいった。最高会議議場沿いの小道を通り、行政ビルの正面玄関まえで静かにとまる。中肉中背の男が、褐色の革のアタッシェケースを手に車から姿を見せた。きびしく冷えこんでいるというのに、オーバーも着ていなければ帽子もかぶっていない。「ここで待っててくれ」車のフロントシートにかけている二人の男に言った声には、命令しなれている者のさりげない威厳がこもっていた。

「かしこまりました、同志アンドロポフ」男の一人が答えた。

KGB議長ユーリ・アンドロポフは、すみやかに建物内にはいった。疲労から重たげな眼をした二人の警衛勤務中の士官が、あわてて気をつけの姿勢をとる。そこにはもう一人、疲れのないすっきりした顔の陸軍少佐がいて、こちらはきびきびと敬礼すると言った。

「書記長がお待ちです、同志。ご案内しましょう」

アンドロポフはうなずいて少佐に従い、迷路のような廊下を進んだ。エレベーターがふたりを五階へ運ぶ。アンドロポフの着ている服は一応黒のダブルのスーツではあったが、シャツはよれよれ、ネクタイは曲がり、白髪まじりのブロンドのうすい頭髪は乱れ、青白い顔には無精ひげがのびている。エレベーター内にいるあいだに彼は二度、ブルーの大きなハンカチをズボンのポケットからとり出し、ひたいににじみ出る冷や汗をぬぐった。

ふたりは、廊下にそって配置されている武装した衛兵たちのまえを、つぎつぎに足早に通りすぎた。アンドロポフは前方を凝視していたが、生気のない眼は何を見ているわけでもなく、衛兵らの敬礼に一度もこたえなかった。やがて、気むずかしい顔をした黒い服の年配の女が近づいてきて、ふたりの先頭に立ち、豪華な調度の部屋や控えの間をいくつも通りぬけて、奥へと導いた。ようやく重厚なオークのドアのまえに出ると、その陰から若い男の秘書が現われた。「こちらへどうぞ、同志アンドロポフ」

ブレジネフの執務室はいたって小さく、びっくりするほど簡素だった。毛足の粗いウズベク製のカーペット、レーニンの小さな肖像画をはさんで書棚が二つ、デスクもごくふつうの大きさで、まわりに革張りの肘掛け椅子が二、三配してある。そして奥のすみに使い古したソファーが一つ。わずかに、赤の広場のはずれにそびえる聖ヴァシリー寺院と、そのたまねぎ型のドームごしにひろがる壮大な光景が、ややぜいたくな雰囲気をかもしだしているだけである。

ブレジネフ自身は、デスクの背後の時代遅れの肘掛け椅子に、どっかりと腰をすえていた。ネクタイはつけず、シャツの襟のボタンをはずし、日に焼けた毛深い胸元をのぞかせている。アンドロポフがはいっていっても、立って迎えようとはしなかった。夜も遅いため、力強い顔にも、病と疲労の無情な影が色濃くにじみ出ていた。しわのよった眼の下の肉が重たくたるみ、コーチゾンを大量に服用しているせいで、頬とあごが不自然にむくんでいる。しかしながら、好戦的につき出た上唇の両側の、深くきざまれたしわは、野獣のように奔放な精力を明白にものがたり、疲れた幅広い顔に、水平に口をあけた割れめのような両眼も、血走ってはいても、いつもと変わらず鋼鉄のように冷ややかで油断がない。よくひびく低い太い声には、依然ひとを圧する威厳があった。

「さてと、ユーリ・ウラジーミロヴィッチ、見せてもらおうか」何の前置きもなく、吼《ほ》えるように言うと、ブレジネフは大柄な軀をやや大儀そうに起こし、デスクから身をのり出した。アンドロポフは無言でアタッシェケースをあけ、数時間まえに部下がエミリー・ホバースから押収した〝石〟をとり出した。そして説明しようとアンドロポフが口をひらいたとき、今度はグレーの服を着た年配の女がはいってきた。女は丁寧《ていねい》に頭をさげ、デスクのはずれに腰をおろして、速記ノートと鉛筆を用意した。アンドロポフの表情は変わらず、淡いブルーの眼も冷静で、新たな同席者に特別な関心は示していなかった。しかし、共産党書記長との内密の会合に速記者が呼ばれるというのは、これが、彼の命運にかかわる重大な会合であることを意味した。ブレジネフは問題の扱いに慎重を期して速記者を呼びよせたのである。それを知っているアンドロポフは、今夜は命を賭して闘わなくてはならないと、内心覚悟した。

だがブレジネフに向かって、模造石をあらゆる角度から示すアンドロポフの長い指の正確な動きには、そんな様子はまったく見えない。声も平静で落ち着いていた。「アメリカで製造されたプラスチックで、クリムスキー橋の欄干の石の完璧な模造品です」説明しながら、アンドロポフはまがいものの石をすばやく二つに割り、なかから注意深く二、三の物品をとり出して、デスクの上に並べた。「R7超小型特殊カメラ。われわれが文書用に使っているものとほぼ同じ代物《しろもの》です。B19小型カメラ用フィルムが二本。B19カメラのほうはもう問題の人物の手にはいっているものとみえます。それに紙幣が十万ルーブル。使い古しの札ばかりで、非常に狭いスペースに詰めこめるよう小さく丸めてあります。そして暗号での指示が二件、それぞれ別の文書に」

ブレジネフは上着の折り襟で眼鏡をぬぐい、鼻の先にかけなおした。そして二枚の薄手の紙片をとりあげると、不可解な一連の文字と数字を一瞥《いちべつ》した。

「暗号を解読したと言ったな？」

アンドロポフはうなずいた。「防諜部が解読しましたが、かなり手間がかかりました。これがそうです」彼はアタッシェケースからタイプで打った一通の書類をとり出し、ブレジネフに手渡した。それには斜めに赤い線が一本はいっていた。書記長は長い時間をかけ、タイプの文字を追った。むくんだ大きなあごがひきしまる。やがてブレジネフは、書類から眼を離さずに言った。

「これがどういうことかわかるな、ユーリ・ウラジーミロヴィッチ」

アンドロポフの青白い顔が、はっきりと青ざめた。「はい」彼は低い声で答えた。

「じゃ、どういうことだ？」いきなりかみつき、ブレジネフは大きなこぶしをデスクにたたきつけた。「言ってみたまえ！」

アンドロポフはおもむろに口をひらいた。「暗号文書の質問と指示から判断しますと、これを……これを受けとるはずだった人物はKGBの高官ということになります」

「どの程度の高官だ？」

アンドロポフはごくりと生唾をのんだ。「非常に高い地位にある人物だと思います、書記長」

「KGB最高幹部十二人のうちの一人ということもありうるということか？」ブレジネフは、蛇に見込まれた蛙《かえる》同然のアンドロポフを思いのまま料理することに、病的な快感を味わっているようだった。

「そういうことです。はい、書記長」

「で、問題の人物がだれであるか手がかりは？」

「何もございません、書記長」

「つかまえたアメリカ人の女はどうだ、何か聞き出せたか？」

アンドロポフは咳払いをした。「いえ、何も。ドロップの相手の暗号名すら知らんのです。ただの伝書使にすぎません」

「どうやってその女に目星をつけた？」

KGB議長は椅子のなかでもぞもぞと窮屈そうに軀を動かした。「先月からずっと監視しておったのです。アメリカ側が何か企んでいるとの漠然とした徴候を第二管理本部がつかんで、要注意人物のリストのなかの最も怪しい者六人を昨夜尾行しまして――」

「たまたま幸運にめぐまれたというだけのことか」ブレジネフはつぶやいた。

アンドロポフは答えなかった。

ブレジネフはふたたび椅子の背にもたれると、首を片側にかしげ、眼を半びらきにしてアンドロポフを見守っていたが、「きみはKGBの議長を何年やってる？」と、だしぬけにたずねた。

アンドロポフはひたいの汗をぬぐった。「十二年です」

「十二年」ブレジネフはゆっくりとくり返した。眼に見えない観衆の反応をたしかめようとでもするように、右を見、左を見る。「十二年。それだけ長いあいだ議長をしていながら、自分自身の組織にスパイが、裏切り者が存在していることにまったく気づかなかった!?」

アンドロポフは抗議するように言った。「書記長、問題の人物は、それほど長いあいだ活動してたとは、わたしにはどうしても思えんのです」

ブレジネフは、苛立たしげに手を突きだしてさえぎった。「わかった、わかった。とにかくきみは、問題の人物を前任者から受けついだか、あるいはCIAがきみの鼻先にこの人物を送り込んだか、そのどちらかということだ。どちらにしても、これはきみの地位にかかわる問題だ、同志。いや、それだけではおさまらん」ブレジネフは、依然手にしたままの文書に、もう一度ちらりと眼を向けた。「ああ、とてもきみがクビになるだけではな」

だがアンドロポフも、簡単にはひきさがらなかった。彼は現在の地位について以来、すでに二度の政変を生き抜いてきた。ブレジネフにしろだれにしろ、政治家などとてもたちうちできぬくらい、ソヴィエトの権力構造の実体をつかんでいるのだ。窮地に陥っても、彼の巧智は常になんとか抜け道を見いだしてきた。そしてこのときも、ふとそれが頭にうかんだのである。ブレジネフにとって何よりも脅威であるグスノフの名前である。もしこのスパイ事件が、グスノフをはじめとするタカ派連の耳にはいったら、連中がブレジネフの頭の皮をねらって吼えはじめることはまちがいなかった。つまり、これは、政治家ブレジネフの地位をもおびやかす問題なのだ。アンドロポフは書記長にも少し冷や汗をかいてもらうことにした。

「そうですね、デタント、SALT会談、穀物協定などもこれで消滅ということになるかもしれませんね」アンドロポフは、やっと聴きとれるくらいの低い声で言った。

ブレジネフの眼が鋭く光る。「どういうことだ?」

「つまり、この問題が政治局に持ち出されますと、これはまさにグスノフ一派が待ちに待っていた事態ということになります。かれらの主張がずっと正しかったことを証明しますからね。アメリカ人というのはそろって悪党で、われわれに対してスパイ行為をおこない、デタントにつけこんでわれわれを安心させ、最後にわれわれに強烈な一撃を加えようというのだ、という主張が正しいことになります。グスノフはご存じでしょう？　現在のわが国の対外政策を糾弾するために、この一件を利用しないはずはありません。そうなりますと、書記長、現政策の生みの親のお一人である書記長ご自身のお立場が、非常に微妙なものとなるのではないでしょうか？」

ブレジネフは椅子に沈みこみ、眼をとじた。太くて短い農夫の指が、椅子の肘掛けをつかむ。そのまましばらくのあいだじっと動かなかったが、やがて立ちあがり、軽くうなずいて速記者を去らせた。「それで、きみとしてはどうするつもりなのだ？」

「朝いちばんにKGBの最高会議を召集しようと思います」アンドロポフはいくらか冷静さをとりもどして答えた。「すべてを幹部全員に話します。かれらのなかにモールがいるという確証をつかんだ、それがだれであるかわからないときは、全員に責任をとってもらう——そう言います。そうすれば、全員が互いに暴きあうことはまちがいありません」

ブレジネフは疑わしげな視線を向けた。「それでだれがモールかわかるというのか？」

「わかります。まちがいありません」アンドロポフはきっぱりと言った。「自分の命を守るためには、だれだって必死になりますから」

「いままさにきみがやってるようにかね？」ブレジネフはあてこすりを言った。「いいだろう。その線で試してみよう。ただちにかかりたまえ」

アンドロポフはデスクの上のスパイ用具をすばやく集め、元どおりアタッシェケースにおさめると、ブレジネフのまえを辞した。そしてドアを出ようとして振り返った。「つかまえた女はどうしましょう？」

ブレジネフは深いため息をもらした。壁から壁へ、ぼんやり視線をめぐらす。「どうするといっても、たいしたことはできんだろう。外交特権も持っていることであるしな。それにいまは、スパイを裁判するのにふさわしい時期ではない。所持品いっさいも含め、写真をとっておくんだな」

「もうとってあります」アンドロポフは即座に答えた。

「けっこう。それから、なんとか自白をとることだ。おそらくすぐに吐くだろう。そしてあすの夜までに国外に追放するんだ」

ブレジネフは、出ていこうとするアンドロポフの肩に肉厚の手をかけ、ぐいと向きなおらせると、顔を相手に触れんばかりに近づけた。「売国奴をわたしのところへ連れてくるのだ、アンドロポフ」低く、歯をきしらせて言う。「さもなければ、グスノフが何を言おうと、容赦はしないからな。いいな。アンドロポフ」

うすいブルーの冷たい眼を不安げにしばたたかせ、アンドロポフは立ち去った。

それから二週間後のことだった。夕刻もおそくなって、アメリカ大使館政治部二等書記官の自宅アパートの電話が鳴った。受話器からきこえてきたのは、早口ではしょるような ロシア訛《なま》りの英語で、声はくぐもっていた。「赤い……アキレス……パンドラに……接近……」

書記官の自宅の電話を盗聴していたKGBチームは、さして苦労することなくその発信場所をつきとめた。コリゼイ映画館の裏、カール・マルクス通りの電話ボックスだった。だがKGB防諜部の車が二台駆けつけたときには、ボックスはすでに空だった。

海軍軍楽隊の『大統領賛歌《ヘイル・ツー・ザ・チーフ》』のはなばなしい吹奏が始まった。招待客二百人余りがいっせいに立ちあがる。ホワイトハウスの大舞踏場である。厳粛な足どりで大階段をおりてくる合衆国大統領と外国からの来賓を、盛大な拍手が迎える。二人の国家元首のまえは、非の打ちどころのない特別礼装の二人の海兵隊下士官が石のように顔をこわばらせて先導し、うしろには、正装のイヴニング・ドレスをまとった二人の夫人がつづいている。すくなくとも、華やかで仰々《ぎょうぎょう》しいこのお膳立ては、将軍には望ましい効きめをおよぼしてくれているようだ——大統領は、世に知られる微笑をふりまき、漫然と手をあげて歓声にこたえながら思った。真面目くさった面持ちで歩を運ぶかたわらの大柄な将軍にちらりと眼をやり、思惑どおりと確信する。ルイス・フランシスコ・サンタンデール・イ・ディアス将軍は、堂々たる体軀を得意げにそらし、盛りあがった肩に直接のっているような角ばった顔をまっすぐ前に向け、軍楽隊がかなでる勇壮な曲に合わせて丸々とした両手を前後に振り——じつに満足そうなようすだった。しかし、こわそうな漆黒の髪、幅の広い頬骨、そしてきらりと光る小さなブタのような眼という将軍の風貌は、どう見ても、従来の軍人のそれではない。そもそもは辺鄙《へんぴ》なインディオ村出身の徴集兵で、読み書きもできなかったといわれている。だがその奔放な能力と仮借ない統率力はたちまち上官らの認めるところとなり、それから何年もたたぬうちにクーデターを計画して、ついに前政権を倒した。そして今日《こんにち》では、血の気の多い将官たちを擁する軍をたくみに操り、その手腕によって国の安泰は今後何年間も保証されたとみられている。さらに、今回のアメリカ政府との交渉にのぞんでは、非常に有利な経済軍事一括援助を約束させるという抜け目ない一面も見せた。

ご満足なはずだ、サンタンデールはいいことずくめだからな――ゲストとともにようやく中央のテーブルについた大統領は、オードブルをつまみながら思った。アメリカは将軍のために、南米の国家元首向けの完璧なパッケージ・ツアーを用意した。つまりホワイトハウスの庭園でのレセプション、演説、国歌吹奏、軍の栄誉礼、大統領執務室《オーバル・オフィス》でのトップ会談、そして新規開発借款と援助計画の公式発表というフルコースである。将軍の統《す》べる共和国の戦略上の位置は、アメリカにとって死活的に重要で、サンタンデール政権の安定は部下の将官らの忠誠の上に成り立っていた。援助のかなりの部分がそれらの将官らの秘密口座にやすやすと流れこんでいくとわかっていながら、合衆国は多額のドルを注ぎこむしかないのである。

しかし、このディナーさえすませば、あとはもう、このサンタンデールの来訪も不快な思い出の一つとなるだけだった。思いなおした大統領は、右どなりの席の将軍夫人にふと眼をやった。とたんにまたしても、うずくような当惑が大統領の心にひろがったのである。

鳶色の髪、グリーンの眸のセニョーラ・グラシエラ・サリータ・サンタンデールは、びっくりするほど若く、あきれるくらい美しい。そしてあきらかに、自分のチャーム・ポイントを見せつけることに大変熱心なようだった。なかば露出した胸の、挑発的な谷間をこっそり横目で見て、大統領はひそかにため息をもらした。どうやらセニョーラ・サンタンデールのローブデコルテが今夜の最大の頭痛のタネとなりそうだな、と大統領が心中苦笑いした理由は、セニョーラ・サンタンデールにはおそらく思いもよらないことだった。

大統領のそうした心のなかをそっくり見すかしたように、セニョーラ・サンタンデールが、大統領に向け、ふっくらしたあでやかな唇をつき出し、つややかな長いまつげをさりげなくゆらめかせた。しかし、大統領が心配する頭痛のタネというのは、彼女の魅力あふれる肉体ではなかった。どちらかというともっとつまらないことなのだが、それでもやはり気になるのである。ディナーのあとのダンスでは、立場上最初の曲は将軍の夫人を誘わなくてはならない。ダンスの曲がどれだけ古くさいもの——甘ったるいワルツであろうと、お定まりの『二人でお茶を』であろうと、そしてそれをどんなに控えめに踊ったとしても、セニョーラのむき出しの肩や背中は抱かなくてはならない。このまえ同じようないでたちの、外国からの賓客と踊った際、目ざといカメラマンがいて、大統領がパートナーのしっとりした肌に手をおいているところを写真にとったのである。全国の数百におよぶ新聞社がそれを引き伸ばし、〈スキンシップ外交〉とか、〈友好のきずなは大統領自らの手で〉といった見出しでその写真を載せた。これが中西部や南部で手痛いイメージダウンとなったのである。「裸同然の女とダンスしてすごす大統領なんて、ほんとに真剣に国政に当たっているとは思えないわ」と言うアトランタの母親もいた。そのあと大変な時間をかけてようやくイメージを回復したというのに、またまた同じことがくり返されようとしているのだ。

だが幸か不幸か、そういうことにはならなかった。すでにディナーもデザートにはいり、それもなかば片づいたとき、大統領は突然、一目でそれとわかる見慣れた男の姿を眼にしたのだ。舞踏場のはずれに、招待客らのテーブルからかなり離れて立ってはいるが、その姿は列席者のほとんど全員から丸見えだった。かろうじて苛立ちをかくした大統領は、席を立って、小声で将軍夫妻にわびを述べ、足早に舞踏場を出ると、階段をのぼっていった。くだんの男もそっとあとにつづき、数分ののちにはふたりはオーバル・オフィスにはいった。男が静かにドアを閉める。

とたんに、大統領の怒りが爆発した。「いったい何の用だというのだ！　気でもちがったとしか思えん！　あしたの新聞に写真を載せたいのか？　南米の腐敗政権はすべて、CIAが操っている何よりの証拠だと書きたてられたいのか？」

CIA長官ウィリアム・ハーディは、大統領のカミナリにもあまり動じるふうはなかった。「どうも大統領はマスコミの言うことに、あまりに気をお遣いになりすぎるように思われます」不遜な言葉だが、敬意のこもった言い方がそれを和らげた。長官はなだめるようにつづけた。「大変申し訳ありません。しかし非常にゆゆしい事態が生じまして、大統領のご裁断が必要になったのです」

大統領の怒りは、燃えあがったとき同様の速さで、たちどころにひいていった。専用の回転椅子に腰をおろした大統領は、デスクに両足をかけた。「よし、わかった。きみがあんなふうに突然現われるにはそれだけの理由があったはずだ。ほかにだれか呼んだほうがいいか？」

「いいえ、だれも呼ばなくてけっこうです。大統領とわたしだけで」ハーディは言って、すぐにつけ加えた。「とにかく、きょうのところは」

大統領はネクタイをゆるめ、礼装用ワイシャツの糊《のり》のきいた胸元にゆるくたらした。

「よし、どういうことだ、ハーディ？」

ニューイングランド出身のウィリアム・ハーディ長官は痩身で顔つきがいかめしく、白髪まじりの髪は短く刈りこみ、声は低いしゃがれ声である。長官は単刀直入にきりだした。

「ご存じのようにKGB指導部の最高幹部のなかに、われわれのエージェントが一人います。われわれはそのエージェントをパンドラと呼んでるんですが、二、三週間ほどまえに、下部のエージェントの一人が任務の遂行に失敗し、そのためにパンドラの存在がKGBに知られてしまったのです。しかし存在を知られただけであって、正体が暴かれたわけではありません。いま現在も、モスクワでは徹底的な調査が進められているはずです。そのパンドラから、モスクワ駐在のわたしの部下のもとに、昨夜緊急電話がはいりました。やはりKGB幹部の一人で、われわれのあいだでアキレスと呼んでいる男に正体を感づかれたらしい、至急助けてほしい、と要請してきたのです。それで、パンドラを救うための応急工作を至急認めていただきたいと思いまして――」

大統領は片手をあげた。「そのまえにだな、ハーディ、二、三の点をはっきりさせてくれ。パンドラとかいうそのエージェントだが、信頼できる男なのか?」

「百パーセント信頼できます。ここ数年われわれのためにずっと働いてきた男です。実際パンドラの価値は計り知れません。ことにいまは、SALTの第二次交渉を間近に控えていることですし」

「となると、救うといったがそれは、パンドラが現在の地位にそのまま残れるようにするということなんだな?」

「そのとおりです」

「言い換えるなら、パンドラに気づいたらしいアキレスを除去するということだ」

「除去する――ええ、そういうことです」

大統領はデスクの上のトレーに手をやり、とがった鉛筆を二、三本しばらくもてあそんだ。「どのくらい差し迫ってるんだ?」

「大変に切迫しています。パンドラはすでに非常時の行動に出ているのです。わたしの部下の自宅に、それも正体がばれてもしかたがないような肉声で電話してきています。ですから承認さえいただければただちに……」

大統領はあわてず、自分のペースで考えつづけた。「アキレスは問題のエージェントの正体を暴く具体的な証拠を何かつかんでいるのか？」

ハーディはすぐには答えず、しばらくしてからようやく、「いいえ」と、口をひらいた。「アキレスが証拠をつかんでいたら、パンドラの命はすでにないはずです。むしろ、証拠をつかみかけているといったところではないかと思います」

「で、そうした、パンドラの正体を示す証拠は、むろんどこかにあるのだな？」

「はい」ハーディは慎重に答えた。「そうした証拠は存在します」

「だったらその証拠を、ソ連の連中が見つけるまえに処分できれば、パンドラは救えるのではないのか？」

ハーディはあやぶむように肩をすぼめた。「それは何とも言えません」

大統領は眼をそらし、天井をじっと眺めているふうだったが、「ほかに救う方法はないのか？ パンドラをソ連から連れ出すとか――」

「それは最後の手段です」ハーディはゆずらなかった。「いまのままパンドラをソ連内に残すことができれば、われわれにとってどんなにプラスかわかりません」

大統領はうなずいた。「もちろんそうだ」椅子を立ち、窓ぎわへ足を運ぶ。そしてしばらくじっと考えこんでいたが、やがてハーディに背中を向けたまま言った。「するときみの計画は、アキレスをモスクワでできるだけ早く抹殺するということだな？」

「来週の末までには完了できると思います」ハーディは間髪を入れずに言った。「現地にはすでに人員がそろってますし、ソ連側に知られていない武器もあります。脱出のルートも整ってますから――チャンスは必ずあると思います」

「作戦は万全というわけか？」

「まさに万全です」

だが、返ってきたのは、皮肉たっぷりな大統領の声だった。「まさに万全です――きみの前任者の一人が、ジャック・ケネディを反カストロ勢力のキューバ上陸支持にひきずりこんだときに言った言葉とそっくり同じじゃないか。だめだ、ハーディ。きみはもっと目先のきく人間だと思っとったよ」

大統領は窓ぎわからもどり、CIA長官と面と向かいあった。その表情はかたく、けわしかった。「いったいいまの世の中をどう考えているのだ？」激しい口調だった。「いまは昔とはちがうのだよ、長官。世界はどんどん変わっているのだ。モスクワにいる人間が邪魔だからといって、モスクワへ出かけていってその人間を殺すような時代じゃない。きみが担当しているのは情報局《インテリジェンス・エージェンシー》であって、殺人結社とはちがうんだ。だからもっとインテリジェンスを活用して――人は殺さないようにしようじゃないか、え!?」

ハーディは唇を固く結び、一言《ひとこと》も発さなかった。大統領は苛立ちをかくさずネクタイを結びなおしはじめた。「その作戦は承認しない」大統領は断固とした口調で言った。「これは最終決定だ。たしかにときにはそれが避けられないこともある。それはわかってる。だが、すくなくともこの場合は、何かひとつでもまちがうと、破滅的なことになりかねない。もっと現実的なプランを立てて出なおしてきてくれ。やはり、パンドラの正体がわかってしまう証拠を、なんとかソ連につかまれるまえに処理するという線が妥当だろうな。わからんがとにかく、モスクワで邪魔な人間を殺すことだけが解決策ではないはずだ」

ハーディは立ちつくしたまま、しばらくじっと動かなかった。それからようやく口をひらいた。口調はためらいがちながら、眼は奇妙に挑むような光をおびていた。「もう一つだけ方法があります。ある意味では、証拠をなんとかするという線に沿うと思いますが、しかしこれは非常に危険な選択です。いまさっき申しあげた方法より、さらに血なまぐさいものになるかもしれません」

「どんな方法だ?」大統領はきいた。

ハーディは数分にわたって詳細を説明した。説明が終わると、ふたりともしばし黙りこくった。

大統領は疑わしそうな眼つきで、長いことハーディをじっと見ていたが、やがて部屋を行ったり来たりしはじめた。ひたいには深いしわをよせ、両腕を組み、考えこんでしまった様子である。

ハーディはぎごちなく身じろぎした。「いかがでしょう、いま申しあげた線にそって工作を開始すべきでしょうか?」

大統領は厳しい表情でハーディを見つめた。「いいだろう」ようやく口をひらいた大統領の声は、重すぎる荷を背負った疲れきった老人のように沈んでいた。「こんな話し合いはわたしは苦手だよ、ハーディ。この命令をくだすのはじつに遺憾だが、しかしときには、ほかにどうしようもない場合もある。とにかく、ソヴィエトの高官をわれわれのエージェントの手で抹殺する許可だけは、わたしにはどうしてもくだせない。政治的影響も考えなくてはならん。もしほかに方法がないのなら、その代案を進めるしかないだろう」

「では、文書で指示をいただけますでしょうか」

大統領の眼に、さっと怒りの色が走った。が、その怒りもたちまち消えうせ、大統領は肩をすぼめて応じた。「ああ、もちろん」大統領印の押された一枚の紙に軽くペンを走らせ、ハーディにデスクごしに手渡す。「それじゃ、これで用件は片づいたわけだな」ハーディは文書に慎重に眼を通してから、それをきれいに折りたたみ、ポケットにしまいこんだ。

大統領は大きく息を吸いこみ、胸をそりかえらせた。「さてと」と、これまでと口調が変わる。「そろそろ下にもどらなくてはならんだろうな」大統領は急にのどの奥で笑った。「せめて、もうダンスが終わってることを祈るよ」

ハーディは意味がわからず、きょとんと大統領を見つめた。「どういうことでしょう？」

「いや、こっちのことさ」大統領はにやりと笑ってみせた。ハーディは大統領につづいてオーバル・オフィスを出、人けのない廊下を進んだ。階段をおりようというところで、大統領がだしぬけに振り返った。「どうしていまの話にだれもほかの者を呼ばなかったのかね？」

ハーディの返事はささやきに近かった。「それは、モスクワにこちらのパンドラがいるのなら、むこうのパンドラがこのワシントンにいてもおかしくないと思うからです」

大統領はハーディを鋭く見た。そしてうなずくと、ハーディから離れて階段をおりはじめた。

舞踏場にもどりながら大統領は、いま署名したばかりの文書について考えつづけていた。彼の署名が何人かの人間に非業の死を宣告したことはまちがいないのだ。味方とはいえ一人のスパイ、自分の祖国を裏切ったたった一人の男を救うために、だれが、どこで、どのように殺されていくのだろうか——大統領は運命論者のように思うのだった。

第一部　シルヴィーの書

1 短剣

氷のように冷たい突風が、人影のないフリート通りを吹きわたり、猛烈な勢いでストランド街を駆けぬけていく。くたびれたトレンチコートを着たリチャード・ホールは、震えあがり、足どりを速めた。これほどうらさびしい、荒涼としたロンドンは、彼もめったに眼にしたことがない。鉛色にたれこめる空の下で、どの通りも閑散とし、人をよせつけまいとするよそよそしさを感じさせた。だが一月二日の朝である。ほかにどんな光景を期待できよう。たいがいの人間が、二日にわたるパーティーで、さんざん飲み食いしたばかりなのだ。酔いからさめ、元日もとうとう終わったのだと納得するまでには、まだ数時間はかかるにちがいなかった。リチャードはトワイニング紅茶の小さな店のまえを通りすぎ、テンプル門《バー》記念碑のある一角に出た。ヴィクトリア女王とエドワード七世の陰鬱な記念像の上にかまえる奇怪なグリフィン（鷲の頭とライオンの胴体に翼を持つ伝説上の怪獣）のブロンズ像がおどろおどろしい。一八七九年にとりこわされたテンプル門の跡につくられたこの記念碑よりは、古い門のほうが、リチャードには好ましく思われた。古い門の美しい正面の上部に突き出た忍び返しには、かつての君主たちが、犯罪者や反逆者らの血まみれの首を突き刺して鬼畜の行為を楽しんだといわれているが、それを勘定に入れても、まだいまの怪獣像よりはましだった。嫌いな一角を足早に通りすぎると、通りを王立裁判所の入り口のほうに向かって渡る。この裁判所も、針のようにとがった塔やドームの立ち並ぶ一群のうす汚れた灰色の建物で、彼の友人の建築家は〝ゴシック建築のペルシア市場〟と、軽蔑して呼んだものである。巡査が一人、見るからに防寒の役に立ちそうもないブルーの制服姿でちぢこまりながら、歩道を巡回していた。ついで左に折れ、リチャードはチャーンセリー通りにはいった。法律関係の書籍、文房具、それに法官や弁護士用のかつら、ガウンなどを売るこぢんまりしたヴィクトリア朝ふうの店の並びを通りすぎ、公立記録保管所《パブリック・レコード・オフィス》の入り口のアーチをくぐる。そして守衛に読者カードを見せ、ほどよく暖房のきいたうす暗い玄関ホールへとびこんだ。

リチャードは満足げに吐息をついた。彼がこの記録保管所の魅力にとりつかれたのは、十代の初めのある日、入り口近くの、十三世紀の礼拝堂を利用した小さな博物館をはじめておとずれたときだった。古い建物のほのかな照明に照らされ、かすかにきらめくガラスケースのなかに展示された史料の数々に、彼はむさぼるように見入った。大憲章《マグナ・カルタ》の最終草案、シェークスピアの遺言書、バウンティー号反乱事件報告書の原本、ブレンハイムの戦いに出陣中のマールバラ公からの急送公文書、ウエリントン公のワーテルローからのメッセージ、スタンリーとの出会いをつづったリヴィングストン博士の手紙……くり返しくり返し、新鮮な驚きにうたれながら、ショーケースからショーケースへ夢中でまわり、博物館で丸一日ついやした。それ以来歴史への興味に火がつき、その研究に情熱をかたむけてきたのである。大学院生として学位論文を執筆中のいまでも、過去を眼のまえにいきいきとよみがえらせてくれる、端の黄ばんだ古文書の魔力の、あいかわらずのとりこなのだ。したがっていまでは、この記録保管所の閲覧室はもちろん、いりくんだ回廊や廊下や階段にも、すっかりわが家のようになじんでいた。第一次世界大戦前数年間のイギリスと帝政ロシアの外交関係をテーマにした論文の下準備のため、ほこりにまみれた古いファイルを調べたり、数千点におよぶ文書に眼を通したりで、最近二年間はほとんどいりびたりなのである。きょうやってきたのも、毎年、年が明けると、機密扱いを解かれた膨大な量の文書がこの記録保管所の上階にまわされ、学者や学生が晴れてそれらを研究対象とすることができるからだった。重要公文書を保管する下の〝女王陛下の〟金庫室に、機密として厳重に秘匿されていた外務省の通信文や大使の報告書の束を、すこしでも早く眼にしたくて、矢も盾もたまらずアパートをとび出してきたというわけなのだ。

歴史文書閲覧室はがらんとしていた。先客はたった一人——黒い服の、がっしりしたやや太めの男で、すみの机に落ち着かぬ様子で座り、小さな黒っぽい眼を歴史文書係の席のほうにじっと注いでいた。その様子にはなんとなくこの場所にそぐわない違和感があった。ここへ来るようなタイプではない、そんな感じがするのである。文書番号はもう頭にはいっているリチャードは、黄色い閲覧申し込み用紙にすばやく書きこみ、文書係のデスクの木製の箱に入れた。箱のなかにはほかにたった一枚書きこまれた申し込み用紙がはいっているだけで、それはおそらくもうひとりの男のものにちがいなかった。この閲覧室の文書係は、白い頭髪もまばらなやせた小柄な老人で、眼の落ちくぼんだ顔は肉がそげおちている。顔見知りのリチャードを見ると、にっこりと笑みをうかべた。「元気ですか?」リチャードはやさしく声をかけた。

老文書係は何かつぶやいたが、ひどい訛りで、何を言っているのかさっぱりわからない。閲覧室の常連のあいだでは、だから、この老人は〝コックニー(ロンドン訛り)じいさん〟で通っていた。

リチャードは好意をこめ、老文書係の肩をたたいた。「新年おめでとう」ほんとにいいじいさんだと、リチャードはいつもの窓ぎわの席につきながら思った。ただ、この老人は稀代のうっかり屋だった。しょっちゅう頭のなかが留守になっていて、閲覧者に渡す文書をとりちがえるなど毎度のことなのである。だから、いま部屋にいるのはたった二人だが、きっとまたじいさん二人の閲覧申し込み用紙をとりちがえ、それぞれにまちがったファイルをよこすんじゃないか――リチャードはふとそう考え、ひとり微笑《わら》った。

壁ぎわのラジエーターからの暖気が心地よく、リチャードはセーターのそでを肘までまくりあげ、机の下にゆったりと足をのばしてくつろいだ。そこへ、左側から忽然《こつぜん》という感じでコックニーじいさんが現われ、彼の眼のまえにどさりと、ファイルされた一束の文書を置くと、二本抜けた歯並みをにっと見せて笑い、しゃがれ声で何やら言った。きわめて大ざっぱに推測するならば、「さあ、ごゆっくりどうぞ、ホールさん」と言ったらしい。そして、年が明けてからの初めての喜びをかみしめるリチャードを残し、老文書係はもどっていった。

見慣れた厚紙のカバーのなかの文書をたばねてある帯を、リチャードはもどかしげにほどいた。文書の大きさはまちまちで、印刷された二、三の回章をのぞけば、すべて手書きである。束のいちばん上の文書は、二隻のイギリス海軍巡洋艦の建造が遅れていることについて、海軍第一卿（海軍大臣に相当）がアスキス首相あてに送った覚書だった。リチャードはおやと思い、つづく文書にすばやく眼を通した。どれも海軍関係のものばかりで、彼の研究にはまったくかかわりがない。あらためて表紙の番号をたしかめると、リチャードの当惑の表情がゆっくり苦笑に変わっていった。じいさんめ、またやってくれたな！　もうひとりの閲覧者のファイルを持ってきたのである。

リチャードは顔を上げ、手を振って老文書係の注意をひこうとした。だがコックニーじいさんはデスクのかたわらに立ち、黒服の男に何やら一所懸命説明しているところだった。老人の言っていることがさっぱり理解できないようなのが、男の表情と手のいらだたしげなジェスチャーから見てとれた。リチャードはあきらめのため息をつき、ほどいた文書を整理しなおした。と、すりきれたキャンヴァス地の帯をしめたときである。何もないはずのカバーの裏表紙にはりついている分厚い紙片が指先に触れた。リチャードはファイルを裏返してみた。そこには、二つ折りの文書が一通、二個のクリップでとめてあった。ふつうでは考えられないことである。下の金庫室のだれかがあやまってとめたものなのだろう。クリップをはずし、紙片をひらいてみたリチャードはしばし信じられず、眼をしばたたいた。

イギリス諜報局長官アーチボールド・モンタギュー卿の署名のある、国王にあてた手書きの報告書だった。日付は一九一〇年十一月十五日。右上すみに、四十年間機密文書となっていたことを示す赤い検印があり、その下に赤インクで、〈情報局長官直接の指示により、機密文書扱い二十五年延長、一九五〇年十一月十五日〉とある。そして、さらにその下に、〈機密扱いを十年延長、一九七五年十一月十五日〉とあった。最後の記入はインクの色も濃く、書体もちがっていて、署名は判別できなかった。

あきらかにミスである。それも重大なものだ。不注意にもだれかが、この極秘文書を、機密扱い期限のきれるずっと以前に、制限を解除されたファイルに付けてしまったのである。すっかり興をそそられたリチャードは、文書を読みだした。驚くべき内容であった。このような文書を眼にするのは、生まれてはじめてだった。

とっさにリチャードは、この報告書を写しとってしまおうと決意した。紙を二、三枚と鉛筆を一本ブリーフケースからとり出す。この記録保管所のなかでは、ペンは使用禁止なのだ。が、リノリウムの床に足音がし、リチャードが顔を上げると、老文書係と黒服の男がリチャードのほうへ向かってきていた。老文書係は分厚いファイルをかかえ、黒服の男のほうは見るからに興奮していて、顔を紅潮させ、小さな眼は怒りで燃えている。文書の束がちがっていたとわかり、あきらかにとりかえにきたのだ。リチャードは突然の衝動にかられ、とり出していた紙のあいだに機密の報告書をこっそりすべりこませると、すばやくブリーフケースに押し込んだ。これまで、文書を盗むなどということは一度もしたことがなかった。もっとも、それほどの誘惑にかられたこともなかったのである。しかし、この機密文書は、たとえ紛失したことがわかったとしても、それと彼を結びつける者はいない——リチャードは心のなかで自分に言った。これは偶然外に出されたのである。それを見つけた彼がツイていただけのことなのだ。

老文書係と黒服の男が机まで来たときには、リチャードはすでに立ちあがっていた。「どうもこれ、ちがうみたいですね」リチャードはコックニーじいさんに無邪気な笑顔を向けて言った。「これはぼくの頼んだファイルじゃありませんよ」老人はリチャードの寛大な態度にほっとした様子でうなずき、何やらつぶやいた。黒服の男は鋭い眼つきでリチャードをにらみつけたが、何も言わない。ファイルが交換されると、老文書係はなんとかあやまちをつぐなおうと、どうしても黒服の男の机まで運ばせてくれといって、海軍関係のファイルをかかえていった。

新たにリチャードのまえに置かれたファイルの番号は合っており、なかの文書も彼が頼んだものにまちがいなかった。だが、それに対する興味のほうが急に雲散霧消してしまった。ブリーフケースに無事しまいこんだ極秘文書のことを考えると、リチャードは抑えようのない興奮をおぼえ、自分の研究はもうどうでもよくなってしまったのだ。ほとんど上の空でファイルの文書の内容をメモし、各文書の標題と日付を書きとって、なんとか十五分ほどついやす。そのあいだに、ときどき黒服の男に眼をやると、いつ見ても男は苛立たしげに、やたらにファイルをめくっていた。一度は黒服の男もリチャードのほうを振り向き、ふたりの視線がかち合った。その相手の視線に、リチャードはなにかしだいに強まる敵意——あるいは疑惑の表情を見たような気がした。その瞬間、ふと奇妙な考えがリチャードの頭をよぎった。ひょっとして、黒服の男はリチャードのブリーフケースのなかの文書をさがしているのではないか、という考えである。しかしリチャードはすぐにそれを否定した。この極秘文書のことは、だれも知りようがないのである。とはいえ、かすめとった重要書類をブリーフケースに入れて現場にいるスリルはもう充分堪能した気分だった。リチャードは立ちあがり、けだるそうに伸びをしてから、ファイルを老文書係にもどした。階段をおりかけると、反対に閲覧室へ向かう知り合いの学生たちと出会った。

通りは多少活気づき、ロンドンをすっぽり覆っている灰色の空からは、かすかに冬の薄日が、なんとか雲をつらぬいて射し込もうとしていた。リチャード・ホールは満足げにぶらぶらと家路についた。ときどき足をとめ、こぎれいに飾られたウインドーをのぞく。一軒のキャンディー・ストアでは大きな箱入りのチョコレートを買い、プレゼント用に包装させた。

道々、リチャードは何度かうしろを振り返った。しかし、タヴィストック通りのアパートまで巧みに尾行してきた男に、彼はまったく気づかなかった。

実をいうと、リチャードが突然帰りたくなったのには、もう一つ理由があった。ダブルベッドの羽毛ぶとんの下でものうげに身を動かし、ほっそりした両腕を出して伸びをすると、まだ眠そうに、「出かけたの？　きょうは何日？」と、かわいらしいフランス訛りできいた彼女がそれである。

シルヴィー。リチャードがこれまでにつきあったなかで最高にすばらしい娘だった。一週間まえのクリスマス・パーティーで知り合ったのだが、以来魅かれる気持ちはつのるばかりで、彼自身もあきれるほど夢中になっていた。ハンサムで面白くて、気のおけないリチャードが、これまでにつきあった女性はかなりの数にのぼる。かなり長く同棲した相手も二人いて、そのうちの一人とは一年以上もつづいた。しかし、持って生まれたイギリス人特有のシニシズム――何事にも一歩距離をおいて冷笑的な態度をとる性癖のおかげで、これまではどんな相手とも常にクールにつきあってきた。女と感情的にもつれた関係になったことなどは一度もなかったのである。そんな自分が気に入っていて、ときには、女たちが彼と結婚したいなどという妙な考えをいだかぬよう、彼女らのまえでそうした一面を自慢することさえはばからなかった。彼は大いに嘱望される若い歴史学者であり、学問の道が彼にとっては第一であり、それ以外のことはすべてその場かぎりの、ただの楽しい遊びにすぎないのである。ところが、友人のそのまた友人の家でシルヴィーと出会ってからというもの、持ちまえのイギリス人的シニシズムがすっかりきれいにあとかたもなく消えてしまったのだ。しかも、そんなだらしのない自分が少しも気にならないのだから驚きだった。彼は自分が恋におちたものと思い、そのことに満足していた。まったく、このフランス娘はちょっと特別なのだ。リチャードは、しかし、まだたいして彼女を知っているわけではなかった。

彼がシルヴィーについて知っているのは、美術を勉強中の学生で、パリの郊外に住む貴族の家系の旧家の一人娘だということ、そしてジェニファーというリチャードがなんとなく知っている娘と休暇をすごすためロンドンに来ているということぐらいだった。しかしシルヴィーは背が高く、ほっそりしたスタイルで、足はすんなりのび、ウエストはひきしまり、それでいて胸はふっくら、肩はやさしい丸みをおびている。まさに申し分ない軀つきなのである。さらにつややかな長い黒髪が、印象的な卵型の顔の輪郭《りんかく》をひきたて、大きなブルーの眼が美貌に輝きをそえている。まあこれだけなら、かわいらしい白磁の人形の顔とあまりかわらないのだが、ややつき出たあごとふっくらした唇が、なんともいえぬ清潔な色気をかもしだしているのだ。はじめてこのシルヴィーを眼にしたとき、リチャードはまずその美しさに魅かれた。だが頭の回転が速く、ひらめきが鋭いところ、人生をこよなく愛する姿勢などを知るにつれ、単なる性的欲求だったものがもっと真剣な、深い感情へと変わっていった。生まれてはじめてリチャード・ホールは、一人の女性を生涯離さずにいたい——そう思いはじめたのである。

羽毛ぶとんの下の心地よいねぐらから眠そうにリチャードを見守るシルヴィーの気持ち

は、しかし、彼のとは多少ちがっていた。たしかに嫌いではない。リチャードは感じがよく、頭もきれるし、気もきいた。一緒にいるとくつろげ、やすらいだ気分になれるのだ。しかもとてもハンサムだとも思う。ちょっとマイケル・ケインを若くしたような感じ。しかもベッドでの彼は驚くほどすばらしかった。いろいろ工夫をこらし、激しいセックスを豊かな、変化あるものにしてくれる。もう何回か、夢のような夜を重ねていた。最高のBF、と、さしずめジェニファーだったら言うところだろう。だがそれだけなのである。それ以上には気持ちが進展しなかった。もし一ヵ月まえにルネとパリで縁を切らなかったら、シルヴィーはリチャードにこうもやすやすと近づかせるようなまねはしなかったろう。シルヴィーは、一年ほどの恋を終えたあとの彼女には、まさにうってつけの相手だった。実際彼は、健康的なセックス、心からの笑い、あたたかい思いやりといった治療法を必要としていたのである。リチャードのおかげで、愛され、崇拝されているという気にまたなれたし、感情のバランスもいくぶんとりもどすことができた。しかし、それももうまもなく終わるのである。あす、シルヴィーがパリへの早朝便で発《た》つと同時に幕をとじるただの楽しい間奏曲として。

しかし、リチャードからチョコレートの箱を渡されると、シルヴィーは小さな女の子のようにはしゃいで手をたたいた。ふんわりした大きな枕をすばやくうしろに重ね、芋虫のようなしぐさで軀を起こすと、羽毛ぶとんが肩からすべりおち、乳房が丸見えになったが気にかけなかった。じれったそうに包みをとき、クリーミーな茶色のチョコレートを口に入れたシルヴィーは、うれしそうに眼をとじた。「うーん……おいしい《デリシュー》」愛らしい発音で言い、リチャードの口にも一つ入れてやる。「うれしいおみやげだわ」シルヴィーはたちまちむさぼるように箱半分をあけ、「リチャード、ダーリン、わたしコーヒーが飲みたい」と甘えて言った。

リチャードはにっこり笑って答えた。「もっといいものがあるよ」彼がキッチンに足を運ぶと、シルヴィーはしたり顔で微笑んだ。すぐに、栓をぬくなじみの音がきこえ、リチャードが小さなトレーを手にもどってきた。トレーにのっているのは、シャンパン、ドン・ペリニョンのボトルと、グラスが二つ。「一日のスタートにはこれがいちばん」リチャードは言った。

シルヴィーは大きくうなずいた。「サンモリッツで一度、ほとんどキャビアとシャンパンだけで、何週間か朝食を通したことがあるの。最高だったわ。一日じゅうふらふらするけど」気ままな朝食を共にした相手がだれなのかはきかなかったが、リチャードの眼に嫉妬の火花が散るのを、シルヴィーは見逃さなかった。ふたりは冷たくひえたシャンパンを味わいながら飲んだ。グラスが空《から》になると、リチャードが満たす。「どこへ行ってたの？」シルヴィーはきいた。

その言葉で、ついさきほどまでの興奮が、リチャードの軀じゅうによみがえった。「見せてあげるものがあるんだ」彼はブリーフケースをあけ、記録保管所から盗み出したばかりの文書をとり出した。「聴いて！」リチャードは文書を読み出した。一言一句ごとに、読む声にますます力がこもる。だが反応を見ようと顔を上げると、シルヴィーはまるで聴いていないのである。顔をほんのり赤く染め、唇をひらき、半分とじたまつげの奥で眼をきらめかせている。リチャードはかがみこみ、ふっくらした赤い唇にキスした。シルヴィーは満足そうにのどを鳴らし、身を沈め、腕をひろげた。リチャードのほうもキスするうちに昂《たか》ぶりはじめ、持っていた機密文書が指のあいだからベッドの端にすべり落ちる。じっと横たわるシルヴィーのかたわらで、リチャードはゆっくり着ているものを脱ぎ、ふとんをはいで、脈うちながら待ちうける敏感な軀を、そっと指先で愛撫しはじめる。ふたりはゆったりとやさしく愛し合った。が、ふたりの動きはしだいに激しさを加え、ついにふたりの内に張りつめていたものがはじけ、忘我のクライマックスに達する。そしてあとは心地よい疲労感がたゆたう。

ふたりは静かに横たわり、余韻を味わっていた。リチャードは消耗しつくした思いで、眼をとじた。シルヴィーのほうはあきらかにもう一度くり返したがってイニシアチブをとるのだが、こたえない。それでもなお彼女のあたたかい唇が肩をやさしく愛撫しはじめると、彼は眠そうにつぶやいた。「世の中にはがまんできないものが三つあるって、オーソン・ウェルズがよく言っていたよ。それはなまぬるいシャンパンに冷めたコーヒー、それに欲望過剰の女だって」リチャードはシルヴィーに背を向け、軽い眠りにおちていった。

シルヴィーはそんなリチャードの背中にしかめっつらをしてみせ、ベッドからおりて、となり合わせのバスルームにはいった。そしてドアをしめると、湯の栓をひねった。

さきほどリチャードが手にしていた極秘の報告書は、いまはどこにも見当たらなかった。リチャードの敷いている乱れたシーツと枕の下にはいりこんでしまっていたのである。

ドアの外からきこえてくる妙に耳ざわりな音に、リチャードははっとして目をさました。

「そこにいるのはだれ？」半分ねぼけた声できく。「シルヴィー、きみなのかい？」返事はなかった。かわりに、かすかな足音がきこえてくる。何者かがしのび足で、入り口の小さなホールを通りぬけてくるのだ。「おい、だれだ？」リチャードはベッドからとびおり、服に手をのばした。ドアが静かにひらき、二人の男がはいってきた。

リチャードはどぎもを抜かれ、ふたりを見つめた。ひとりは覚えがあった——記録保管所で先刻一緒だった黒服の男である。もうひとりは背の高い金髪《ブロンド》の男で、黒のタートルネックにグレーのスーツという格好だった。まばらな髪を一方になでつけているのは、あきらかに禿げている部分をかくそうとしてである。細い、白っぽいグレーの眼は無表情で、横にひきのばされた薄い唇はデスマスクの笑いをおもわせた。

「一体全体……」リチャードは言いかけて、自分が何も着ていないことに気づき、あわてて裸の軀をかくそうとした。黒服の男がリチャードの肩をつかんだ。「おまえがけさ盗んだ手紙、あれはどこだ？」黒服の男の発音には、外国人の強い訛りがあった。

「何の手紙だって？」ショックから抜けきらないリチャードは、口ごもりながら言った。

「いったい何の話？」

黒服の男は荒々しくリチャードを押しのけ、部屋をすばやく見まわした。机の上のブリーフケースを手にとり、中身をあけ、書類をすべて調べる。記録保管所の文書はなかった。

「どこだ?」黒服の男がくり返した。

そのとき、相棒のブロンドが、猫のようなすばやい身のこなしでリチャードに近づいた。その右手にはいつのまにか、やや長い細身の短剣《スティレット》が握られていた。「手紙はどこだ?」ブロンドはくいしばった歯のあいだから鋭い声で言った。「言わないと……」

迫りくる鋭い刃に眼をひきつらせたリチャードは、突然、この危険が本物であることに気づいた。うろたえてまわりを見まわす。が、問題の機密文書をどこへ置いたか、とっさには思い出せなかった。「どこへ置いたんだったか……」彼は力なく肩をすくめた。「どこか……どこかに置いたはずなんだが……」

「どこだ?」ブロンドが再度きいた。

リチャードは必死に思い出そうとした。だが頭は恐怖で混乱するばかりだった。「思い出せないんだ、どこに置いたか……」低くつぶやくように言う。「ほんとなんだ。この部屋のどこかに置いたはずなんだが……」

それが、リチャードの最後の言葉となった。ブロンドの男は、黒服の男とちらっと視線をかわすと、いきなりリチャードめがけて短剣を一閃させたのである。リチャードは口をひらきかけたが、短剣はのどを切り裂き、悲鳴は断末魔のうめきに変わった。のどの切り口から血が脈うって噴き出す。リチャードの裸身はうしろに倒れかかった。が、ブロンドは獲物を放さなかった。血の奔流を巧みにかわしながら、くずおれようとするリチャードの肩を左手で支えると、右手の短剣をこんどは思いきりリチャードの胸に突きたてたのである。それも、一度ならず何度も裸の軀を突きつづけた。リチャードの軀が痙攣《けいれん》しながら、手足をグロテスクにねじまげて床にくずれおちても、まだ手をゆるめようとせず、機械的に短剣を突きたてては引きぬくのだ。ブロンドの青白いひたいに小さな汗のつぶが浮き出て、しまいには息づかいまでがあえぐように荒くなった。その手を止めたのは黒服の男だった。黒服が何やら一声命令すると、ブロンドはようやく獲物から離れ、リチャードの裸身は血の海の真ん中に、捨てられたぼろ人形のように残された。

ブロンドは忘我の状態からゆっくり抜けだすと、シーツで短剣をぬぐい、腕の上部にくくりつけてある革ケースにおさめ、すでに部屋のなかを捜しまわっている黒服に加わった。手慣れた順序だったやり方で、ふたりは部屋じゅうの物をひっくり返していった。大きな書棚の本をすべてひろげて調べ、さらに机の上の研究資料の山を床に投げだし、一つ一つの文書を見ていく。ついで黒服の男はリチャードの服を調べ、財布を抜きとり、こんどはナイトテーブルの上の小さなバッグをとりあげる。捜していたものは見つからなかったが、黒服は両方ともポケットにしまいこんだ。ブロンドのほうは机や整理だんすの引出しの中身をやっきになって床にばらまいていた。そのなかにも、問題の文書はなかった。

焦りをつのらせながら、ふたりは壁紙をはがしはじめた。そのとき、ブロンドの鋭い眼が、右手でかすかに動くものをとらえた。ブロンドは黒服に身ぶりで合図し、それを指さす。バスルームのドアの把手《とって》がゆっくりまわっていた。ふたりは驚きの眼で顔を見合わせた――アパートにはまだほかにだれかいたのである。

黒服の男は一瞬ためらった。若者は独り暮らしで、簡単に片がつくものと思い込んでいたのだ。が、ほかにもまだいるとなると、ことはめんどうになる。へたをすると足がつくおそれもある。黒服はブロンドに眼を向け、首をドアのほうへかしげた。ふたりは玄関ホールを駆けぬけ、アパートからとび出した。外のドアが大きな音をたててしまった。

大判のタオルを軀に巻きつけてバスルームを出たシルヴィーは、突然眼のまえにひろがったすさまじい光景に眼をみはった。部屋じゅうがめちゃめちゃなのだ。「リチャード！」声をひきつらせて呼び、啞然としてあたりを見まわしながら、シルヴィーは足を一歩まえへ踏みだした。その素足に何かあたたかいねばねばしたものが触れたので、足もとに眼をやると、そこにはむごたらしく切り裂かれ突き刺されたリチャードの死体がころがっていた。シルヴィーは悲鳴をあげた。

2 尾行

ショックであえぎ、泣きじゃくり、身をふるわせ、半狂乱となって、シルヴィーは荒らされたアパートのなかを駆けまわった。恐怖で眼が血走り、支離滅裂な考えがつぎつぎと頭のなかを駆けぬけていく。どうしてこんなわけのわからぬ恐ろしい事態が起こったのかと、その理由をさがすかのように、シルヴィーはタオルが軀からすべり落ちるのもそのまま、散乱する書類や衣類を踏みつけてまわった。が、理由はさっぱりわからなかった。ただ血の海が眼にとびこんでくるばかりで、なにひとつ見当がつかず、考えられるのは、とにかく早くここを離れなければならないということだけだった。

シルヴィーはバスルームにとって返し、足にべったりとついたリチャードの血を洗いおとした。そのあいだも、めった切りにされたリチャードの死体のイメージが、脳裡に影のようにしがみついて離れない。洗面台の上の鏡には、ベッドルームのむかつくような惨状が映っていた。それを見たとたん、激しい吐きけがつきあげてきた。

シルヴィーは洗面台に吐いた。のどが燃えるようで、涙が頬をつたって流れる。ベッドルームにもどると、意識してリチャードの死体を見ないように努めながら、自分の衣類をさがして着ていった。パンティーとジーンズとセーターはベッドの横に積みかさなっていた。ルネがトルコから買ってきてくれた縫いとりのあるシープスキンのコートはクロゼットにかけてあった。そのコートをはおり、ふるえる手でひざまでのブーツをひきあげると、最後にバッグをさがした。が、これが見当たらず、シルヴィーはおびえた眼で部屋を見まわした。ナイトテーブルの上に置いたはずなのだが、そこにないのだ。リチャードを殺した何者かが、もしかしたら持っていったのだろうか？　あるいはベッドに落ちたのだろうか？　シルヴィーはシーツとカバーをひきはがし、わきへのけた。と、一瞬白い紙のようなものが宙を舞い、リチャードの死体のわきにふわりと落ちた。紙の端が血にひたり、赤いしみがあっというまにひろがっていく。シルヴィーは恐ろしさをやっとの思いでこらえ、紙をとりあげた。リチャードが読んできかせようとした文書だった。これを彼女に見せたときのリチャードの興奮ぶりといったらなかったから、重要なものにちがいない。もしほんとうに重要な文書だとしたら、リチャードはこれが原因で殺されたのだろうか？　犯人はこれをさがしだすためにアパートを荒らしまわったのだろうか？　混乱した頭でシルヴィーは懸命に考え、文書に気持ちを集中させようと努めた。が、文字が眼のまえではねまわり、文書のだいたいの内容をつかむまでに五、六回読み返さなくてはならなかった。たしかに、珍しい文書のようではあった……

電話が鳴った。鋭い、執拗なベルの音に、戦慄が軀を突きぬける。シルヴィーは文書をくしゃくしゃに折りまげ、ジーンズのポケットに押し込んだ。しかし、バッグ——あのバッグはいったいどこへいったのか？　中には、パスポート、残りの現金、そして飛行機の切符——彼女の所持品のすべてがはいっているのだ。シルヴィーは絶望的な表情でまわりを見まわした。電話はくり返しくり返し鳴りつづける。シルヴィーは足をもつれさせながらドアをとび出し、階段をころげるように駆けおりて通りへ出た。

濡れた歩道を走るシルヴィーが、右へ曲がってウエリントン通りへ出ると、一人の男が、角に駐車していたダークブルーのオースチンをおり、彼女のあとを尾行しはじめた。

雨が降りだしていた——ロンドン独特の氷のように冷たい霧雨である。シルヴィーはコヴェント・ガーデン沿いの細い道を小走りに進んでいった。若い美しい女がなりふりかまわぬ格好で、涙を流しながら急いで通りすぎていくのを、数人の通行人が驚いた様子でじっと見つめる。シルヴィーのほうは、そんな視線はほとんど眼にはいらぬらしく、ただひたすらロボットのように前進しつづけた。血にまみれた惨劇のイメージは、依然容赦なくつきまとって離れず、しかもそれと一緒に、尾行されているような不安をさきほどから感じていた彼女は、何度か自分の肩ごしにうしろを振り返ってみたが、そのあいだも歩調はゆるまなかった。ボウ通りの警察裁判所まえに、警官の頼もしげな制服姿を見かけると、シルヴィーはおもわずほっとして足をとめた。駆け寄り、保護してもらおう——そんな衝動にかられたのである。実際何歩か踏みだしさえした。が、二年まえの酷薄な警官たちと警察署のことを思い出した彼女は、警官には近づかずに通りを横切った。やはり、警察には行けない。

行けるところはただ一つ、ジェニファーのアパートだけだった。ジェニファーはシルヴィーがロンドンで頼れるたった一人の人間なのだ。彼女のアパートはメイフェアのバークリー広場にある。だがどうやって行ったらよいのか？　かなり距離があるのでタクシーを使わなくてはならない。所持金全部がはいっていたバッグはない。シルヴィーはポケットをさぐってみた。シープスキンのコートの外側のポケットに、一ポンド札と銀貨が数枚はいっていた。ほっと吐息をもらし、タクシーをひろおうと振り返る。と、突然、血も凍るような恐怖がまたも全身をつらぬいた。シルヴィーはこのとき、尾行されていることをはっきりと感じとったのである。

たしかな根拠があってのことではないが、無意識のうちに記憶にとどめていた一連の不吉な人影がふいに一つにまとまり、彼女をおびやかす明確なイメージとしてうかびあがったのだ。タヴィストック通りからウエリントン通りへはいったとき、黒いオーバーに黒い帽子のずんぐりした男がうしろについてきた。それとまったく同じ姿が、いまタクシーをひろおうと警察裁判所の向かい側の歩道の縁石を越えたとき、一軒の店のウインドーに映ったのである。男はまえより距離をちぢめていた。シルヴィーはふるえだした。ひざが、まるで綿かなにかのようで、まったく力がはいらない。犯人はこんどは彼女を狙っているのだ！　うろたえる心を必死に抑えながらふたたび歩きだし、ギャリック・クラブを通りすぎる。そのあいだになんとか気をとりなおしたシルヴィーは、論理的に考えようと努めた。まず相手は通りで手を出すような無茶なまねはしないと思う。彼女を殺すにしても、そのあとたやすく逃げられる場所に出るまではただついてくるだけにちがいない。だがそうなると、ジェニファーのところへは行けなかった。それは犯人の思うつぼで、かっこうの餌食となるだけである。なんとか尾行をまくしかない。しかしどうやったらいいのか？そういったことについてはなにひとつ知らないのだ。だが、懸命に過去の記憶をほりかえしているうちに、ずっと以前ショーンが仲間たちと話し合っていたときにたまたま耳にした言葉がよみがえってきた。その仲間のなかに、みんなから〝図書館員《ライブラリアン》〟と呼ばれていた、半白のひげを生やした無口な男がいたのだが、その男が言った言葉だ。――〝尾行をまこうと思ったら、まず出口がいくつかある店舗かレストランをさがすことだ〟

シルヴィーはうしろをちらりと振り返った。ギャリック通りはがらんとしていた。雨にうたれる歩道を歩いているのはシルヴィーと黒服の男だけなのである。男はもうその姿をかくそうともせず、あからさまに歩調を速めて迫ってきていた。シルヴィーは助けを求めようとあたりを見まわした。一台の車が男の背後から這うようにゆっくり走ってきた。ダークブルーの乗用車。シルヴィーはその車をとめるため車道にとび出そうとした。が、すぐに、それがまるで黒服の男を追いこすまいとするようにのろのろと走っていることに気づいた。この車もやはり彼女を尾行しているのだろうか？　その可能性が少しでもあるものに助けを求めるわけにはいかない。シルヴィーは走りだし、ロング・エーカー通りのにぎやかな交差点まで約二百ヤードを一気に駆けぬけた。そして手をあげると、一台のタクシーが気づいてとまった。「〈スピンク〉までやって」シルヴィーは早口で言った。「セント・ジェームズ通りの」

「あいよ、お嬢さん」若い運転手はにやりと笑うと、革の帽子の下から値ぶみするようにシルヴィーを見つめ、メーターをいれた。

シルヴィーは鋭い眼で振り返り、色つきガラスのリア・ウィンドーから背後を凝視した。ちょうど黒服の男がダークブルーの車に乗り込むところで、男の姿をのみこんだ乗用車はすぐにシルヴィーの乗ったタクシーのあとを追って激しい車の流れに割り込んだ。


一応安全なタクシーのなかで、シルヴィーは努めて冷静に考え、さまざまな思いのうずまく頭のなかを少しでも整理しようとした。リチャードを殺したのはいったい何者なのか？　強盗だろうか？　麻薬かなにかの関係か？　それともけさリチャードが持ち帰った奇妙な文書をさがしている者か？　しかし最初の二つの可能性は除外してよさそうだった。もしこれらのケースだったなら、犯行を目撃していない彼女を犯人が尾行するということは考えられないからだ。すくなくとも尾行されるまでは、どんな男かシルヴィーはまったく知らなかったのだ。また麻薬関係については、リチャードのことをすべて知っているわけではないから断定はできなかったが、彼の嗜好《しこう》はもっぱらシェリーだとかドン・ペリニヨンの端物といったアルコールのほうで、それにたいしてお金を持っている様子でもなかった。それにしても、どうしてリチャードはあのように虫けらみたいに虐殺されたのだろう？　それと、なぜ犯人は彼女のバッグを奪ったのだろうか？　中身はわずか何ポンドかと、あとはパスポートぐらいのものなのである。やはり例の文書——三番めのケースを何もかもが指さしているようだった。だが、もう何年もまえに書かれた一通の古い手紙のために、どうして一人の人間が殺されなくてはならないのか？　シルヴィーは折りたたんだ手紙をひろげ、注意深く読んでいった。たしかに興味深い文書ではある。しかし人を殺すほどの価値がはたしてあるものなのだろうか？

タクシーはピカデリーを左に折れると、セント・ジェームズ通りをずっとはずれ近くまで走って、とまった。角のみごとな十八世紀の建物が、コインや高級美術品の専門店〈スピンク〉である。シルヴィーは車をおり、運転手になんとか微笑んでみせた。「ちょっと待っててくださる？」運転手は愛想よくうなずいた。シルヴィーはそっと通りの左のほうをうかがった。ほんの百ヤードほどのところに、ゆっくり近づいてくるダークブルーの乗用車が見えた。

シルヴィーは〈スピンク〉の入り口の階段を駆けあがり、店内にはいった。珍しい宝石、中国の古い時代の短剣、金糸の縫いとりをほどこした重厚なダマスク織りの緞帳《どんちょう》といった品々が、いくつものガラスのショーケースに美しく飾られている。高い台にかけてあるのだろう、クムの手織りの絹の敷物はまるで金がとけて流れているようである。壁にはペルシア初期の美術品展示会のポスターが貼ってある。出迎えた、モーニングに銀色のアスコット・タイという紳士然とした白髪の店員に、シルヴィーはこぼれるような笑みを投げかけ、その横をすりぬける。そして大きな展示室を二つつっきり、二つめの出口からキング通りへ出た。

十分後、シルヴィーは地下鉄のグリーン・パーク駅の階段を息せききって駆けおりていた。そこへやってきた混んだ電車にとびのり、ナイツブリッジでおりると、急ぎ足で出口に向かう集団のなかにまぎれこむ。そして最初の踊り場で、一緒におりた乗客の最後の一人が階段をのぼってしまうまで待ち、やっとシルヴィーは安堵の吐息をもらした。なんとか尾行をまくことができたのだ。

シルヴィーは小さなイタリアン・サンドイッチの店にはいり、特別濃いエスプレッソ・コーヒーを二杯がぶ飲みした。干した唐辛子を連ねた壁飾りの下に、公衆電話があった。ジェニファーのアパートの電話番号は記憶していた。彼女はすぐ電話に出た。「シルヴィー！」シルヴィーの声を聞いたとたん、ジェニファーは叫んだ。「よかった！　どこなの？　ものすごく心配してたのよ」

「心配？　どうして？」心配する理由などないはずだと、シルヴィーはとっさに思った。ジェニファーはまだ、リチャードのことは何も知らないのだから。

「だって、ついさっき変な人たちが来て、あなたをさがしてるっていうの。何かとても急ぎの用だとかって……」

「変な人たち？　どんな人たち？　一人は黒い服を着てた？」

「ええ……」ジェニファーは怪しむような口調になった。「黒い服を着た人と、もう一人はブロンドの髪の若い人で……なんだかとてもいらいらしてるようにみえたわ。シルヴィー、いったいどういうことなの？　あなたもなんだか変よ」

「またあとでかけるわ」シルヴィーはすばやく電話を切った。

冷たい戦慄が背すじをかけぬける。犯人たちはすでにジェニファーのところへ行っていたのだ。やることが機敏で、徹底している。いわゆるプロフェッショナルにちがいない。バッグにはいっていた住所録を調べ、ジェニファーの住所を見つけたのだろう。あるいは、休暇を一緒にすごそうと誘ってくれた彼女の手紙を見つけたのかもしれない。〈スピンク〉でシルヴィーを見失ってから、ジェニファーのアパートへ直行したのであろう。おそらくまだ付近から立ち去ってはいまい。シルヴィーが遅かれ早かれ現われることを予期し、近くにひそんでいるとみてまちがいなかった。

シルヴィーはテーブルにもどった。ジェニファーのところへは行けない。すくなくともいまは。犯人たちがそれほどやっきになっているとなると、ジェニファーのところの電話も盗み聞きされていないともかぎらない――そういうこともできるのではないか？　フランスへもどれなかった。パスポートも飛行機の切符もないのだ。何日かかくれる場所をさがし、それからロンドンを脱出する方法を考えるしかなさそうだった。

だが先立つものはお金である。ポケットの数枚のコインだけでは、ロンドンで生きのびることはできない。思案しながらレストランを出たシルヴィーはふと、その通りをちょっと行ったところにデパートの〈ハロッズ〉があったことを思い出した。それが彼女に一つの考えを起こさせた。それはいちばん大切にしている信念を裏切ることにはなるが、母がよく言うように、〝戦のときは戦のように《ア・ラ・ゲール・コム・ア・ラ・ゲール》〟やるしかないのだ。〈ハロッズ〉ではこの日の朝、冬のバーゲンセールが始まったばかりで、どの売り場もほとんどが女性ばかりの客の群れがとりまいていた。シルヴィーは三十分間いろいろな売り場をめぐり、計画の実行にいちばんおあつらえむきの場所を見つけた。最も混雑している婦人靴売り場で、店員は事実上客の包囲網のなかに埋もれてしまっている。

ありとあらゆる婦人靴を並べたプラスチックの陳列台のまわりをうろつきまわる女たちに、シルヴィーは加わった。熱心に靴を調べるようなふりをしながら、ひそかに、ずらりと並んだ椅子にかけて靴を試したり店員のサービスを辛抱づよく待ったりしている客のほうに注目する。明るいグレーのターバンふうの帽子をかぶり、高価なチンチラのコートを着、ひとりで二つの椅子を、一つは自分自身のため、もう一つは大きな黒いハンドバッグとひとかかえのさまざまな包みのために占領しているでっぷりした貫禄のある女が、なかでいちばん眼をひいた。その女は数えきれないほどの靴を持ってこさせ、やせた年配の女店員をこき使っていた。満足することを知らず、ひんぱんに近くの鏡のまえにおもむいては太った足をつき出し、新たな一足を吟味するのである。機会を待ちうけていたシルヴィーは、その女のとなりの席があくと、すばやくそこに腰をおろした。シープスキンのコートを脱ぎ、女の包みがのっている椅子にさりげなく投げかける。コートは黒いハンドバッグをほとんど完全におおった。シルヴィーはじっと座って待った。数分後、となりの成金マダムは新しい靴をはき、威厳たっぷりに鏡のまえへおでましになる。シルヴィーは立ちあがり、ゆきとどかないサービスに失望したかのように肩をすくめ、左手でコートをつかみ、おもむろにその場を離れた。むろんシープスキンのコートと一緒に、その下にかくれていた黒いハンドバッグもしっかりとつかんでいたのだが、それに気づいた者はだれひとりいなかった。

心臓がとび出さんばかりに高鳴ったが、なんとかあわてず急がず婦人靴売り場をあとにし、化粧室にはいる。そしてトイレのなかで、シルヴィーはバッグのなかを調べた。カード類や小切手帳、化粧品、そのほかどんな女のバッグにもはいっていそうなもろもろの品は無視する。さいわい、目当ての財布はかさばっていて、天の助けともいうべき現金二百ポンド余りがはいっていた。

現金をポケットに押し込んだシルヴィーは、バッグをそのままトイレに残し、急ぎ足でエレベーターに向かった。ある程度まとまった金を手にして、彼女はようやく自信をとりもどした。そして、これから数日間潜伏する場所も、すでに思いついていた。

ケンジントン・ガーデンズの、ヴィクトリア朝の建物にしては地味な家のドアをひらいた白髪の婦人は、すぐにはシルヴィーを思い出せなかった。

「ミセス・オショーネシー、お元気？」シルヴィーはやさしくたずねた。

黒いロングドレスのミセス・オショーネシーは何度か眼をぱちぱちやっていたが、やがてその陶器のようなブルーの眸《ひとみ》がシルヴィーを認め、ぱっと明るんだ。「まあ！」彼女は口のなかで言い、両手を胸の上で握りしめた。「ええ、わたしたちの味方のフランスのベッピンさん！　驚いたわ。さあさあおはいりなさい。ずいぶんしばらくぶりね。えーと――あなたはここにはたしか……たしか……」どうしても思い出せぬまま、言葉がとぎれる。

「ショーンが亡くなって以来ですわ」シルヴィーは静かに言った。

ミセス・オショーネシーはシルヴィーの視線を避け、「ええ」と、低い声でつぶやいた。「ほんとにあれは悲劇だったわ。ほんとに惜しい人をなくしたわ」そう言うと、突然シルヴィーのほうに向きなおり、ぐいとあごを上げて、まっすぐシルヴィーを見つめた。その眼にみるみる涙があふれる。だが、はがねのようにきらめく眸に、あいかわらず力強い不屈の意志をうつしていた。「でも、戦いはつづけられてます！」烈《はげ》しい闘志をみなぎらせて、ミセス・オショーネシーは言った。

「ええ」シルヴィーは低い声で答え、唇をかんだ。「そうですね」すくなくともこの老婦人の戦いはつづいている――胸のうすい、やせたミセス・オショーネシーを見て、シルヴィーは思った。その小柄な姿はいかにも弱々しく頼りなげではあっても、内に燃える熱い炎に輝く骨ばった顔――一徹そうなあご、石に彫りこんだかのような薄い唇、あくまでも硬いクリスタルのように澄んだ眸は、剛気で献身的な闘士のそれであった。この老婦人の顔に、アイルランド民族の狂信的だが崇高な、血まみれの闘争の全歴史を見ることができるような気が、シルヴィーはした。

「最近グループのだれかに会って？」ミセス・オショーネシーは真剣な面持ちでたずねた。シルヴィーはかたわらに視線をそらした。「いいえ、最近は」

「さあさ、はいって」ミセス・オショーネシーにうながされ、シルヴィーは彼女に従って地下への階段をおりていった。〈オフィス〉としるされたドアをはいると、そこは机が一つ、椅子が数脚、電話の交換器が一台置かれた簡素な部屋だった。「いまお茶をいれますからね」ミセス・オショーネシーは射るような眼でシルヴィーの顔を見て言った。「なんだか顔色がひどくわるいわ」ミセス・オショーネシーがとなりの部屋に消えると、すぐにカップや皿の触れあう音がきこえてきた。

「まだ家具つきの部屋貸してらっしゃる？」シルヴィーは大きな声できいた。

ミセス・オショーネシーは湯気の立つカップを二個、クリームのポット、角砂糖をいっぱいつめた銀のボウル、それにビスケットをのせた大きなトレーを手にもどってきた。

「もちろんですとも」彼女はトレーを机に置きながら言った。「いまは週単位でも一日単位でも貸してましてね、なかなか順調ですよ。でも一部屋だけは、グループのためにいつもとってあるの。警察にわずらわされることはまずないわ」

まずね、とシルヴィーは思った。だが、このまま彼女がここにいたときはわずらわされたのだ――彼女がショーンと一緒にいたときは。

「ところで――」ミセス・オショーネシーは紅茶を一口《ひとくち》すると、顔を上げ、シルヴィーを見つめた。「どうしてまたここへ？　部屋が必要なの？」

シルヴィーはうなずいた。

「何か困ったことにでも？」

シルヴィーはもう一度うなずいた。

「いいですとも」ミセス・オショーネシーはおだやかに言った。「あなたはわたしたちの味方ですもの、いつだって」半分ほど飲んだ紅茶のカップを机に置く。「とても疲れているのね。あったかいおふろにおはいりなさい。部屋に案内するわ。いいお部屋よ。あなたがショーンとすごしたあの部屋」

「いいえ、あの部屋はやめて」シルヴィーは懇願した。

シルヴィーの顔にうかんだあまりに痛々しい苦悩の表情に、ミセス・オショーネシーは当惑し、ため息をついて眼をそらした。「すまないわね」沈んだ声で言う。「あそこしかあいてないのよ」

一階の居住者用の小さなロビーで、やせた中年の男が一人、BBCニュースを見ていた。眼が大きなカラーテレビの画面にくぎづけになっている。シルヴィーは関心なさそうにちらりと男を見ただけで階段をのぼりかけたが、ニュースの断片が耳にはいったとたん、その場に凍りついた。

「……は何ヵ所もの刺傷が死因とみられています」ニュースキャスターが言っていた。

「そのため警察では、ここ数日同居していたとみられるほぼ同年配の女性を捜索中です。姿を消した女性は、短い休暇をすごすためロンドンに来ているフランス人美術学生、シルヴィー・ド・セリニーさんであるとの匿名の電話がはいっています。もう一件は、昨夜チェルシーで……」

「さあ、上へ行きましょう」ミセス・オショーネシーはせきたてるように言い、ふるえるシルヴィーの肘をしっかりとった。「テレビはあなたの部屋にも付いてるわ。ここで立って見てることないのよ」この家の女主人がニュースに気づいたかどうか、その口調やすました表情からはまったくうかがえなかったが、彼女の芝居上手はシルヴィーもよく承知していた。だから、ミセス・オショーネシーがニュースをちゃんと耳にし、一語一句記憶したことはまちがいないといってよかった。

例の黒塗りの大型高級車ジルのリムジンが、ジェルジンスキー広場二番地の建物の車寄せをすべるように離れ、右に折れ、アンドロポフのアパートのある瀟洒《しょうしゃ》なクツゾフスキー大通りめざして、いつものコースにはいった。だが数ブロックほど行ったところで、運転手は鋭く右にハンドルをきり、そのまま何ブロックかまっすぐ走ってツム国営デパート、そしてモスクワ国立サーカス劇場を通りすぎ、サモテチナヤ大通りの角でスピードをおとした。そこには、巨大な中央市場に出入りする人波から離れ、分厚い冬のコートに身をくるんだ二つの人影があった。リムジンの前後のドアがさっとひらくと、間髪を入れずふたりは、ゆっくりと走りつづける車にすべりこむように乗った。ほとんど音もなくドアがしまり、ジルはなめらかにスピードをあげ、北に向かって走りつづけた。「適当に街をまわってくれ、ヴォロージャ」ユーリ・アンドロポフは言った。「中心街はさけてな」

運転手はうなずいた。「かしこまりました、同志議長」

アンドロポフは乗り込んだふたりのほうを向いた。「この会合は車のなかでひらいたほうがいいと判断した。問題の人間がだれであるかはまだ不明だ。だから、わたしの部屋で異例の会議をひらいてよけいな憶測やデマをうむようなまねはしたくないのでな」

二人の男は黙っていた。前の座席に座った男は、背の高い、がっしりした肩の、巨人のようにたくましい大男で、その大きな軀を棒のようにかたくして、小さな眼で前方を見すえたままである。後部座席のアンドロポフのとなりにかけた男は、手袋とアストラカンの毛皮の帽子を静かにとった。こちらは脚の長い、スリムな中年の男で、冷たい用心深い眼、苦笑するようにややゆがめられた唇、きわだったかぎ鼻と、その顔だちは残忍な猛禽《もうきん》をおもわせる。よくこすったような顔の皮膚はあごの線にそってぴんとはりつき、首ののど仏のまわりの禿鷲のようなしわとたるみへとつづいていた。

「問題の文書はまだ手にはいっておりません」後部座席の男が言った。低く深みのある、意外なほど教養を感じさせる声だった。

「説明したまえ、アレクセイ・セルゲイヴィッチ」アンドロポフは冷たく言った。

KGB第一管理本部本部長アレクセイ・セルゲイヴィッチ・カリーニンは、内ポケットからゴロワーズの箱をとり出し、一本を口にくわえると、ことさらゆっくりとしたしぐさで左手で先端をかこい、火をつけた。黒タバコの強烈なにおいがたちまち車内に充満する。

アンドロポフは不快げに鼻にしわをよせたが何も言わなかった。

「三週間まえにご報告しましたように、ロンドンの公立記録保管所のある極秘文書に、このアメリカのモールがだれか、それを明示する鍵があることが判明しました。そこでさっそく、保管所のスタッフの一人に協力させてその文書を手に入れる計画を立てまして、問題の文書は機密扱いのファイルからはずされ、一般に公開されているファイルにクリップでとめられて、われわれのエージェントがふつうの方法でそのファイルの閲覧を申し込むことになっていたのです」

「ああ、その話はもう聞いた」アンドロポフは苛立たしげに言った。「計画どおりならけさ手にはいっているはずだ」

「そのとおりです」カリーニンは少しも動じずにつづけた。「非常に単純なオペレーションです。しかしながら、閲覧を申し込んだわれわれのエージェントはちがうファイルを渡され、問題の文書をとめたファイルはあやまって若いイギリス人の手に渡るという事態が生じまして、われわれのエージェントはすぐさま文書係にファイルを交換させたのですが――そのわずかのあいだに、学生らしいその若いイギリス人は問題の文書を見つけて読み……ファイルから抜きとったもようなのです」

「何!?」アンドロポフは吼《ほ》えた。「きみはわたしをいったい何と心得とるんだ、カリーニン!? そんなばかげた話をわたしがうのみにするとでも思ってるのか?」噴き出した怒りをやっとどうにか抑え、KGB議長はくいしばった歯のあいだから吐き出すようにつづけた。「若いイギリス人の学生が問題の文書を見つけて盗んでいってしまいました——ばかな！」

「しかし事実なのです」やや申し訳なさそうな口調になって、カリーニンは言った。「非常に遺憾ではありますが、そのときの情況ではわれわれのエージェントはまったく手のほどこしようがなかったのです。このポレヴォイの部下は、ご存じのように、みなトップクラスのプロばかりでして、それは彼も保証しています」

これを受けて、前の席の大男が振り返り、口を添えた。「そのとおりです、同志アンドロポフ。わたしは部下たちを全面的に信頼しています」口調はいんぎんだが、腹の底にひびく低く太い声は山のような図体にふさわしい。「ロンドンに配備しましたのは、そのなかでも特に優秀な工作員たちです」

「だれだ？」アンドロポフは間をおかずにきいた。

「前線工作員として、コルチャーギンとムレル、援護要員として、ゴルスキー、ザイツェフ、ホヴァキーニェ、それに経済使節団からフルツェワ、そして現地連絡員として、ハリスとスピアズです」

「うむ」アンドロポフはうなずいた。「それだけ優秀な者がどうしたのだ？」

「コルチャーギンとムレルは大学院の学生が文書を盗み出したのを知り、アパートまで尾行し、その学生を始末しました。そしてアパート内を捜索したのですが、書類は見つからず、しかも途中で邪魔がはいり、その場を引き払わなくてはならなかったのです」

「だれに邪魔されたのだ？　警察か？」

「いいえ。アパートにもう一人泊まっていた者がいたのです。われわれのエージェントたちはその者の存在を知らなかったため、一応撤退せざるをえなかったのです」

「だれがいたのだ？」

「女です。フランス人の娘です。名前はシルヴィー・ド・セリニー」アナスタス・ポレヴォイは、フランス人名の発音は多少苦手のようだった。「その娘はアパートをのがれ、われわれのエージェントたちの尾行をまんまとまいたのです。問題の文書はまちがいなくこの娘が持っているものと思われます」

アンドロポフは鋭くカリーニンを見た。「その女は何者なのだ？　われわれのファイルに載っている者か？」

「いいえ、まったく載ってはおりません」カリーニンは平静に答えた。「フランスとイギリスの担当者に照会してみました」

「その女のパスポートはわれわれの手にはいっています」ポレヴォイがつけ加えた。「それによると、パリから来た美術学生ということになっています。滞在していたロンドンの友人の住所と、フランスの家の所番地もわかっています」

「いまその女はどこにいるのだ？　警察に行ったのか？」

「いいえ」ポレヴォイは答えた。「あきらかに動転したらしく、身をかくしてしまいました。しかし、いずれ必ず出てきます。金もパスポートも持ってませんから。フランスの母親に助けを求めるか、ロンドンの友人と連絡をとろうとするでしょう。ですからわれわれは両方の家を監視しています」

「それだけでは充分ではないな」アンドロポフは不満げに言った。「何週間も、あるいは何カ月も潜伏するかもしれん。そうした例は過去にもあった。経験のない人間でも、そうしなくてはならないとなったら、けっこういつまでも地下に潜っていられるものなのだ。積極的にいぶし出さなければだめだ」

ポレヴォイはうなずいた。「イギリスの警察もすでにシルヴィー・ド・セリニーの捜索を開始しています。こちらから警察に名前と特徴を、もちろん匿名で知らせ、連中の手間を省いてやったのです。となれば、たぶん自分から警察に出頭するか、ロンドンの友人と連絡をとろうとするのではないでしょうか。シルヴィー・ド・セリニーが姿を現わせば、問題の文書はすぐにわれわれの手にはいります」

「しかし、警察に出頭した場合には――?」

カリーニンが、タバコのやにのしみついた歯をみせて微笑《わら》った。「そうなればこちらの思うつぼですよ、議長。ご存じのように、イギリスの警察にはわれわれの味方が何人もいますから」

「よし、では会議はこれまで」アンドロポフは言い、車の窓の外に眼をやった。車は完全にモスクワの外郭を半周し、ヴヌコヴォ空港に至るハイウエーを通ってふたたび首都にはいっていた。照明のともったスモレンスキー寺院の輝くばかりのドームを通りすぎる。が、この寺院建築の傑作にはただ無関心な視線を投げただけで、KGB議長は言った。「ここでいい」

ジルはトルストイ博物館の近くでとまった。カリーニンとポレヴォィは黙って音もなく車をおりた。

「カリーニン！」アンドロポフが低い声で呼ぶと、第一管理本部本部長は車へもどった。

「二度と失望させてくれるなよ、カリーニン」アンドロポフの口調は静かでおだやかだったが、ひきつったあごの筋肉、奇妙にゆがんでこきざみにふるえる口元、冷たく燃える眼を、カリーニンは見逃さなかった。

「こんどこそ慎重にな」アンドロポフは低い声でつづけた。「問題の文書を手に入れるんだ。そして娘は消せ」

3　爆弾

かつてショーンと暮らした部屋に足を踏みいれると、たちまち脳裡に生々しい鮮烈な記憶がめまぐるしく渦を巻き、こみあげてくる耐えがたいほどの胸の痛みに、彼女は全身をうちのめされる思いだった。

ショーンが眼のまえに、鮮やかによみがえる。はじめて出会ったときの姿がはっきりと瞼《まぶた》にうかんでくる。その最初の出会い以来、ショーンはシルヴィーの心を片時も離れたことがなかった。三年ほどまえの、真冬の金曜日の夜だった。シルヴィーはジェニファーと週末をすごすため、ロンドン行きの遅い便に乗った。機内は満員で、乗り込むのが最後のほうになった。先にとなりの席に座っていたのは男の客だったが、ずっと新聞をひろげっぱなしにして夢中で読みふけっているので顔も何も見えない。眼にはいったのはただ一つ、床の上の粗末な革の鞄で、男はそれをしっかり両足ではさみつけていた。空は大変な荒れようだった――激しい雨と風という悪天候で、軽食や飲みものをのせたワゴンを運ぶ乗務員たちが通路で悪戦苦闘していた。シルヴィーがオレンジジュースを受けとるとすぐ、突然機体が、エアポケットに落ちこんだらしく、大きく揺れた。はずみでジュースを持っていた手がふるえ、ねっとりした液体がとなりの乗客の上着のそでにこぼれた。

「まあ、どうもすみません」シルヴィーはすっかり恐縮して、口ごもりながら英語で言った。となりの男はおもむろに新聞をおろし、シルヴィーに顔を向けた。まっすぐシルヴィーを見つめたその眼――そのような眼を彼女はそれまで見たことがなかった。太い眉の下の、長いまつげにはさまれた大きな漆黒の眸《ひとみ》はそれほど印象的で、ほとんど肌にじかに感じられるほどの磁力で、シルヴィーをひきつけた。古代ローマの貴族のような鼻、形のよい唇――浅黒いきりりとした顔だちである。ひきしまったあご、怖いくらい真剣なまなざしが、何ものにも屈しない頑《かたく》なものを感じさせる。年の頃三十、ややみすぼらしいツイードの上着の下の真っ白いタートルネックが、浅黒い顔をきわだたせていた。

「すまないですって？」男は丁寧《ていねい》な口調で言った。

「すみません。ジュースを上着にこぼしてしまったんです。ふかせてください」

男はそでの濡れたしみにちらっと眼をやり、「あ、おかまいなく、どうってことないですよ」そう言って微笑んだ。輝くような微笑のせいで、うってかわって屈託《くったく》のない少年っぽい顔になる。

「ほんとうにすみません」

シルヴィーがしみをふくと、男はさらに明るい笑顔になり、ちょっと間をおいてから言った。「とにかく、ジュースをこぼしてくれたのがあなただったのはうれしいな。ショーン――ショーン・ブラニガンといいます」

「あら――」

ショーン・ブラニガンはシルヴィーの心にうかんだ問いをすぐさま見越して言った。

「そう、そのとおり、アイルランド人です。デリー出身のね」

「ロンドンデリー?」シルヴィーはすかさずたずねた。

ブラニガンはとがめるような視線を返した。「ぼくたちはただデリーって言ってます」

シルヴィーはおもわず笑ってしまった。「つまりあなたも不撓不屈《ふとうふくつ》のアイルランド革命家の一人ってわけ?」だが突然相手の顔に怒りが燃えあがったのを見て、すばやく言いそえた。「ごめんなさい。アイルランドを冗談のタネにしちゃいけないわね。おまけにどうしてわたしにそんなことできて? 偶然だけどわたしたち、おなじ血をいくらかわけあっているんですもの」

ブラニガンは、どういうことか、という表情になった。

シルヴィーは彼に、母の家系がブリタニーの出であること、祖先がケルト族なので、なんとなくアイルランド人とはつながりを感じることを説明した。「わたし、祖父のブリタニー独立の夢を多少受けついでもいるのよ。祖父は熱心な独立派だったの。まだ小さい頃、わたしはよく祖父に、〈B r e i z　A t a o――自由なるブリタニー〉って習字帳に書かされ、ブリタニーの反逆のシンボルを憶えさせられた。反逆のシンボルは、その頃のわたしには残酷に思えたわ。梟《ふくろう》の死骸が納屋の戸にはりつけになっているんですもの。ブリタニー人の夢とアイルランド人の夢って、かなり共通したところがあると思うの」

ショーン・ブラニガンはあいまいに笑い、シルヴィーの家族やフランスでの生活についてたずねた。それから旅客機がヒースロー空港の雨にぬれた滑走路に着陸するまで、ふたりは楽しくおしゃべりし、シルヴィーはこのハンサムなアイルランド青年に少なからず興味をそそられたのだった。だが彼は、連絡先を教えてくれもしなければ、シルヴィーの連絡先をたずねもしなかった。

飛行機をおりた乗客たちは、空港の際限なく長いコンコースを一団となって移動しはじめた。毎度お定まりの光景である。ショーン・ブラニガンはシルヴィーのすぐうしろを歩いていた。空港ターミナル内はほとんど閑散としていたが、なぜかいつになく大勢の警官がコンコースに沿って配置されていた。制服の警官ばかりでなく、私服刑事らしい男たちの姿もかなり眼につく。集団が入国管理室のまえにたどりつくころには、異常事態であることはもはやだれの眼にもあきらかだった。警官たちの輪が、入国する乗客のひとりひとりをとり囲むようにして注視しているのだ。「いったい何があったのかしら、この——」ショーンを振り返ったシルヴィーは、言いかけた言葉をおもわずのみこんだ。ショーンの顔からはすっかり血の気がひき、落ち着きのない眼はしきりにコンコースのあちこちに視線を走らせていた。一度シルヴィーは、オルレアネにある一族の城の近くで、狐狩りに参加し、狂おしくほえる猟犬の一団に追いつめられた狐を、馬上から眼のあたりにしたことがあった。そのとき、追われる動物がどんな表情をうかべるかを、シルヴィーは知ったのだった。狐の眼は異様な光をはなっていた。

シルヴィーは突然すべてを悟った。「それ貸して」何も考えずに口走ると、ショーンがつかんでいる革の鞄を、ひったくるようにして手にした。「ターミナルの外で会いましょう」

「いや」ショーンは、依然不安そうに前方に視線を走らせながら小声で言った。「あのあたりでは危険だ。空港バスでクロムウエル・ロード・ターミナルまで行ってタクシーをひろうんだ。ケンジントン・ガーデンズ二七番地。そこで待っていてくれ」

シルヴィーは足を速めて前へ進み、ショーンは反対に歩調をゆるめ、ふたりのあいだに距離をあけてほかの乗客たちを入れた。いかにも仕事が退屈らしい、プラスチックぶちの眼鏡をかけた若い入国管理官にお定まりの答えを返しながら、シルヴィーがちらりとうしろを振り返ると、ショーンは警官たちにとり囲まれ、わきのドアから消えていくところだった。入国手続きは簡単に終わり、シルヴィーは難なくケンジントン・ガーデンズの目的地に着いた。が、彼女を迎えた老婦人の態度は冷たくよそよそしかった。あとでこの老婦人がミセス・オショーネシーと呼ばれていることを知ったが、最初は名前も知らず、ショーンの名前をあげてもこの女主人は何の反応も示さないのである。ロビーで長い時間待っているあいだも一言《ひとこと》も声をかけてくれなかった。何時間かしてショーンが姿を見せ、あたたかくシルヴィーの手をとると、やっとはじめて笑顔を見せたのだった。そして数分後、ミセス・オショーネシーはとびきりおいしいサンドイッチと、じつにいい香りのする紅茶をのせたトレーを持って現われた。シルヴィーはショーンのあとにつづき、三階の家具つきの彼の部屋へ行った。ショーンは手ばなしの喜びようだった。

「連中はぼくを釈放しないわけにはいかなかったよ。身分証明書はまちがいないものだし、鞄からは何も出てこないし」

「でも、あなたを待ちうけていたわ」

「ああ。タレこみがあったにちがいない」

「どういうこと、ショーン？　この鞄の中身は何？」

ショーンの顔に、シルヴィーがまえに眼にした怖いくらい真剣な表情がもどった。「きみはだね」彼は低い声で言った。「十ポンドの爆弾をついさっきロンドンに運びこんだんだ」

シルヴィーは、自身の反応に自分でびっくりしてしまった。ショーンに反感をいだきもしなければ、自分のしたことに対する罪悪感もない。恥ずかしいとも思わなかった。忌みきらっている麻薬ではなかったと知り、ほっとさえしたのである。シルヴィーはじっとショーンの眼を見つめた。その眼はそれ以上に熱心な視線を彼女にそそいでいた。

「じゃ、あなたはほんとうに革命家なの？」

ショーンは微笑んだ。「BBCはテロリストって呼んでるが、くにじゃ、〝フェニアン（アイルランドの独立を目的とした秘密結社）の人殺し野郎ども！〟っていうのが正しい呼び名なんだ」

「どうして話してくれたの――爆弾のことわたしに？」

ショーンの顔が、ちょっと考えこむような表情になった。「実際わからない。きみをただ信じたんだろうな」彼は上着を脱ぎ、部屋を行ったり来たりしはじめた。「元来ぼくはとても疑《うたぐ》り深いんだ。だが今晩はまちがいなく、きみを信じていい、そう思った。なぜなのか——ケルト人の直感とでも考えてもらうしかないんじゃないかな。それに、地下に潜って生きていると、人を判断する眼が鋭くなるものなんだ」

シルヴィーはショーンの運動選手のようなたくましい軀、端整な顔を眼のまえにして、本物の冒険に加わっているようなスリルにほとんど戦慄に近いものをおぼえた。初めての体験である。優雅で退屈な城での生活では望むべくもないことだったし、ましてやサンタンブロワズのカトリックの女子大時代には決してありえなかったことだった。ソルボンヌで学ぶ一方で、イル・サン゠ルイの、母が借りてくれた洒落《しゃれ》たアパートを飾りたてるというパリでの独り暮らしをつづけた最近の二年間でさえ、まずスリルを感じることはなかった。それがいま、嵐の吹き荒れるロンドンに着いたその晩に、アイルランドの地下組織の闘士の隠れ家で、なんと本物の爆弾を彼女は眼のまえにしているのだ。

「もう行ったほうがいい」ショーンは言った。「どこかでだれかがきみを待ちこがれていることだろう」

ジェニファーが死ぬほど心配しているにちがいない、とシルヴィーは思った。が、かまわなかった。

「あなたがたの……」シルヴィーは言いかけてためらった。「あなたがたの行動は今夜の予定なの？」

「いや。どうしてだい？」

シルヴィーは蹴るように靴を脱ぎすてると、深い肘掛け椅子にゆったりとくつろいで座り、微笑んでみせた。「いまわたしがいちばんしたいことわかる？　大きなグラスでブランデーをあたためながら、自由を求める闘士、ショーン・ブラニガンの自叙伝を聞くこと」言いながら、ひどくわざとらしくきこえたので、すぐに言いそえた。「あなたのことをもっと知りたいの、ショーン。あなたが好きだから」

ショーンは奇妙な表情をうかべ、長いことシルヴィーを見守っていた。それから、「きみは妖精のようだ」と、やさしく言い、「大きな椅子の真ん中にちんまりと座った、長い髪の、いたずらっぽい眼をした、子供みたいに無邪気で素直な……」彼の声はしりすぼまりになった。

別の一室に消えたショーンは、デカンターとブランデーグラスを二つ手にもどってきた。グラスにブランデーをつぎ、シルヴィーのをしばらく両手であたためる。やがて琥珀色《こはくいろ》の液体の、かぐわしい薫りがただよいはじめると、ショーンはシルヴィーにグラスを手渡し、自分はシルヴィーの足もとに座った。「ぼくもきみが好きだ」とても安らいだおだやかな声だった。「だから、ぜひ聞いてほしい」

それからどれくらいのあいだ話していたものか、夢中だったシルヴィーは、あとで振り返ってもわからないほどだった。二時間ぐらいだったか、それとも一晩じゅうだっただろうか。ショーンはデリーでの少年時代のことから話しはじめた。彼は貧しいカトリックの家の、六番めの子供で、四番めの息子だった。ブラニガン一族はそろって頑固で熱烈な闘士で、イギリス政府から油断ならないトラブルメーカーの一団とみられていた。祖先の何人かは絞首台で命を終えている。この十年間の、北アイルランド一帯にひろがるプロテスタントとカトリックの容赦ない対決で、彼自身の父が亡くなり、兄が負傷した。さらに、姉の家族が息子の十一歳の誕生祝いをしていたレストランで爆弾が爆発し、その姉と甥を亡くした。「死んだみんなの墓前で、ぼくは戦いつづけることを誓った」へたをすると鼻持ちならない薄っぺらな決まり文句になりかねないこのせりふも、ショーンが言うと真実の重いひびきを伝えているようにきこえた。そして誓いどおり、彼はＩＲＡ（アイルランド共和国軍）に加わり、ベルファストやデリーの市街でイギリス軍と戦ったのだった。やがて軍隊組織の地下活動グループのなかで異例の昇進を果たし、兵舎、本営、通信施設といった軍事目標を爆破することで〝戦いをイギリス本土にもどす〟のがスローガンのこの過激派グループのリーダーの一人となった。そして仲間のえりぬきのメンバーとともにロンドンに送り込まれた。その一団の主要拠点が、このミセス・オショーネシーの家だった。ミセス・オショーネシーは、ベルファストのセント・パトリック教会の階段で、結婚したばかりの夫を撃たれて以来、アイルランドの自由のために命を捧げてきたという。

　この週末が終わるまでに最初の目標を爆破する、とショーンは言った。が、この話の終わりのほうは、シルヴィーは聞いていなかった。心地よい肘掛け椅子にいつか丸まって、そのまま眠ってしまったのである。ショーンが彼女を抱き寄せ、温かい軀をぴったり押しつけ、どんな男もしたことがないような愛し方で愛してくれている——そんな夢をシルヴィーは見ていた。

だが、その夜も、つぎの夜も、ふたりは愛しあわなかった。しかしそのつぎの、日曜日の真夜中すぎ、外から意気揚々ともどってきたショーンは、窓ぎわのせまいベッドに眠っているシルヴィーを見つけて、はじめて彼女を抱いた。彼はそっと上掛けをとり、燃えるような唇でシルヴィーの軀をすみずみまで愛撫して彼女を起こした。シルヴィーはじっと横たわったまま、眼もあけずにエロチックな夢を再体験した。やはり想像したとおりの愛し方で、かつて一度も体験したことのないようなめくるめくエクスタシーを感じるうちに、彼女はクライマックスに達した。ショーンの背中に両腕をまわし、しっかりとその軀を抱きしめ、褐色のちぢれ髪を頬にうけながら、自分がこのアイルランドの抵抗運動家に恋してしまったことを、シルヴィーははっきりと悟ったのだった。

否、ただ恋におちただけにはとどまらなかった。シルヴィーのなかで、ショーン・ブラニガンはとてつもなく大きな部分を占めるようになり、ほかのことはどうでもよくなってしまったのである。シルヴィーはパリへももどらず、ジェニファーとも会わなくなり、家族に連絡するのはお金が必要になったときだけで、母がどんなに理解に苦しもうが悩もうが、まるで無関心になった。あらゆる所へショーンについてまわり、ますます彼との地下の生活にのめりこんでいった。ショーンの同志たちの疑惑にも打ち克ち、グループのメンバーたちは彼女を、かれらの闘争に加わった〝フランス娘〟と、好意をこめて呼ぶようになった。ショーンもまた、シルヴィーは彼の心をとりこにしたと言ってはばからず、文字どおり献身的にシルヴィーを熱愛した。ただ一つの点に関してだけは、しかし、彼は決してゆずらなかった。グループの破壊活動にだけは、彼女は絶対に従事してはならないというのだ。武器や爆薬などはなにひとつ運ぶこともならず、危険な活動にはいっさい加わってはならないと言った。シルヴィーが抗議すると、ショーンは彼女の肩に両手をおき、静かに、それはやさしく言った。「ぼくはぼくのすべてを――命をもアイルランドに捧げた。きみだけは、ぼく自身のためにとっておきたいんだ。頼むからどうかわかってくれ」

シルヴィーは黙ってうなずいた。闘う彼のかたわらにいられる幸せの代価として、ショーンの命令に従った。実際その年は幸せだった。一分、一秒に一生を味わいつくすような、強烈な、狂おしいほどの幸せに、シルヴィーはすべてをゆだねた。だが、そんな幸福の絶頂にあっても、ときおり冷や汗をぐっしょりかいて真夜中に目をさますことがあった。この幸せはいつまでもつづくものではないという不安におそわれるのである。彼女が加わってからまもなく、二人の同志――荒武者のような大男のニール、それに言葉遣いのやさしいケヴィンがロンドンの路上で殺され、女の同志の一人、モーリーンが、ハンドバッグに拳銃を入れていて逮捕されたのだ。だから、たまに、ふたりのアパートでくつろいで夕べをすごせるときなどは、いちばん若い同志のライアンがギターを奏でながら澄んだ眼を輝かせて歌う悲しいアイルランド民謡を聴きながら、一心不乱にショーンを抱きしめるシルヴィーだった。

にもかかわらず皮肉なことに、ふたりの初めての本格的ないさかいの口火を切ったのは、シルヴィーのほうだった。ふたりが一緒に暮らしはじめてから数カ月ほどたった頃、妙な客がふたりのアパートをおとずれるようになった。やってくる時刻はたいてい夜で、何やらショーンと相談する。口数の少ない皮膚の黒いアラブ人たち、そして礼儀は正しいが秘密主義の日本人たちである。おりしも新聞では、IRAとPLO（パレスチナ解放機構）、それに日本赤軍の秘密同盟がとりざたされていた。シルヴィーがそのことについて質問すると、ショーンは、それら革命組織の代表者たちと会っていたことを、硬い表情で認めた。ショックだった。「あの人たちはいちばんたちの悪いテロリストよ、ショーン」シルヴィーは興奮し、口走った。「平気で一般市民を殺すし、殺人のための殺人をする人たちじゃないの。あんな人たちと組むなんて、アイルランド戦士の恥だわ」

「かれらも自由のために戦っているんだ」ショーンも、怒って言い返した。「かれらにはかれらなりの戦い方がある」

「あれが戦いだっていうの？　飛行機を爆破して女子供まで皆殺しにすることが？　いくら自由のための戦いだって、人間としての最低限のモラルには従うべきだと思わない、ショーン？」

最初の口論は、ショーンがドアをたたきつけるようにして部屋をとび出していくという形で終結した。だが、この問題に関するふたりのいさかいは、しだいに激しく重苦しいものになっていった。パレスチナ人たちがエンテベ行きのエア・フランス機をハイジャックし、イスラエル機動部隊の一団が人質の乗客たちを解放したときには、パレスチナ人側に味方したショーンに、シルヴィーはびっくりして叫んだ。「いったいどうして、ショーン？　だれだってイスラエルの行動を称えずにはいられないはずよ！　あのサディスティックな殺し屋たちを正当化できるとでもいうの？」

「だったら文句をいわずに黙ってたらどうなんだ！」ショーンは怒鳴り返した。「パレスチナ人たちは戦ってるんだ。サンタクロースなんていないと言われた子供みたいにわめき散らすのはやめろ！」シルヴィーはひどく傷つき、泣きだした。ショーンは後悔し、なでたりさすったり、しきりに慰めようとしたが、彼女の打ち砕かれた思いは薄らぎはしなかった。さらにつらかったのは、ショーンが眼のまえで変わっていくのがわかっていながら、どうすることもできないという無力感で、シルヴィーは甘美な夢から冷たい現実にひきもどされたような悲痛な気持ちだった。

そんなある日、シルヴィーが最も恐れていたことが起こった。秘密保持の理由で、ショーンはつぎの目標がどこか、シルヴィーにも決して明かさなかったし、シルヴィーのほうも、彼女がパリから持ちこんだ爆弾が、ロンドンのポスト・オフィス・タワーを一部破壊した夜以来、ショーンがつぎの目標にどこを選んだか、たずねたことがなかった。ところがその日の朝の新聞には、ロンドンのとあるレストランの残骸と、そのなかに横たわっている若い女性の無残な死体の写真が載っていたのである。〝これはおまえの責任だ！〟——

―それはシルヴィーを指さし、そう非難しているように思えた。

「これ、あなたがやったのね？」ケンジントン・ガーデンズにもどってきたショーンに、シルヴィーはきいた。秋の終わりの午後だった。外では歩道の落ち葉が冷たい風に吹かれ、死の舞踏に加わった呪われた魂たちのように舞っていた。

「ああ、ぼくたちがやった」

「でもショーン、この女の人を見てよ！　兵士でもなければ戦闘員でもないのよ！　イギリス人でもないかもしれない。なぜこの人が死ななきゃならないの？」

「闘争を強化することにしたんだ」ショーンは静かに言った。

「闘争を強化？　それは一般の人たちで混みあっているレストランに爆弾を投げ込むことなの？　そんなこと、ショーン、単なる殺人じゃないの！　あなたは軍事目標だけを狙うんだって言っていた。この罪もない女性は――軍事目標!?」

「まあ、落ち着くんだ、シルヴィー」そう言うショーン自身が、爆発しそうになるのを必死に抑え、平静でいようと努めているのはあきらかだった。「イギリス人がぼくの国の者にどんなことをしてるかはきみもよく知ってるはずだ。あんなことをつづけさせるわけにはいかない、そうだろ？　世論をかきたてるんだ。そのために、警告としてテロを……」

「警告って何の警告？」シルヴィーは悲痛な声で叫んだ。「もっと多くの一般市民を殺すっていうこと？　あなたが電話帳から選んだレストランにたまたま居あわせた罪のない老若男女をもっともっと殺すっていう警告？」

「きみはわかっちゃいない」爆発寸前の激しい怒りに、ショーンは顔を蒼白にし、声をふるわせた。

「ええ、わからないわ。わたしは、あなたがたの闘争は心から支持してる。でも、無差別殺人を認めるなんて、わたしには絶対できない。そうしたら、あなたは最も卑劣な犯罪者と同じになってしまうもの——」

シルヴィーはすすり泣きながら部屋をとび出し、一年ぶりにジェニファーのアパートに一泊した。ジェニファーは機転をきかせ、何もきこうとしなかった。シルヴィーは悩み、苦しみ、一晩じゅうまんじりともせずに、戸外で吹く風の泣き叫ぶようなもの悲しい音を聞いていた。夜明けの光がさしそめると、シルヴィーはすぐさま起き、急いでジェニファーにあて走り書きのメモをしたためて、通りへ出た。そして電話ボックスへ走り、ショーンを呼び出した。声のひびきからすると、ショーンもやはりみじめな夜をすごしたらしかった。「愛してるわ、ショーン」シルヴィーは送話器にささやいた。

「ぼくもだ、シルヴィー。どうか帰ってきてくれ。話がある。きみに聞いてもらうことが」

ショーンは彼女に何を話そうと思ったのだろうか。結局それは永遠にわからずじまいだった。ケンジントン・ガーデンズに帰ってみると、すでに彼は出かけていた。午後にはもどってくると、ミセス・オショーネシーがシルヴィーに告げた。

だがその昼下がり、一台の無線パトカーが建物のまえにとまり、ドアの外に二人の警官が立った。

「ジョーン・ブラニガンが住んでた家はここかね？」ひとりが官僚的な口調できいた。

即死だった。プラスチック爆弾が爆発し、ベイカー通りにある（ジョージ四世の）摂政時代の古いレストランのまえで爆死したのである。たった一人の目撃者は、近くの地下鉄の駅に向かう途中だった年配の掃除婦で、詳細ながら警官がちょっと首をかしげるような証言をした。「通りの反対側を歩いてたんですよ、わたし、早く地下鉄の駅へ行くことだけを考えながら。でも何の気なしにレストランのほうを見たら、あの青年が立ってたんです——とっても体裁のいい——っていうんでしょうねえ——イタリア人か、ギリシア人のようにわたしには見えましたね。歩道にね、たったひとり立っているのがなんだか妙な気がして、ちょっと見てたんです。だってあのひどいどしゃ降りの雨のなか、傘もささないで立ってるんでしょ。でも時計見てたんで、ああ、きっと彼女を待ってるんだなって思いました。彼女が来るまでレストランにはいらずにいるつもりなんだろうって。そしてちょうどそのとき、一台のタクシーがレストランの真ん前にとまったので、ああ、やっと恋人のご到着だなって思ったんです。でも車からおりたのはただの子連れの——たしか小さな男の子を二人連れた夫婦で、そろってレストランにはいっていきました。そうしたらあの青年はレストランの窓に近づいて、コートの下の何かをつかんでその手を振り上げたんですけど、急になにか迷った様子になって、それから何もかもが爆発したんです。大きな火の玉がどかんと――ちょうど戦争中ドイツの空襲でうちの通りに爆弾が落ちて、まだ小さかったデリク・バートリーが殺されたときとそっくり同じでしたよ」

シルヴィーは四十八時間警察署に拘留され、初めは二人の警部から、そのあとでさらに特別保安部《スペシャル・ブランチ》の警視から長い尋問をうけた。しかし、ショーンのガールフレンドだった点をのぞけば、なにひとつ不利な事実は立証されずにすんだ。ショーンとの恋愛関係はかくすことなく率直に認めたのである。結局のところ、警察は彼女を釈放せざるをえなかった。

警察署からタクシーをひろったシルヴィーは、まっすぐヒースローに向かい、フランスにもどった。母の城に着く頃には、一度ならずかみ切りそうになった下唇の深い傷も癒《い》えだしていた。そして涙はすっかりかれていた。

生気をとりもどすには一年かかった。セリニー城の自室にほとんどこもりっきりの一年だった。母は何があったのか新聞記事ではじめて知ったくらいで、シルヴィーはかたくなに口をとざしたまま何も言おうとはしなかった。最初の数カ月はさながら魂の抜け殻のようで、絶望と無感動の暗い淵にますます沈みこんでいくばかりだった。食事もほとんど口にせず、本をひろげることもなく、好きなレコードも棚に眠らせたままほこりをかぶるにまかせた。すんなりのびた両手を力なくひざにのせ、何時間でも窓ぎわに座り、どんより曇ったオルレアネの灰色の空を、見るともなしにただぼんやり眺めつづけているのである。自殺を図るかもしれないと心配したシルヴィーの母は、幾晩となくシルヴィーの部屋の外の廊下にたたずみ、ときどきドアに耳を寄せては息づかいをたしかめたものだった。だがシルヴィーは、本人が思っていた以上に強かった。苦しみながらもゆっくりと悪夢から抜け出ていった。やがてパリへもどり、新しいアパートを見つけ、ソルボンヌにはもどらず、かわりに美術のコースをとりはじめた。だんだんに親しい旧友たちにも会うようになり、パーティーに出、あるいは旅行を楽しみ、しだいに笑顔をとりもどしていった。それでも久方ぶりにロンドンに飛んだときは、不安でたまらず、途中ふるえどおしだったが、ジェニファーはあいかわらず元気いっぱい親身にもてなしてくれ、楽しい逗留になった。心の傷はシルヴィー自身が驚いたほどすっかり癒えていて、依然ロンドンを愛せることがわかったのである。だが、ふたたび男とベッドを共にするには、まだまだ時間が必要だった。しかしやがてルネ・デューマと知り合い、誘われるままに身をまかせ、自分のなかのどこか深いところで何かがショーン・ブラニガンとともに死んでしまい、アイルランドの恋人にいだいた情熱を、もう二度と男に感じることはないのだと悟ったのだった。

ルネは金髪の、背の高い、よく笑う、とことん政治には無関心な男だった。死んでしまった恋人とまったく異なっていたために、潜在意識が彼を選ばせたのだろうと、ときどきシルヴィーは思った。ルネは非常な成功をおさめている広告代理店の経営者だった。才気《さいき》煥発《かんぱつ》で、独創性にあふれ、かって気ままで、そして金持ちなのである。最高の食事、極上のワイン、最高級の衣服と、本質的に快楽を追いもとめるタイプで、珍しいもの、思いがけないもののためなら、世界じゅうどこへでも出かけていき、シルヴィーもこれに加わった。そしてパリにいようと、アマゾン上流を探険しようと、ふたりはすばらしい楽しいときをすごした。ルネはシルヴィーに夢中だった。シルヴィーのほうはしかし、彼に対して一度もそれほどの気持ちにはならなかった。むろん彼と一緒に時をすごし、魅力あふれる場所をあちこち一緒にたずね、最高級のホテルや超一流のリゾートに滞在するのは、彼女にとっても楽しいことだった。しかもルネはシルヴィーを笑わせる術《すべ》を心得ていて、彼のおかげでふたたび人生を楽しめるようになったといってもよかった。にもかかわらず、ふたりのつながりは、心をゆさぶるような強い結びつきを予感させるほどの深みはない、あくまで表面的なものにしか、シルヴィーには感じられなかった。ベッドでのルネはじつに経験豊かで、ありとあらゆるやり方でシルヴィーを刺激し、満たしてくれた。あまりに完璧すぎて、恋人というより、その道の達人かテクニシャンのようだった。刺激は少なくていい、もっと自然な、本物の愛をかわしたい、彼自身ボーッとなって、一度でいいからテクニックを忘れてほしい——心からそう願った夜が何度かあった。だがいつの夜もきまって申し分なく、ルネはシルヴィーをクライマックスにみちびき、声をあげさせ、背中に爪をたてさせて、ひどく得意になるのだった。

　やがてパリでのある夜、遅かれ早かれそうなるものと予感していたとおり、すべては無為だったと、シルヴィーは悟った。何の感慨もなくといえばうそになるが、それほど感情にひきずられることもなく、彼女はしごくあっさりと彼のもとを去った。ふたりですごした最後の夕べは、はじめてのときと奇妙に似かよっていた。それから数週間はしかし、ルネがそばにいないのが寂しかった。必要な存在というより、一緒にいて楽しい彼がいないのが、なんとなく物足りなかったのだ。そして一週間まえにロンドンに来て、リチャード・ホールと出会い、新たな悪夢がこの日の朝ふたたび始まったのである。

シルヴィーは、ショーンとこのアパートですごした最初の晩に寝込んでしまった肘掛け椅子に沈みこみ、眼をとじた。

そっとドアをノックする音で目がさめた。それが、三回ノックし、一回休んでまた三回という、グループの合図のノックであることをぼんやり思い出す。白々とした朝の光がカーテンごしにさしそめていた。それを見てシルヴィーは、ブーツもとらず、肘掛け椅子に眠りこんでしまったことにはっと気づいた。あわててさんざんな服のしわをのばそうとする。からだじゅうの節々が痛んだ。椅子を立ち、「いま行きます」シルヴィーはノックにこたえた。口のなかがねばねばと苦く、頭が重い。彼女はドアをあけた。

「おはよう」ミセス・オショーネシーは、紅茶とトーストとジャムをのせたトレーを持って、楽しげにハミングしながら居間にはいってきた。「はい、朝食よ」と言って、ダイニング・テーブルにトレーを置き、カーテンをあける。アルコーブに置いてあるベッドがまったく乱れていないのをすばやく見てとったが、何も言わず、シルヴィーのために一杯めの紅茶をついでやってはじめて、ひどくおびえる子供に語りかける母親のように、それはやさしく話しかけた。

「いい、シルヴィー、聞いて。どの朝刊もあなたの名前でいっぱいだけど、わたしはあなたを知っている。あなたの犯行ではないって信じてるわ。もしそうだとしたら、それなりのちゃんとした理由があるにちがいないとね。だからきのうも言ったように、ここはあなたの家と思って、いつまでだって好きなだけいていいのよ。でも、あなたはだれかから身をかくそうとしている。そのだれかが警察なら、ここは役に立たないわ。連中はこのまえ、ここであなたを見つけてるから。あの連中が、捜すべき場所を忘れるはずがないでしょ。きょうじゅうにもここへ来て、家宅捜索するに決まってるわ。そこで考えたんだけど、あなたが滞在できる所があるのよ。そこなら絶対に安全。わたしたちのもう一つの隠れ家で、まだ警察が一度も顔を見せてないとこなの」

シルヴィーは感謝の気持ちをこめて微笑み、ミセス・オショーネシーのやせた白い手にそっと触れた。「ありがとう、ミセス・オショーネシー、ほんとうに。でもわたしには無理、かくれつづけるなんてとてもできないわ。気が狂ってしまいますもの。それより、友だちのジェニファーに電話して、どうしたらいいか相談してみようと思うんです」

「おうちへは帰れないの？」

シルヴィーは首を振った。「パスポートがないんです」

「パスポートなら、いつだってつくってあげられるわ」ミセス・オショーネシーはことなげに言った。

「ええ、それはわかってます」シルヴィーは考えこみながら答えた。「そうですね、お願いすることになるかもしれません。でもいますぐじゃなく、まず友だちと、事態をよく整理して考えてみたいんです。それでいいですか？」

「いいですとも」

クイーンズゲートのベーデン＝パウエル（ボーイスカウトを創設したイギリスの将軍）・ハウスのまえには、ずらりと電話ボックスが並んでいる。シルヴィーはジェニファーのアパートの電話番号をまわした。

「もしもし」ひどく眠そうなジェニファーの声が答えた。

「何も言わないで、ジェニファー、ただ聞いて。ぜひとも会いたいの。それで時間と場所を決めたいんだけど、ほかにもこの電話を聴いてる人がいると思うの。だから、わかったら『ええ』って言って、ただ『ええ』って」

「ええ」いまは眠気もふっとび、ジェニファーは緊張して答えた。

「その調子。こんどはあなたとわたしだけが知ってる場所を考えて。考えたら、そこの、わたしたちだけにわかるヒントを言って」

電話の向こう側で沈黙がつづく。

「考えて、ジェニファー」

「いったいわたしが何してると思ってるのよ」ジェニファーはもういつもの彼女だった。

また長い沈黙。

「見つけたわ」ジェニファーは得意げに言った。「まだわたしの灰色の細胞、ちゃんと働いてるみたいね」

「ええ、どこ？」

「赤い縞模様のガウンを着た女の人のこと憶えてる？　軀のとっても大事なところをなくした人」

「つづけて」

「こう叫びつづけた人よ――『あかりを！　あかりを！』って」

シルヴィーは懸命に思い出そうとした。「ええ、憶えてるような気がする――」ゆっくりと、彼女は言った。が、それから、「だめ。ごめんなさい、ジェニファー。その女性《ひと》のことはとてもよく憶えてるんだけど、場所が思い出せないの」

「いいわ」ジェニファーはきびきびと言った。「別の場所を考えるから。でも、どんな所を考えてるかはだいたいわかったでしょ？」

「ええ、わかったわ」シルヴィーは力をこめて答えた。

「えーと、そうねえ……じゃあ、気のふれたお婆さんが自分の子供たちをさがしに行った場所憶えてる？　それで住人たちの永遠の休息がじゃまされて……だめ、遠すぎるわ。あそこまで行くのは時間的に無理」

「ほかにない？」シルヴィーは言った。

「ちょっと待って。あ、これならたぶんわかるんじゃないかな。かわいそうなアンを憶えてる？」

シルヴィーは口ごもった。「アン……アン・ビーのこと？」

「そのアンよ。で、彼女はある場所で泣いてて、そこから最後の旅に立ったでしょ？　その泣いてた場所憶えてる？」

シルヴィーはほっとして、おもわず笑いだした。「もちろん憶えてるわ。彼女が階段をおりてったとこでしょ？」

「ええ、あそこ」

「さすが灰色の細胞のよく働くジェニファーね」シルヴィーは感心して言った。

「あたりまえでしょ。それじゃ、同じ時間に同じ場所でね？」

「待ってるわ」そう言ってから、シルヴィーはつけ加えた。「でも、ジェニファー、そこを出るときは充分気をつけてね。まちがいなく見張られてると思うから」

「大丈夫。じゃ、あとでね。さようなら」

「さようなら」シルヴィーは受話器をフックにかけた。

バークリー広場にとめた〈デアリー・メイド〉のバンのなかで、KGBエージェントのハリスとホヴァキーニェはヘッドホンをはずした。ふたりは、当惑の色をうかべて顔を見合わせた。

「もう一度まわしてみろ」ハリスが言った。

ホヴァキーニェがテープレコーダーの巻戻しボタンを押す。小さくうなりながら、テープがハイスピードで回転する。ホヴァキーニェはテープをとめ、ただちに再生させた。ふたりは、テープに録音したシルヴィー・ド・セリニーとジェニファー・ソームズの電話での会話を聴きなおした。

「アン・ビーが泣いてて、最後の旅に発った場所？」ハリスがゆっくりくり返した。「いったいどこのことを言ってるんだ？」

4　幽霊

ジェニファー・ソームズは受話器を受け台にもどすと、満足そうな微笑をうかべ、しばし電話を見つめた。それから両腕をのばし、ゆったりとあくびして、小さな両方のこぶしで子供みたいにぎゅうぎゅう眼をこすった。そして、彼女が楽しんでいるささやかな贅沢《ぜいたく》の一つであるサテンのシーツのあいだから、名残惜しげにすべり出、裸のまま震えながらつま先立ってキッチンへ行き、レンジにケトルをかけた。

ジェニファーは赤毛で、快活で、機転もわりときくほうだった。そばかすのある顔、上を向いた小さな鼻、いつも笑っているようなグリーンの眸《ひとみ》――どう見たって美人ではない。それは彼女自身よく承知していた。小柄で太めで、女らしい魅力など、短い手足にはまるでない。それでも、彼女の小さくまとまった軀にはそれなりにとりえはある、とジェニファーは思っていた。むろんシルヴィーの魅力とはくらべものにならないが、彼女にもかなり子猫的な魅力はあるように思えるのだ。だから、自分はシルヴィーのようにドラマチックな恋の冒険に生きることはまずないが、反面、シルヴィーのように孤独な思いをすることも決してないだろう――そう彼女はふんでいた。シルヴィーの美しさは人を魅《ひ》きつけもするが、同時にしりごませてもしまい、ほんとうに大胆な者だけしかアプローチしてこない。そこへいくとジェニファーの肩のこらない朗らかな持ち味は、たちまちだれでもくつろいだ気分にさせる。だから男たちは彼女と一緒にいるのをよろこび、ベッドを共にしたがり、さらに最近彼女がきわめて有能な実業家でもあることを証明してからは、しごくまともに彼女を扱うようにさえなってきたのである。

ジェニファーはひとにぎりのコーヒー豆をひき、特大のカップに強いブラック・コーヒーをいれた。そのあいだじゅう左足で拍子をとり、ビートルズの古い曲を口ずさみつづけていた。ほんとに、以前の仕事仲間がいまの彼女を眼にしたら何と言うだろうか。彼女がいまの事業を始めてから、まだ二年たっていないのである。にもかかわらず、業界にはもはや並ぶ者がいなかった。事業を始めたそもそものきっかけは、まったくの幸運に、彼女の想像力のちょっとしたひらめきが重なった結果だった。ある晩、友人とバークリー広場をぶらぶら散歩していると、一見ごくありふれたジョージ王朝時代の邸宅が売りに出されているのが、彼女の眼にとまった。しかし、その四階建ての建物に、ジェニファーは最初、二度眼を向けるほどは興味をいだかなかった。ところが、連れのジャーナリストがいきなりとんきょうな声をあげたのである。「へえー、幽霊屋敷が売りに出されてるよ！　いったいだれがあんなとこに住むっていうんだ？」

「幽霊屋敷？　あれが？」

ジャーナリストはあきれ顔でジェニファーを見つめた。「おい、ジェニファー、ロンドン一有名な幽霊屋敷を知らないっていうのかい？」

ふたりはベンチに座り、ジャーナリストはジェニファーに、前世紀の中ごろから所有者がつぎつぎとあわてふためいてこの家を手放すようになったという話をしはじめた。――当時の持ち主たちがつぎつぎに手放した理由は、夜になると、スコットランドのキルトをつけ小さな両手を握りしめながら泣く子供の亡霊が、階段に現われるようになったからで、それが最初の幽霊だった。それから何年かのちには、若い娘の亡霊がたびたび最上階の窓に現われ、必死に恐わくにとりすがり、身の毛のよだつような悲鳴をあげた。そちらのほうは、変質者のおじに犯されそうになり、魔の手を逃れようと窓からとびおりた娘の亡霊と推測されていた。

一八七〇年には、この家で一夜をすごした一人の若い女性が、恐怖のあまり翌日完全に狂って発見され、また、亡霊と一緒に一晩がんばることを賭けた男が、朝になって死んでいるのが見つかった。同じ年、二人の水夫がこの家に来て、空き家と知り、がらんとした部屋で冬の嵐をしのいだ。だが真夜中に、ふたりは血も凍るようなうめき声と、人けのない階段にひびく足音で目をさました。と、ふたりの眼前で音もなくドアがひらき、〝何やらうごめく正体不明の恐ろしいもの〟がはいってきたため、ひとりは恐怖に震えあがり、ほうほうの体で逃げ出した。が、もうひとりは、庭を囲うフェンスの忍び返しに串刺しになって死んでいた。以来、バークリー広場五〇番地のこの家は、世にも恐ろしい幽霊屋敷としてイギリスじゅうの評判になった――というのである。

この話を、ジェニファーはかなり割引して受けとめた。「わたしに言わせるなら、もっとましな説明ができると思うわね。その水夫たちはふたりとも酔っぱらっていて、喧嘩《けんか》になり、ひとりがもうひとりを殺しちゃったのよ。それで、罪を免れるためもっともらしい怪談をでっちあげたってわけ。〝何やらうごめく正体不明の恐ろしいもの〟とはね、よく言ったわよ」

「まあね、そうかもしれない」ジャーナリストは言った。「しかし、世の中にはこの手の話を信じる人間がけっこういるんだ。その証拠に、ここには毎日といっていいくらい旅行者がわんさとおしかけてきてるからね。結局人間というのは、そういうことを信じる気持ちが潜在的にあって、ちょっとぐらい金がかかっても怖いものはぜひ見てみたいものなんだよ」

この、ジャーナリストの最後の言葉が、ジェニファーにヒントを与えたのである。一週間後、彼女はあらゆるつてを通じて資金をかき集め、この幽霊屋敷を買いとり、そこに新しい旅行代理店〈オカルト・ロンドン社〉を設立して、そのワンマン経営者におさまった。そしてまずロンドンじゅうから、亡霊、幽霊屋敷、狂暴な犯罪の舞台、悪名高い牢獄、首つりのあった木、死刑執行場所といった事柄に関する本を集めた。つぎに、〈小人数の限定グループのための〝恐怖の夜〟ツアー参加者募集〉と、旅行雑誌数誌にごく控えめな広告を載せる。それからわずか二週間とたたぬうちに、ジェニファーは自分が〝金鉱〟を掘りあてたことを知ったのだった。

ちょうどその頃アメリカでは、恐ろしいもの、悪魔的なもの、超自然的なものに人々の関心が集まって、さまざまな分野でこの路線がブームになっていた。『エクソシスト』『オーメン』といった映画が大量の観客を動員し、テレビ界では魔女や魔術ものが高視聴率をあげ、出版界でも、悪霊、悪魔、あるいは悪魔《あくま》祓《ばら》いなどをテーマにした本がベストセラー・リストに並んでいた。当然、血みどろの犯罪や薄気味の悪い亡霊、拷問用の椅子で音をたてる骸骨、中世の城の壁の奥にかくされた残忍な秘密などで、この路線では昔から定評のあるロンドンの〝恐怖の夜〟は、イギリスをおとずれるアメリカ人旅行者にとって必見のコースとなった。そしてこれらの旅行者たちは伝統ある恐怖を味わうために、ジェニファーにとってはまことにありがたい料金を惜しみなく払ってくれるのである。

ジェニファーの組んだ恐怖のロンドン・ツアーはまったくゆきとどいたものだった。真夜中近く、ホテルに滞在している旅行者たちは、黒装束に身をかためた見るからに不吉な感じのガイドに迎えられ、運転手つきの黒塗りのリムジンへみちびかれて、百鬼夜行の世界へと旅立つ。絞罪、断罪、幽閉に処せられ、あるいは暗い濠《ほり》につきおとされて溺死したイギリス貴族の華たちの亡霊が夜な夜な現われるというロンドン塔――重罪人や異教徒が生きながら火にあぶられ、あるいは釜《かま》ゆでにされたというスミスフィールドのエルムズ――夜の帳《とばり》がおりると数多くの霊が集まるというグリーン・パークの自殺の木――カンバーランド公みずからの手でのどを切られたイタリア人セリスの血みどろの幽霊がとりついているとうわさされるペルメル街のセント・ジェームズ宮殿――霧のたちこめる波止場に骸骨の騎士と黒いマントの人影の群れが彷徨《ほうこう》するドッグズ島と、亡霊の街ロンドンの主要なアトラクションであるさまざまな宮殿、墓地、公園、家屋敷などをめぐるのである。ツアーによっては、夜のテムズ川やその堀割をボートでまわるコースも組まれていた。オールに消音装置をほどこしたボートで、一行は暗い川面を音もなく進むという趣向である。このツアーのパンフレットの冒頭には、〝テムズはすでに限りない人間の涙を、一顧だにすることなくのみこんでいる……〟というハインリッヒ・ハイネの言葉が引用されていた。

そして、たとえ亡霊を見ることも、異様な声や物音を聞くことがなくとも——まずほとんどのツアーがそういう結果に終わるのだが——陰気な屋敷、無気味な無人の墓地、怪しい影でいっぱいの公園、中世の血なまぐさい歴史にいろどられた城塞の探険旅行を終えた一行は、夜明けの神秘的な薄明のなか、満喫したスリルに充分満足してホテルへもどってくるのだった。

数カ月のうちに、ジェニファーの経営するオカルト・ロンドン社はじつにめざましい急成長をとげた。スタッフも着実にふえつづけ、ロンドンでもお堅い部類にはいるホテルまでが、そこの上客のために特別に怪奇ツアーを組めないかというような照会をしてくるようになった。また、恐怖のロンドン・ツアーが最初の成功をおさめたあと、映画やテレビのプロダクション数社からジェニファーのもとに、背景やロケーションを手配するロンドン・コンサルタントをひきうけてくれという依頼があった。さらにジェニファーは最近、亡霊の街ロンドンのPR誌とイラスト入りのガイドブックを専門に編集する新しい部門を創設したのである。

彼女自身はしかし、オカルト・ロンドン社のオフィスに姿を見せることはめったになかった。会社の運営はもっぱら、同じバークリー広場の〝幽霊屋敷〟内ではあるが四階の彼女の住居から指示した。一緒に住んでいるとりざたされている〝恐ろしい存在〟はあつかましく無視して、幽霊屋敷の最上階にたったひとりで暮らしているのである。仕事に関するインタビューや、彼女自身が写真にとられることは、いっさい断わった。「オカルト・ロンドンの記事と一緒に、わたしのちんまりしたおかしな顔の写真がただの一度でも載ったら、お客さんはみんなうちから離れていってしまうわ」というのが彼女の言い分だった。

ジェニファーは急にくすくすと笑い声をもらすと、こんどはエロチックなダンスをまね、ベッドルームの等身大の鏡に向かって官能的に身をくねらせた。鏡のなかの自身にカップをかかげ、またもくすくす笑う。すっぽんぽんの小さな軀に燃えるような赤い髪の自分のヌード写真が、雑誌の見開きにでんと載っているところを想像したのである。「今月のプ、い、い、レイゴースト！」彼女は鏡に向かって声高らかにアナウンスした。「オカルト・ロンドンの女王――ジェニファー・ソームズ！」

きょうはしかし、オカルト・ロンドンがおもいがけず実際的な役に立った。シルヴィーと待ちあわせの場所を内密にきめる即席の暗号のヒントとなったのである。シルヴィーとは二人だけで、恐怖のロンドン・ツアーのいくつかをまわっていた。あとは、だれか知らないが電話を聴いていた連中が、ロンドンの恐怖ゾーンについて彼女らほどくわしくないことを願うだけである。

行方のわからなかったシルヴィーから連絡があり、直接話が聞けることになって、ジェニファーはほんとうに胸をなでおろした。ことに、リチャードのアパートで何があったのか知りたかった。どの新聞も、〝数多くの刺創〟と〝逃亡中の美術学生〟を関連づけて書きたてていたが、ジェニファーはシルヴィーを絶対的に信じていた。それでも受話器からシルヴィーの声がきこえたときは、とたんに質問をたてつづけにあびせるところだった。だがシルヴィーが、だれかに盗み聞きされているかもしれないというので、思いとどまったのである。それくらいジェニファーは、シルヴィーの言うことを信用し、彼女を心から愛していた。シルヴィーが住んでいるのはフランスでも、そして彼女の言うところの〝わたしのシンフェーン（大英帝国からの完全独立を主張するアイルランド政党）体験〟という、聞くも恐ろしい波乱の一年間があったあとも依然――そしてこれからも常に――彼女はジェニファーの最良かつ最愛の友なのだ。事実、物心ついてからは、シルヴィーを愛しも尊敬もしなかった記憶は、ジェニファーにはまったくなかった。

このジェニファーとシルヴィーの友情は、ふたりが生まれるずっと以前からの両家の親しい交際が、そもそもの始まりだった。ジェニファーの父、陸軍少佐ジェフリー・ソームズは、自由フランス（一九四〇年対独降伏以後、ドイツおよびこれに協力する自国人に対して抗戦をつづけた組織）との連絡将校で、ドゴール将軍の参謀本部に配属されていた。同格のフランス人将校、ユーゴー・ド・セリニー伯爵は、自由フランスの旗あげにいちはやくはせ参じたフランス軍人の一人だった。このふたりのあいだにあたたかい友情が生まれたのである。伯爵は週末というと、サリー（イングランド南東部の州）にあったソームズ家の別荘の客となった。大戦後は、ジェフリーのほうが妻エリザベスを連れてフランスのセリニー城をおとずれ、何度かすばらしい夏をすごした。ジェニファーとシルヴィーがほんの数ヵ月ちがいで生まれると、このふたりもごく自然に親しい仲となった。そしてセリニー大佐がアルジェリアで戦死してからは、ふたりを結ぶ友情のきずなはいちだんと強くなっていった。父と仲のよかったシルヴィーは、城で母とふたりで暮らす寂しさに耐えきれず、以来フランスかイギリスのいずれかで、娘たちふたりが休暇を一緒にすごすというのが習慣となったのである。その後サンタンブロワズを卒業したシルヴィーは、まる一年ロンドンのジェニファーのもとに滞在した。このときが生涯で最高に幸せな一年だったと、ふたりの意見は一致している。

その一年を振り返るたびに、ジェニファーは懐かしくてたまらなくなるのだった。当時はふたりとも、なんとのんきに楽しくやっていたことかと思う。大人の世界に羽ばたこうという若い娘ふたりは、眼のまえに花のように美しく楽しげにひらきはじめた世界に眸《ひとみ》を輝かせた。それほどふたりともまだナイーブだったのである。それにしても、シルヴィーはもっともっと幸せになるものと、ジェニファーは確信していた。なんといっても美人だし、頭もよく、しかもいやになるほど裕福で、おまけに人生を楽しむのが上手なのだ。だが、運命はあまり彼女に幸いしなかった。初めはショーン、そしてこんどはこのリチャードとの一件なのである。

コーヒーを飲みおえると、本来の楽天主義がジェニファーにもどり、こうした憂鬱《ゆううつ》な回想を払いのけた。事態を打開する道はきっと見つかる。ふたりでよく話し合えば、なんとかなる。たとえ電話を盗み聞きしていた者がいたとしても、ふたりがいったい何を話していたかなど、わかるわけがないのだ。

一人の小柄な紳士が、雨でずぶぬれの帽子をとり、傘を振って、眼鏡の分厚いレンズごしにくもりガラスのドアを眇《すが》め、ようやくかたわらの壁の真鍮《しんちゅう》の表札に気づいた。まずロシア語の刻字を読み、さらにまちがいのないことをたしかめるように英語の文字を読む。〈SOVTORG——ソヴィエト社会主義共和国連邦通商代表部〉そしてその下に小さく、〈関係者以外の入室お断わり〉とあった。小柄な紳士はずっしりと重いウールのコートのボタンをはずし、内ポケットからとり出したグレーの大きなハンカチで禿げた頭をぬぐった。帽子はいまいましい雨がしみとおり、だいなしになっていた。まったくかつてないほど不愉快きわまりない道中だった。電車は魚を満載した手押し車よろしく通勤客ですしづめになるし、タクシーはタクシーでめんどりの歯みたいに数が少なく、やっとつかまえてもオックスフォード通りを這うようにしか走れない。加えてエレベーターが立ち往生し、十分間もとじこめられたのである。紳士はベルを押した。と、ほとんど同時に、厚手のガラスごしにぼんやり人影が現われ、二つの錠がただちにあけられた。

「はい？」姿を見せた男は、かならずしもお定まりの〝個性のないソヴィエト官僚〟タイプでもなければ、〝フリースタイルのレスリング・チャンピオン〟タイプでもない、両者の中間のような感じのロシア人だった。いずれにしても、がっしりした非常に大柄な男で、ひどい仕立ての寸法に合わない――だぶだぶなのではなく小さすぎる――定番のブルーのスーツを着ていた。顔は例によって無表情である。

紳士は咳払いして言った。「ミスター・ブレークに会いに来たんです」

「ミスター・ブレークという人はこちらにはおりません」ヘビー級のロシア人は、暗記した英単語を暗誦するように、いちじるしく不明瞭なアクセントで並べた。

「きょうはいるはずです。わたしと会う約束をしたんですから。会計課でしたかな？　十七号室の」

「お名前は？」

「リード。大学教授のジョージ・リードです」

ロシア人は型どおりに頭をさげると、「少々お待ちください」と、リードを入り口のホールへ通し、右手のドアに消えた。そして一、二分でもどってくると、「こちらへどうぞ」と言った。

ふたりは広いオフィスを通っていった。そこでは六人の職員――女二人に男四人――がタイプライターや計算器に忙しげに向かっていた。たったひとり、黒髪の美女が顔を上げたが、すぐにまた自分のキーボードに視線をもどした。もう一つのドアを通りぬけ、廊下に出ると、ヘビー級のロシア人は、はっきりと〈9〉と記されたドアをノックした。

〝なるほど〟リードは心中つぶやいた。〝ミスター・ブレークに実際にお目にかかれるとは期待しなかったが、すくなくとも十七号室はあるものと思っていたよ。万一わたしが途中でつかまって尋問されても、まちがってここへはいりこもうとしたか、あるいはおそらく、このわたしがソ連のスパイという妄想にとらわれているにちがいないと言いのがれられるように、というわけか〟

九号室は非常に小さく、すみに一台電話を置いた会議用の長方形のテーブルと、背のまっすぐな椅子が五脚並んでいるにすぎなかった。たった一つの窓には褐色のカーテンがひかれ、白っぽいグレーの壁に、アエロフロートの輝くジェット旅客機の古いポスターが貼られているのが、唯一の装飾だった。

部屋には四人の男女がいて、そのうちの三人がテーブルについていた。もう一人がドアをあけた赤ら顔のでっぷりした中年男で、リードをあたたかく迎えいれた。「リード教授、ようこそおいでくださった。コートをおとりしましょう。これはまた濡れましたな。わたしがけさ電話したのです。ジョーンズといいます」

おそらく本名ではないだろう、とリードは思った。しかしそうしたことは、最も初歩的な警戒措置なのだ。けさ電話してきたときも、ジョーンズはだれとも名のらず、ただ、「スレーター博士がよろしくとのことです」という暗号を言って、リードをロンドンに至急呼びよせたのである。

「二《ふた》クラス休講にしなければなりませんでしたよ」リードは不満そうに言った。「ちょっと迷惑しましたな」

「それはそれは申し訳ありませんでした」ジョーンズはなだめるように謝った。「ですがそれなりの理由がありましてな、たったいまこちらに説明していましたとおり――」と、ちょっと手ぶりでテーブルの男女を示し、「緊急を要することで、ぜひあなたに協力をお願いしなければならなくなったのです」

ジョーンズは教授に空いている席を示した。「どうぞおかけになってください、教授」

リードは、テーブルの片側についていた男女の真ん中に座ることになった。見たところ、このふたりはイギリス人のようだった。向かいにはジョーンズの席があり、そのとなりに三人めの男がかけていた。こちらはまちがいなくロシア人である。

ジョージ・リードは、一九三〇年代に熱心な共産党員となり、努力してロシア語を習いおぼえた。スペインでは武器をとったことさえあった。そこで、KGBが接近してきたのである。戦時中はイギリス陸軍情報部MI6の大尉としてロンドンですごし、ソヴィエト軍代表団に連絡将校として配属された。その表向きの任務は、低いレベルの戦闘概況説明会議での通訳、ロシア人将校らのためのホテルの手配といったところが主なもので、むしろ非公式の立場でソヴィエト軍代表団に大いに協力したのだった。

戦後オックスフォードにもどってからは、リードの活動は多少停滞した。ときどきごくありきたりの任務にかりだされることはあっても、論理学の大学教授の立場では、MI6

の大尉であった頃にくらべると、提供できる材料がはるかに少ないからである。だから、この日の朝受けたような謎の呼び出しは、じつに数年ぶりだった。

ジョーンズが向かいの席についた。「さっそくですが、教授、こちらの皆さんはもうすでに、あなたのまえにおいてありますコピーに眼を通しました。これは、ある二人の若い女性の電話による会話を書きとったものなんです。ふたりはまずまちがいなくきょうのうちに、おそらくは今晩会うはずなんですが、その待ちあわせの場所をうちあわせている会話です。ただふたりはふたりだけにわかる即席の暗号を考えて話し合っていますので、それをなんとか皆さんに解いてもらいたいわけです。これは重要ですので――」そう言ってちらっととなりの、さきほどから無言のロシア人に眼をやったジョーンズは、言いなおした。「非常に重要ですので、なんとしてでもふたりの待ち合わせ場所を解きあかしてほしいのです」

リードは気をきかして、理由はきかなかった。

読みやすいようにトリプルスペースでタイプしてあるコピーの上に身をのりだしたリードは、それをざっとひととおり読んでから、もう一度丹念に読みなおした。

そして眼鏡をなおすと、「二、三質問があるんですが」と言った。「このふたりがどこのどんな女性であるかは教えていただけるんですか？　年齢とか職業とか、そういったことです」

ジョーンズはとなりに視線を走らせ、それを受けとめたロシア人はうなずいた。

「多少はお答えできます」ジョーンズは言い、すぐにつけ加えた。「ある程度まではということです。このふたりの女性は、さきほど言いましたとおり、まだ若く、二十五、六というところです。ジェニファーと呼ばれているほうは、ジェニファー・ソームズというイギリス人で、オカルト・ロンドン社という一種の旅行代理店を経営しています。もうひとりはフランス人です。こちらの名前は重要ではありません。この女性は現在身をかくしており、あきらかにだれにも発見されないような場所でジェニファーと会うことを望んでいるのです」

ジョージ・リードは考えこみながらうなずいた。「このふたりの仲はどの程度のものなんですかな？」

「それは調べてあります」ジョーンズは言った。「無二の親友同士です」

「どのくらいつづいてるんです？」

「物心つくころからのようです」

リードは唇を固く結んだ。「そりゃ面倒ですな。暗号として使える過去の共通体験がそれだけいろいろあるわけですから」

「失礼だが口をはさませてもらいますよ」リードの右手の男が言った。この男は立派な体格で身だしなみもよかったが、まさに初期のアメリカ映画に登場する典型的イギリス紳士のカリカチュアだった。極細縞の三つぞろいのスーツに、古風なイートン型ネクタイを結び、きれいにカットした赤みがかった口ひげはワックスで固め、両はじをはねあげていた。

そして長い馬づらには、退屈きわまりないといった例の表情をうかべているのだ。古典的イギリス紳士はジョーンズに向かって言った。「この女性たちについて、あなたがたは相当広範な調査をなさっているようだし、われわれが聞かせていただけるのはそのほんの一部だけ。この電話の会話は、あなたがたがご自分たちで解読に努められたほうがずっと早いのではないですかな？　われわれの協力はいらんでしょう」

もしジョーンズがこのひげの紳士の言葉に内心腹を立てたとしても、それは片鱗《へんりん》すらもうかがえなかった。それどころか、彼はおだやかに微笑んでみせ、「まあ、そうおっしゃらずにご協力ください」と、おおらかに言った。「ご存じのように、ここの人間はほとんどがイギリス人ではないのです。この国のことはかなり知っていても、この種の特殊な作業となると、やはりどうしてもイギリスの習慣、独特の言葉の調子、特定の言葉の遣い方といったことにくわしくありませんと……」

「ちょっと待って！」こんどはリードの左手の、これまた堂々たる体軀の白髪の女史が口をはさんだ。年の頃六十、肌が白く、肉づきのいい顔にはほとんどしわが見られない。どこでも見かけそうな顔だちだが、眼は鋭く、しっかりした声は自然な威厳を感じさせた。「言葉の調子とおっしゃったわね。そう、ヒントになりそうな表現がいくつかあります。まず第一に、フランス人の娘が、ジェニファーの伝えようとしていることを理解したときにこう言ってます。『さすが灰色の細胞のよく働くジェニファーね』もしジェニファーが何か……何かあたりまえの共通体験の場所を思い出させたのだったら、こうは言わないはずです。彼女の言葉からすると、これは何か特別な、特殊な場所だってことです。それだけではありません。この会話の初めのほうで、ジェニファーはフランス人の娘に最初の場所を伝えようとして失敗しているけれど、そこでこう言ってます。『でも、どんな所を考えているかはだいたいわかるでしょ？』すると、フランス人の娘は、『ええ、わかったわ』と答えてます。つまりこれは、ふたりの共通体験の場所のなかの、ある一つの特殊なカテゴリーを考えているということです」

リードは同意するようにうなずき、几帳面なしぐさでブライアー製パイプに火をつけた。

「そう、そのとおりだ。ですから、ふたりが共通体験の場所のなかのどんな特殊なカテゴリーを選んだのか、まずそれを考えてみることですな」教授が眼のまえのコピーをのぞきこむと、ほかの者もそれに従った。長い沈黙がつづき、やがて教授が顔を上げた。「どうもこの言い方からすると、ただの場所ではありませんな。ここなんだが――」リードは自分のコピーをかかげて、指ししめした。「おっと失礼。二ページの初めです。『赤い縞模様のガウンを着た女の人……軀のとっても大事なところをなくした人』――足か腕をなくしたということを言ってるにちがいない」

「おそらくどこかの病院に一緒に入院してたことがあるのでは？」極細縞の三つぞろいの男が言った。

「いやいや」教授はじれったそうに否定した。「病院では『あかりを！』と叫ぶわけがない。どこか暗い場所ってことです」

「最初の場所はわかりませんけど――」貫禄のある女史が言った。「でもふたりが言っている二番めの場所はきっと墓地ですわね」

リードはコピーに眼を走らせた。「そう、たしかに。『気のふれたお婆さんが自分の子供たちをさがしに行き……住人たちの永遠の休息がじゃまされる』場所は墓地です」

「『永遠の休息』が墓地を意味するという意見には賛成だが――」極細縞のスーツが言った。「しかし死んだ人間の安息をだれがじゃまできるっていうんです?」

「お気づきじゃないようですけど、あなた、わたしたちをどうやら正しい方向に誘導なさっているような気がしますわね」女史が言った。「もうすこし先に、『ある場所で泣いてて、そこから最後の旅に立ったかわいそうなアン・ビー』についてふたりが話し合っている箇所がありますが、この『最後の旅』というのは当然〝死出の旅〟のことでしょう。それなのに、この会話をタイプするさいに、どなたかここに〈笑い〉って入れてらっしゃる。死のうとしているアン・ビーのことを話しながら、ふたりは笑っていたってことなんでしょうか?」

「ええ」ジョーンズが言った。「そのとおりで、ふたりは笑い、とても面白がっているんです」

「そう、そうしますと、この会話には、一貫してきわめて正常でないところがあるように思いますの。このふたりの若い女性は、軀の一部を失った女とか、おそらく自分の死んでしまった子供たちを墓地でさがす気のふれた老女とか、死ぬ運命にあって泣いているアン

・ビーという人のことを話しながら、面白そうに笑っているんです！　もし実際にそれらの人たちを眼にしていたら、ふつうだったらとても笑えるものではありません。あまりに陰惨すぎます」

「もしや何かの物語とか、伝説のことをいってるのでは？」極細縞のスーツが言った。

「ええ……」リードはゆっくりとつぶやいた。「伝説と関連のある場所……」いきなり、彼は眼を輝かせて顔を上げた。「ジェニファー・ソームズが経営している旅行代理店は何といいましたかな？」

「オカルト・ロンドン社です」ジョーンズが答えた。

「その社名には何かいわれが？」

「専門に扱っているのが夜のツアーで、亡霊が出るといううわさで有名な所とか……」ジョーンズの口がぴたりと止まった。顔が大きくほころびる。彼もまた、突如理解したのだ。

「ええ、そうですよ！　わかりました！　亡霊です！　亡霊が出るといわれてる場所のことを言ってるんです！」

「お電話使ってよろしいかしら？」女史が言った。

「どこにかけるんです？」ジョーンズがきいた。

「ロンドン幽霊《ゴースト》クラブですわよ、もちろん」

女史が、上手に声をやわらげ、送話器に向かってなめらかにしゃべりだすのを聞いたとた。そのときの芸名は憶えていなかったが、見かけた瞬間、彼女を、もう何年もまえのことだが見かけた場所を思い出した。そう、舞台の上なのである。そのときの芸名は憶えていなかったが、堂々たる演技はまだ眼に残っていた。

「ロンドン幽霊《ゴースト》クラブの事務所でらっしゃいますか？」

　女史はきまじめな口調で丁重に言った。「ミスター・ヒギンボタム？　わたくしBBCテレビ教育局のミセス・ドレークといいます。お願いがありまして。じつはこのほどわたくしどもで、ある若い男性のかたの企画をとりあげることにしたんですが、これがロンドンの子供たちに、幽霊さがしといいますか――もっと正確に申しますと、幽霊が出るといわれている場所についてのクイズで、ロンドンを教えようというものなんです。はい……そうなんです、わたくしども面白いアイデアと思いまして。ただ、ちょっと問題があるんですの。と申しますのは、技術的な理由で、番組はあすの朝早くとらなくてはならないんですが、この若い男性のかたは、わたくしどもではじめて仕事をしていただきますもので、わたくしとしましては、できればそちらさまか、あるいは幽霊クラブのほかのどなたかに、クイズの問題をいくつかチェックしていただきたいと……ええ……もちろんですとも。よろこんでクラブのお名前を、監修としてクレジットに入れさせていただきます。わかりました。それではいま質問のいくつかを読ませていただいて、午後にまたお電話させていただいてお返事をうかがうということでよろしいでしょうか？　さようですか、どうもご親切にありがとうございます」

　女史は送話口を片手でふさぎ、興奮した口ぶりで、「うまくいったわ！　解読してくれるわ！」と言って、また電話に向かった。「第一問は――赤い縞模様のガウンを着た女性の亡霊が現われるといわれているのはどこでしょう？　軀の大事な部分をなくし、『あかりを！　あかりを！』と叫びつづけた女性の亡霊です。ええ……はあ？　軀の大事な部分というのは頭ではないかとお思いに？　どうかおたしかめになって、場所も確認していただけませんでしょうか？　どうも。

第二問は――子供たちをさがす老女の亡霊が見られるといわれているのはどこの墓地でしょう？　あ、これはすぐおわかりですか？　有名？」女史はしばらく耳をかたむけ、「ほんとによくご存じですわね」と言って、部屋の一同を振り返り、〝ハイゲート〟と、声を出さずに唇だけ動かして教えた。

「そして第三問は――哀れなアン・ビーが泣きながら階段をおり、最後の旅に立った場所はどこでしょう？　はあ？　ええ、アン・ビーとなってますが。ああ、おっしゃる意味がわかりました。ちょっとお待ちください」女史はふたたび送話口をふさいだ。「ビーというのは人物の名前なのか、あるいはただのアルファベットのBで、名前の頭文字なのかってきいてるの」

「そうだ」リードはうめくように言った。「百科事典か英国史を持ってきていただけませんか。わかりましたよ」

女史が親切なミスター・ヒギンボタムにふたたび電話するまでもなかった。「問題の女性はジェニファー・ソームズと〝フランス人の娘〟の〈暗号〉は解読されたのである。

――」リード教授は満足げにパイプをふかしながら、おもむろに説明した。「ロンドンのある宮殿で、カンタベリー大主教のクランマーに不義密通の罪を裁かれています。死刑を宣告された彼女は、泣きわめきながら引きずられ、テムズ川への階段をおりていくのです。そして真夜中の十二時の鐘の音とともにはしけで最後の旅に立ち、皆さんもよくご存じのとおり、断罪に処せられたのであります」

リードは独演の最後を、少々芝居がかってドラマチックに盛りあげる誘惑を抑えきれなかった。「つまり、哀れなアン・ビーとはほかならぬアン・ブーレンであり、問題の場所というのは――アルバート河岸通り《エンバンクメント》のランベス宮殿ということになるのです」

最後に断定するようにうなずくと、リードは椅子から立ちあがった。それに従って、ほかの者も立った。たった一人席に残ったのはジョーンズの隣の寡黙なロシア人で、その無表情な顔には石のように冷たい笑みがはりついていた。

「まことにありがとうございました」ジョーンズは格式ばって言い、三人とつぎつぎに握手して、それぞれに愛想よく笑ってみせた。「どうかご一緒ではなく、何分かずつ間をあけてお発《た》ちになってください。もう一度お礼申しあげます。まったくみごとな推理でしたよ」

ジョージ・リード教授はいちばん最後に九号室を出た。彼がドアを閉めようとしたとき、テーブルについたままだったロシア人が、待ちかねたように黒い電話に手をのばすのが見えた。

職員たちの部屋をつっきり、リード教授は外に出た。帽子はすでに乾いていた。暗号解読に貢献した満足感で、気分も上々だった。

その〝みごとな推理〟によって、何の罪もない一人のフランス人の娘に死刑を宣告したことを、彼は知らなかった。

5　罠

ランベス宮殿の管理人イーヴァー・カーマイケルは、門を閉めるまえに、夜半の最後の巡回をしていた。

〝こういう晩にこそ、観光客たちは見物に来りゃいいんだ〟彼は心中つぶやいた。〝こういう月のない、いいあんばいに霧のたちこめた晩にな〟

実際、現在の宮殿は、昼間見ると悲しいかな、林立する殺風景なコンクリートのビルに三方をふさがれてしまい、昔日の面影はなかった。セント・トマス病院の敷地側でさえ例外ではない。しかし、カーマイケルに言わせるなら、ランベス宮殿は単なる過去の遺物ではなく、別の一つの時代——大広間でカンタベリー大主教らが裁判をおこなった時代の生きた証《あかし》なのである。だからカーマイケルは、礼拝堂地下室の秘密の埋葬所や、ロラードの塔の壁に囚人たちが刻んだ悲痛な文字を、訪れる人たちに見せ説明することに格別のよろこびをおぼえるのだった。

小さいほうの、ロードの塔の重い扉をとざすと、彼は衛兵所《ガード・チェンバー》をのぞきこんだ。肖像画が展示されているこの部屋は、天井の太い梁《はり》や桁《けた》が印象的で、ガイドに案内された見物客たちが最初に足をとめる場所である。ここにある、ホルバイン描くウォーラム大主教と、ヴァン・ダイク描くロード大主教の肖像画は、この宮殿のいちばんの誇りであり、見物客はたいていこの二つの肖像画にうたれ、つぎにまわる大広間に並ぶ古文書や彩色された写本の、唯一無二の貴重なコレクションを見るにふさわしい敬虔《けいけん》な気持ちになるようだった。人けのない庭のほうで、かさかさという木の葉の音がきこえた。大主教のいちじくの木だな、とにらんだカーマイケルは微笑んだ。十六世紀にポール大主教が自らの手で植え、二十世紀のいまは彼カーマイケルが数々の病害から辛抱づよく守りぬいている木なのだ。この木の保護のために彼は、工場の煙突や、近くの橋を渡る自動車が有害ガスをまき散らすのを、なんとか教会の力で禁止してもらえないものかと、長年訴えつづけてきたのである。

カーマイケルはつぎにアーチ型の入り口の右手のヒューズ・ボックスに行き、電源を切った。丸石を敷いた内庭に出ると、足音があたりにひびきわたる。四百年前の昔からなにひとつ変わっていない——そう思うと、いつも気持ちが安まる。ロンドン大火、ナチの空襲で被害をうけ、あるいは破壊された部分はすべて、寸分たがわず復元されたのである。カーマイケルは自分の領域を見わたした。聖母マリア教区教会の石灰岩の塔、チューダー様式の煙突は本来のものだ。白い壁が瀟洒《しょうしゃ》な城構えの門衛詰所、大広間の上のなだらかな傾斜の屋根、それに一連の小塔は修復したものである。クランマーの時代と目に見えて変わったところといえば、後退した河岸ぐらいで、これは現在では西に数百ヤードも移動していた。以前は大主教の御座船が宮殿のすぐ近くにつながれていたものなのだが、今日《こんにち》では船に乗るとなると、通りを渡って、ランベス橋のそばにある水上警察の桟橋まで行かなくてはならない。

カーマイケルは通りに面した門に錠をかけると、地下鉄のランベス・ノース駅に向かった。右手にはアーチビショップ公園が暗く静まりかえっている。ランベス宮殿《パレス》通りをまっすぐ駅めざして歩いていくと、急に急ぎ足の足音がきこえてきて、彼はおもわずそちらへ眼をやった。白いシープスキンのコートにブーツの若い女がひとり、長い黒髪を風になびかせ、彼とは反対の方向を一心に見つめながら、小走りにかたわらを通りすぎていった。こんなところへこんな夜中に若い娘がたったひとりで来るなんて、いったい何をしようというんだ――カーマイケルは首を振っていぶかった。

この若い娘はむろん、シルヴィー・ド・セリニーだった。

タクシーはランベス橋を渡ると、左へ折れ、テムズ川へくだる階段近くでとまった。「ありがとう」ジェニファーは車をおりながら言った。「待っていてくださる？　友だちをひろうだけなの――一分とかからないわ」運転手はうなずき、時計に眼をやった。あと五分でちょうど十二時だった。ジェニファーが五歩も歩かないうちに、五十ヤードと離れていない街灯のぼんやりひろがる黄色い光のなかにシルヴィーが姿を見せた。「シルヴィー！」ジェニファーはうれしそうに叫んだ。「こっちよ！」シルヴィーはジェニファーをみとめ、親友を抱きしめようと両腕をひろげて駆けだした。

つぎの瞬間である。それはまさに悪夢のようだった。暗がりからいきなり二人の男が現われ、シルヴィーの両腕を押さえつけ、ひとりはすばやく口をふさいだ。ジェニファーは悲鳴をあげてとび出していった。「シルヴィー！　助けてェー！　だれか、助けてェー！」と、三人めの男が背後からジェニファーをとらえて地面に投げつけた。ジェニファーはしたたか歩道に頭を打ちつけた。

「いったい何が起こったっていうんだ？」タクシーの運転手はつぶやき、車からおりようとしたが、これまた乱暴に運転席に押しもどされ、鼻先に銃口をつきつけられる。「ちょっとでも声をあげたら、命はない！」

シルヴィーは必死にもがき、相手をけとばした。が、二人の男の敵ではなかった。突然背後に車が急停車する音がし、そのほうへ歩道を引きずられていく。無我夢中でシルヴィーは彼女の口を押さえている相手の手のひらにかみつき、男がわけのわからぬ言葉でわめきながら手を引く間に、金切り声をあげて助けを求めた。と、こんどは金属の冷たい感触を背中に感じた。このままでは車に乗せられてしまう——瞬間的にそう思ったシルヴィーは、片側の男の手から左手を振りはなし、その男の顔につかみかかった。男の頰に容赦なく爪をたて、激しくひっかく。相手の口からうめき声がもれ、つぎの瞬間男の大きなこぶしがシルヴィーの顔めがけてとんできた。シルヴィーは痛みにあえいだ。またもこぶしが彼女の頰にたたきつけられ、口のなかに血の味がする。ジェニファーの叫ぶ声が、ひどく遠いところからのようにきこえてくる。シルヴィーはとじていた眼をあけた。

ジェニファーを地面に投げつけた男は、現われた車を見るや、彼女を立ちあがらせた。ジェニファーは逆らわなかった。頭をごろりと前に垂れている。男が聞きなれない言葉で何やら言い、別の声がそれに答える。突然、ジェニファーは叫び声をあげ、男の手を払うと、めちゃくちゃに走りだした。男はリボルバーをかまえ、二発撃った。ジェニファーの軀がつんのめり、どさりと歩道に倒れた。

シルヴィーはひざから力が抜けていくような気がした。つぎの瞬間、男の乱暴な手が彼女を車に押し込もうとした。そのときだった。シルヴィーをとらえた男のひとりが突然驚きの声をあげ、彼女の腕をつかんでいた手をゆるめた。もうひとりもくるりとうしろを向き、シルヴィーは歩道にころげ落ちた。やっとの思いで顔を上げると、かすむ眼に、暗がりのなかでもつれあう三つの人影がぼんやりとうつった。シルヴィーは懸命に眼をこらした。その彼女の横に、彼女を連れ去ろうとしたひとりと思われる男の大きな軀がとんできて、どしんと落ちた。つぎの瞬間には、一人の長身の男が彼女のまえに立ち、もう一人の暴漢の襟首をつかんで頭を車の屋根に容赦なく打ちつけていた。そのとき、異変に気づいた車の運転手が、右手をベルトの拳銃にのばして運転席からおりかけた。だが、拳銃を抜くまでには至らなかった。長身の男が、ようやくぐったりとなった二人めの暴漢を運転手の上に押し倒してその動きをはばみ、すばやい身ごなしで首に必殺の一撃を見舞ったのである。さらに仕上げに、あっけにとられる相手の顔に強烈なパンチを一発あびせる。運転手はゆっくりくずおれ、そのまま動かなくなった。

長身の男はシルヴィーの上にかがみこみ、片手をとった。「さあ！」男は一息ついて呼吸をととのえた。「早く逃げるんだ！」その男の手を、シルヴィーは振りほどこうとした。「ばか！」怒鳴りつけんばかりに、男は言った。「助けようとしてるんだ！」彼はシルヴィーを立ちあがらせた。「友だちの」シルヴィーはほとんど声が出てこなかった。「ジェニファーが……」男はシルヴィーの手を引っぱって走りだした。「時間がない！ ぐずぐずしてたら殺される！ 走るんだ、死にたくなかったら！」シルヴィーはよろけ、なんとか立ちなおると、必死にあとに従った。男の力強い手は彼女の腕をしっかりとつかんだままである。通りを渡ったふたりは懸命に走った。すぐ背後で、車のエンジンの音、怒鳴り声、あわただしい足音がきこえる。銃声が三発鳴りひびき、シルヴィーは一瞬ひるんで倒れかけた。長身の男はそんなシルヴィーを引っぱって走りつづける。宮殿を通りすぎると、右側に灌木《かんぼく》の茂みの黒いシルエットが見えた。アーチビショップ公園。「こっちだ！」男は茂みのなかにとびこんでいった。シルヴィーはちょっとためらったが、つづいてとびこんだ。

もつれあう木の根や低い枝に、何度も足をとられそうになる。とげがコートに突き刺さり、皮膚を引き裂く。枯れ枝が髪にからむ。ほんの数歩先を行く長身の男が道をきりひらいていってくれてはいるが、顔からまた血が流れだしたのをシルヴィーは感じていた。心臓が激しく鼓動し、のどが焼けるように渇く。息をするたびに、左わきに刺すような痛みをおぼえる。それでもシルヴィーは、敵か味方かよくわからぬ乱暴な男に引っぱられるまま、おとなしく走りつづけた。

突然茂みがとぎれた。公園の反対側の、シルヴィーの知らない小路に出たのだ。そして広い通りに達すると、はじめて長身の男はスピードをゆるめた。車はほとんど通らない。男はちょっと、どうしたものかというようにあたりを見まわした。が、近くにとめてあるブルーのボクスホールを見つけるとそれに走り寄り、驚いたことに運転席の窓にこぶしをたたきつけたのである。ガラスが砕け、破片が歩道にとび散る。男の手の甲は斜めに切れ、そこから血がほとばしり出たが、気にかける様子もない。男は車のなかに手をつっこみ、把手《とって》をさぐりあてると、ドアをひらいた。「乗るんだ！」どなりつける男の言葉に従い、シルヴィーは助手席側へまわった。男が手をのばしてロックをはずすのを待って、ドアをあけ、すべりこむように乗る。男は慣れた手つきでダッシュボードの下をさぐっていたかと思うと、いきなり二本のコードをぐいと引きちぎり、引っぱり出して、その先端の絶縁材を爪ではがした。そしてじれったそうにポケットをつぎつぎにさぐったが、「くそっ！」と口のなかで低くののしった。「チューインガム持ってる？」シルヴィーのほうは見ずにきく。シルヴィーは意味がわからず、ただ男を見つめた。「きこえないのか？」男は言った。「チューインガム持ってないかっていうんだ。タバコでもいい」シルヴィーは一度かぶりを振ってから、思い出した。「タバコ……ええ、タバコならあるわ」彼女はジーンズのポケットに手を入れ、つぶれたタバコの箱をとり出した。「よし」男は渡された箱を引き裂くと、しゃれた包装紙から薄いホイルを注意深くはがした。そしてハンドルにかぶさるように身をかがめ、引き出したコードの先端にホイルをしっかりと巻きつけて二本を接続する。そのとき、右側の小路のはずれのほうから走ってくる足音がきこえ、シルヴィーは驚いて顔を上げた。だが男は、足音にまるで気づいていないようだった。突然、車のエンジンが、一、二度咳き込むような音をたてたかと思うと、かかった。男はすかさずアクセルをいっぱいに踏み込んだ。エンジンがうなりをあげ、車は急激にとび出した。ウエストミンスター橋に達すると、男はヘッドライトをつけた。そしてホワイトホール通りを猛スピードで抜け、まだかなり交通量のあるチェアリング・クロス通りの車の流れに加わると、ときどきバックミラーを注意深くのぞきながら、前の車をつぎつぎとかなり強引に追い越していく。その間、ふたりはどちらも口をきかなかった。やがて停止信号でとまると、男は振り返って背後の五、六台の車に視線を走らせ、それからようやくほっとした様子でシルヴィーのほうを向き、微笑んだ。「はじめまして」男は快活に言った。「ぼくはジェームズ・ブラッドリー。ジェームズ・ブラッドリー。きみは?」

頭上で明滅するネオンサインの光で、車内が断続的に明るくなる。シルヴィーは返事をするまえに、このジェームズ・ブラッドリーと名のる男にさりげなく眼をやって観察した。背が高く、力が強く、しかも幸運にも、このような事態を切り抜ける機知にも富んでいることはすでにわかった。しかしそれ以外は何も知らない。くすんだブロンドの濃い髪の、こめかみのところに白いものが混じっている。が、年齢《とし》のせいではない、とシルヴィーはみた。三十五以上には見えないのである。よく日焼けした彫りの深い顔だちで、ネオンサインの赤い光がまたたくのではっきりとはわからなかったが、眸《ひとみ》はグレー、そして毛のように細い傷跡が左眼の端から頰の真ん中まで走っていた。

〝でもそんなに狂暴そうじゃない――ただきまじめな感じ――そしてちょっぴり悲しげ――すくなくともいま微笑《わら》うまではそうだったわ〟

実際ジェームズの屈託《くったく》のない微笑は、眼や口のまわりに細かい笑いじわをつくり、顔全体をぱっと明るく変えたのだった。

「アメリカ英語のアクセントね」シルヴィーはちょっぴり自意識にとらわれながら言った。

ジェームズはうなずいた。「そのとおり」言いながら、ギアを入れて車を発進させ、こんどはふつうにゆっくりと、活気のあるソーホー区の通りを走る。「生まれ育った土地はカリフォルニアなんだ。でもこの数年はワシントンとヨーロッパ暮らし」深みのある声ははっきりしていたが、声の調子は低かった。

「わたしの友だちどうしたかしら？　見ました？」シルヴィーは先刻のシーンをもう一度思い出しはじめた……ジェニファーの叫び声……そして銃声……。

「連中が狙い撃って、彼女が倒れるのは見た」

シルヴィーは両手で顔をおおい、「もう殺されたか、殺されようとしてるところなんだわ」と、つぶやくように言った。

「いや、きみの友だちがまだ生きていたら、それをさらに撃つようなまねは連中もしない」ジェームズは断言した。「連中が狙ってるのはきみなんだから。あの場所からはすぐに立ち去ってるはずだ。たぶんあそこにはもう警察が駆けつけてる」

車はリージェント通りを横切った。「さっきの質問の答は?」こんどはジェームズの声の調子にはっきりと、強制するようなひびきが加わった。「きみはだれ? いったいどうしてあんな目にあってたんだ?」

「わたしは……」シルヴィーは唇をかんだ。「わたしはフランス人で、名前は……フランソワーズ・ドロルム」ジェームズの顔は見なかったが、名前を言うときのかすかなためらいはまちがいなく気づかれただろう、とシルヴィーは思った。

「パスポート見せてもらえる?」

急に、シルヴィーは泣きくずれた。ふいに絶望感におそわれ、眼に涙があふれ出てきたのである。「パスポートを見せろなんて、あなたこそだれなの? 警察官? ここでおろして!」衝動的に彼女はドアをひらき、車からとびおりようとした。だがジェームズの動きはもっとすばやく、そして力も強かった。右手でハンドルを握ったまま、左手を把手《とって》にのばしてドアを勢いよく閉めると、シルヴィーを席にもどし、動けぬように押さえつけたのである。シルヴィーはさながらピンで留められた蝶という格好だった。「放して……」相手の痛いほどの力に顔をゆがめ、シルヴィーはなすすべなく叫んだ。「お願いだからおろして!」

ジェームズは交通のとだえた通りに車をとめると、シルヴィーの両肩をつかんだ。「いいかい、よく聞いて」とおだやかに言って、彼女のほうへ寄る。シルヴィーはかたく眼をとじていた。涙がまつげのあいだからあふれ、頬をつたう。「眼をあけてぼくを見るんだ」おだやかな調子は変わらない。シルヴィーは涙のヴェールを通してジェームズの眼を見た。まっすぐ彼女を見つめるその眼には、彼女のことを気づかう気持ちがあふれていた。「きみがだれなのかは知らない」彼は言った。「だがぼくでよけりゃ手を貸すよ。さっきの連中はきみを誘拐するか殺すかしようとしていた。警察に行くんなら、連れてってやるが?」

シルヴィーはかぶりを振った。

「警察には行きたくないんだね?」

シルヴィーは何とも言えず、ただじっとジェームズを見つめるばかり。

「犯罪とか、そういったことにかかりあったことはないんだろう?」ジェームズは微笑《わら》って言ったが、グレーの眼は鋭く射ぬくようだった。

「ええ」シルヴィーはやっと答えた。「何も悪いことはしてないわ」

ジェームズは片手をシルヴィーの肩からはずすと、「心配いらない」となだめるように言い、彼女の頬をやさしくなでた。「力になるよ。きみの名前はフランソワーズじゃない。だがきみがそう呼んでほしいというのなら、ぼくはそれでかまわない。そして、これ以上はもう、質問はいっさいしないよ。そうだな、あと一つだけさせてもらおうか……どこかこれから行く所はあるの？」

「いいえ」シルヴィーは小さな声で答えた。

「そう、それはなんとかなる」ジェームズ・ブラッドリーは、おびえる子供をあやすように、またシルヴィーの頰を軽くたたいた。「少しは信頼してもらえたかな？」

　シルヴィーはうなずいた。


　ジェームズは車を走らせつづけた。そして、なんとか落ち着きをとりもどそうと努めるシルヴィーに、彼自身のことを語りはじめた。彼はＵＳＩＳ（アメリカ広報文化局）の一員ということだった。「このＵＳＩＳというのは、国務省の強力な右腕なんだ――宣伝活動の分野のね」ジェームズは説明した。――その一員として、ブリュッセルとロンドンに数年駐在し、そのあとワシントンの本部にしばらく勤務した。そして現在は休暇中――「長い休暇でね」と、彼はうれしそうに言った――で、この休暇が終わると、ローマでの勤務が待っている。建築物についてはちょっとばかりうるさく、一年間専門学校で建築学を学んだほどで、ロンドンに来たときはいつでも機会を見つけ、有名な建物や記念建造物を見ることにしている。この日の午後は、クリストファー・レン卿（イギリスの建築家）の傑作のいくつかを鑑賞しなおし、夕方からはアレック・ギネスの芝居を見物、そのあと、一月のロンドンにしては珍しくいい陽気だったので散歩することにした。まずウエストミンスター寺院まで行き、よく見るため川を渡ったが、霧が出てきて期待はずれだった。そこでぶらぶらランベス宮殿に向かって歩いていったところが、「いきなり銃声が起こって、女の悲鳴がきこえたんだ。で、そのほうへ走っていくと、プロの殺し屋のような連中がきみを車に引きずり込もうとしてるのが見えた。それで、黙って見てはいられなくてね……」

ジェームズは一息つくと、眼を細めて、平静な声でシルヴィーにきいた。「どうしてまたロシア人なんかとかかりあいになったんだ？」

「ロシア人!?」シルヴィーはびっくりして、おもわずジェームズの腕をつかんだ。「あの連中はロシア人だっておっしゃるの？　どうしてわかって？」

このシルヴィーの反応に、ジェームズ・ブラッドリーは驚いたようだった。「ロシア人てこと知らなかったのかい？　ぼくもロシア語をしゃべることはできないが、外国語はいろいろ聞いてきたから、連中がロシア語で怒鳴っているのはすぐにわかった。それにしても、ロシア人と聞いて、何かずいぶん驚いたようだね？」

シルヴィーは懸命に考えた。やはり、リチャードが見つけた文書と何か関係があるのだろうか？　そんなことはあまりに非現実的すぎるように思えたが、ほかに説明がつかなかった。それ以外に考えられないのである。といって、そのことをうちあけるほどこのジェームズ・ブラッドリーなる男を信頼してよいのかどうかもわからない。

依然じっと眼をそらさずに彼女の言葉を待っている相手に、シルヴィーは気づいた。

「ええ」彼女は言った。「ええ、驚いたわ」

カーズン通りの角で、ふたりは車を捨てた。「二、三ブロック歩かなくてはならないが――」ジェームズはすまなそうに言った。「盗んだ車を玄関のまえにはおいとけないからね。管理人がとてもやかましいんだ」

「どこへ行くの？」シルヴィーはきいた。

「公園通り《パーク・レーン》。ハイドパーク・クラブに泊まってるんだ。USISの人間がよく利用する宿。われわれには特別割引もあるんでね」ちょっと間をおいてから、「ところで」と、ジェームズは急に事務的な口調になってつづけた。「スイートは三室で――二つのベッドルームと居間なんだが、居間が真ん中になっていて、ベッドルームは離れてる。きみは当然どちらかのベッドルームを使うことになるわけだが、どちらも居間につながるドアは内側からロックできる。バスルームもそれぞれに付いてるし、廊下へ出るドアもある。だからきみは完全に安全だ――ぼくからもね」ニヤリと笑ってみせる。「それに、むろん、万一きみがぼくを必要としたときにはすぐにとんでいけるしね」

シルヴィーはすっかり疲れはてて、異議をとなえる気力もなかった。むろん、このジェームズ・ブラッドリーという男を信用したわけではない。USISやクリストファー・レン卿の話はなかなかよくできていて説得力はあったが、それならあんなふうに車を盗んだり、銃を持った男たち――彼の言う〝プロの殺し屋たち〟を相手に闘ったりする術《すべ》はいったいどこでおぼえたのか？　しかし、ジェニファーがあんなことになってしまったいまは、ほかにだれひとり頼れる者はおらず、彼女ひとりでは闘いつづけることもできない。それやこれやで、彼女はいまにも神経がまいってしまいそうな気がした。

ハイドパーク・クラブは、外壁を塗りかえたばかりの大きな白い建物で、シルヴィーはジェームズと一緒に玄関をはいった。照明の明るいロビーをまえにしたとき、彼女はなぜかまったく女らしい衝動にかられてジェームズに、「結婚してらっしゃるの?」とたずねた。

ジェームズの顔は曇り、答える声も低く大儀そうだった。「していた。妻とまだ幼かった娘を事故で亡くしてしまったんだ」

「お気の毒に」シルヴィーは小声で言った。

ジェームズはうなずいただけで、シルヴィーをロビーへみちびいた。夜間の受付係がジェームズに微笑《わら》いかけた。が、シルヴィーには故意に注意を向けぬようにしている様子である。「お帰りなさい、ミスター・ブラッドリー」

「ああ。四十二号室の鍵を全部あずからせてもらえるかな。入り口と両方の寝室の鍵だ」

「ええ、けっこうですとも」

「ミス・ドロルムはぼく個人のゲストとして滞在するから」ジェームズはシルヴィーに鍵を手渡した。

「承知しました。どうぞごゆっくり。おやすみなさい」

シルヴィーがエレベーターに足を踏みいれたとき、受付係がさりげなく咳払いをしてジェームズを呼びとめた。「ミスター・ブラッドリー」

ジェームズは振り返ったが、その顔は少々苛立っていた。

「そのう、朝食の件なんですが――」受付係はばつが悪そうにあたりに視線をめぐらした。「おふたりご一緒になさいますか、それとも別々に？」

「朝になったら知らせるよ」わずらわしげに言うと、ジェームズはシルヴィーのあとを追ってエレベーターに乗った。


寝室はゆったりと広く、北欧ふうの贅沢《ぜいたく》な家具が惜しみなく使われていた。壁はセコイアのパネル張りで、十六世紀の火縄銃の精巧な複製品が二挺、暖炉の上に飾られている。茶とベージュの革張りのソファーと椅子、それにもちろん背の調節できる大きなリクライニングチェアとそろいの足台《オットマン》――これらはすべてデンマーク製である。低い大型のベッドはナイトテーブル、化粧台とセットになっており、やや青味をおびたパールグレーのカーペットには濃い茶と黒の抽象模様が織りこまれている。ただ、暖炉のなかで電気ヒーターが赤く燃えているところに、無粋なイギリス的実用主義がわずかに顔をのぞかせていた。

ベッドの上には、人の手が犬の頭をなでている絵がかかっていた。どこかボルゾイに似ているその犬は、長く舌をたれ、眼を細めて、いかにも心地よさそうに描かれている。だがシルヴィーは、むしろ人の手のほうに興味を持った。作者がそこに表現しようとしているものに惹《ひ》かれたのだ。農夫の手であろう、それらはひび割れ、骨ばったやせた指の爪は欠けている。見るからに無教育な肉体労働者を想像させるのだが、それでいて犬のふさふさした首を愛撫する手つきには、犬をいとおしみ、保護する者のなんともいえぬあたたかみがにじみ出ているのである。

シルヴィーは長いこと絵のまえに立ちつくしていた。これこそいま彼女が何よりも心から求めているものなのだ。前日の朝から始まった恐ろしい悪夢から守ってくれるあたたかい、愛情のこもった頼もしい手……その手に抱《いだ》かれて目がさめると、すべてはただの悪夢にすぎなかったとわかる——そんな奇跡の起こることを、シルヴィーはまだ心のどこかで願っていた。

眠れぬまま、シルヴィーはあかりを一灯つけ、大きなリクライニングチェアを窓ぎわへ引きずっていって、薄暗がりのなかに座った。部屋は暖炉の電気ヒーターの暖房がきいていたが、コートをはおった。疲れきっていて、考える気力はない。ただじっと窓の外に眼をこらし、ハイドパークの黒々とした木々の枝が風にゆれるのを見つめていた。いつか夜が明けはじめると、霧が消え、小雨が降りはじめた。樹木や建物の輪郭《りんかく》がしだいに鮮明になり、右手にはかなり離れたマーブル・アーチ（ハイドパークの北東の門）も見えた。しかし依然、何もかもが灰色に濡れていた。やがて雨があがり、朝日がさしはじめると、シルヴィーはようやく眠りにおちたのだった。

執拗なノックの音が、夢を見ない眠りからシルヴィーを呼びもどした。「だれ？」

「ぼくだ」明るい声が答えた。だがシルヴィーはすぐにはその声がわからず、しばらくしてようやく現在いる場所を思い出した。「もうそろそろ昼だよ。朝食が冷めてしまうんでね。ドアをあけてくれるかい？」

「ちょっと待って、ジェームズ」シルヴィーはコートを脱ぎ、黒いタイル張りの小さなバスルームに駆けこんだ。そして鏡をのぞいてみて、息をのんだ。

顔が腫《は》れあがり、目もあてられない有様なのだ。ひたいが二カ所大きく切れ、血が固まってこびりついている。前夜の記憶がまざまざとよみがえり、シルヴィーは身震いした。だが、いつまでもふるえてばかりはいられなかった。彼女はそれでもまだ幸運だったのだ。ジェームズが通りかかり、命を救ってくれたのだから。シルヴィーは丹念に顔を洗い、打ち身のひどい頬に薄く化粧をほどこすと、ひとつ大きく深呼吸して、ベッドルームにもどった。

「いまあけるわ」そう言って、シルヴィーはロックしてあったドアをあけた。居間も窓の大きい、広々とした快適な部屋だった。ここの暖炉には薪《まき》があかあかと燃えていて、それを見たシルヴィーは、ふと家のことを思い出した。ジェームズは白い開襟シャツにグレーのウールのスラックスという潑溂《はつらつ》とした姿で、シルヴィーの手をとり、テーブルへ案内した。テーブルにはコーヒーに紅茶、焼きたてのロールパンとクロワッサンのバスケット、それに蓋《ふた》をかぶせた皿が並んでいた。蓋の下から、ベーコン・エッグのこうばしいかおりがただよっている。「ふたり一緒の朝食にしてもらったんだ」ジェームズは白状し、微笑んだ。「気を悪くしないでくれるといいが、フランソワーズ」

「ええ、ちっとも」シルヴィーは微笑を返した。「それから──フランソワーズじゃないの。シルヴィー。シルヴィー・ド・セリニー。これはほんとう」ちょっとはにかんで言いそえる。

「ほんとうの名前のほうがいい」ジェームズは真顔になって言った。

どうして自分が急に本名をうちあける気になったのか、シルヴィーは内心不思議だった。が、おいしそうに並べられた朝食のテーブル、それに若いアメリカ人のあたたかい思いやりという心なごむとり合わせが、強く影響したことはまちがいなかった。ジェームズ・ブラッドリーはそれほどやさしく、屈託がなかった。

それからしばらく、シルヴィーは何も言わず、食べることに専念した。彼女がふたたび口をきいたのは、朝食を半分ほどたいらげたときだった。「で、あなたがわたしに話してくれたことは全部ほんとう？」

ジェームズはちょっと驚いたように眉を上げた。「もちろんさ。どうしてきみにうそをつかなきゃならない？」

「さあ……だって、あなたはあんまりお役人て感じがしないんですもの。腕力は強いし、傷跡はあるし、それに……」素手で人を殺すこともできるようだし、とシルヴィーは言いたかったが、かわりに、「気に入らない人間の扱い方も上手だし」と言った。

「ああ、そのことか」ジェームズはうなずいた。「きみの言いたいことはわかるよ。じつはUSISにはいるまえ、海兵隊に五年いたんだ。はじめは基礎訓練の教官、つぎはベトナムの戦闘部隊の将校だった」

「頬のその傷……それはベトナムで？」

「ああ、ユエの戦いでね。ナイフを持ったベトコンに。

「あと半インチで眼をやられるところだった。相手がナイフしか持ってなかったんで助かったんだ」

「そのベトコンはどうなったの？」

ジェームズは考えこむような様子でシルヴィーを見つめたまま、答えなかった。

「陸軍をやめたのはなぜ？」シルヴィーは質問をつづけた。

「海兵隊だよ」ジェームズはコーヒーをすすった。「あの戦争は誇りをもって戦う気がしなかった。だから任期を延長しなかったんだ。それに、その頃にはもう結婚していて、お互いに離れているのがつらかったんでね」

シルヴィーは、ジェームズが妻のことはあまり話したくなさそうなのを見てとった。

「それで、いまの仕事は気に入っているの？」

ジェームズは肩をすぼめた。「まあまあだね。あまり面白味はないが、外国のことをいろいろと学べるからね――言語とか文化とか、そういったことも。いい点はそんなところだ」

ふたりはさらにしばらくとりとめのない話をつづけた。と、急にジェームズが改まった口調になった。「きみにいい知らせがある――いや、いい知らせかどうか、まだはっきりと断定はできないんだが――」

シルヴィーは立ちあがった。「ジェニファーのこと？」

「ああ。朝刊にかなりくわしく出ている。きみの友だちは生きてる……」

「よかった！」

「……しかし昏睡状態で、病院に収容されたままだそうだ。もっと遅い版を買いに行ったんだが、助かるチャンスがどれくらいかは、まだどの新聞にも載っていない」

「でも、とにかく生きてくれてよかった！」シルヴィーは興奮して言った。それから窓のほうへ視線をそらし、「わたしのことは何か出てて？」

「警察がひとりの若い女性を捜してるってね。名前は出ていなかったが、ジェニファーが意識をとりもどせば、警察はいろいろときくだろうから、そうしたらすぐにわかってしまうだろう」

シルヴィーは、もうすでに警察に捜索されている身であることは黙っていた。「で、例の……例のロシア人たちは？」

「警察がかけつける前に姿を消したんじゃないのかな」ジェームズはちょっと間をおいた。「それに、たとえロシア人がかかわっていることがわかっても、警察はおそらくそのことは伏せておくと、ぼくは思う。はっきりした証拠なしには、国際問題になりそうな事件を表沙汰にはしないはずだ」

ジェームズはシルヴィーに歩み寄ると、両手を彼女の肩においた。「ところでだね、シルヴィー、ぼくはこれからちょっと出かけなければならないが、長く留守にするわけじゃない。一時間でもどってくる。きのうも言ったように、いまは休暇中だからね、きみが望むだけ一緒にいてあげられるんだ。とにかくきみは、外出はしないほうがいいからね。すくなくとも昼間はここにいたほうがいいだろう。必要なものはぼくが買ってくる——着るものでも化粧品でも本でもタバコでも何でもね。そして遅くなってからなら、ふたりで外出してどこかで食事しても、たいして目立つことはないと思うんだ。だからきみはまるっきりの囚人てわけじゃない。まあ、しばらくそういうことでいいかな?」

「いいなんて——」シルヴィーは微笑もうとしたが、それはぎごちない笑みになってしまった。「ほんとに、ジェームズ……いろいろとご迷惑をかけて……何てお礼を言っていいか……」

一瞬、ジェームズの眸《ひとみ》に前夜と同じ苦痛に似た色がうかんだ。が、彼が微笑《わら》うとそれはもう消えていた。「礼なんて言う必要はないよ。きみみたいな女の子と知りあえるのは、ロンドンにいるアメリカ人にとって最高の幸せなんだからね。その顔を何針か縫って、ちょっと湿布で冷やしたら、けっこういい線いくかもしれないだろ? そうじゃない?」

ジェームズはシルヴィーの頰につと軽くキスすると、上着をつかみ、部屋から出ていった。

それから二日後の夜、シルヴィーは悲鳴をあげて目をさました。

それまでの二日間は、気持ちも落ち着き、ほぼふつうの生活がつづいた。昼間はジェームズがほとんどずっと一緒にいて、アメリカでの体験——学生時代、そして海兵隊時代のこと、さらに彼がおとずれたさまざまな場所について話してくれた。夜は二晩とも外出した。近くの小さなイタリア料理店へ行って食事したのである。そこの店主は気をきかしてふたりを静かな隅のテーブルへ案内してくれた。店主がシルヴィーを座らせる席はきまって壁に面していた。シルヴィーの服装は、ジェームズが買ってきた、これといった特徴のない黒い服に、地味なウールのコートという目立たないもので、髪もただうしろで束ねただけだった。しかも顔がまだ腫《は》れていたので、ずっとふけてみえた。外へ出るとジェームズは、さりげなくふるまってはいたが、常に警戒をおこたらなかった。レストランにはいってくる客をひとりひとり慎重に見定めるのである。新聞でジェニファーに関する情報をさがすのは重要な日課となったが、容体の変化を伝える記事はどれにも載っていなかった。ジェームズは日に二度ずつ病院に電話してくれた。その結果は、容体は安定しているものの、依然意識は回復していないということだった。その四回の電話を、ジェームズは毎回ちがう電話ボックスからかけた。これはむろん、こちらの居場所を知られる危険をできるだけ少なくするためで、名のる際にも知っているフリーのジャーナリストの名前を使ったと、彼はシルヴィーに説明した。「この男は悪名高いダニでね。だからもし警察が彼を調べ、彼が電話したことを否定したとしても、だれも信じないってわけさ」

この最初の二晩は、睡眠薬を飲んでぐっすり眠った。そして三日めの夜、シルヴィーはジェニファーの言う〝科学の助け〟を借りずに、ふつうに眠ることにした。すると、横になるとすぐに寝入りはしたが、夢を見たのである。最初の夢は何やら暗く、支離滅裂なものだった。と、一瞬、眼もくらむ閃光が走り、リチャードの死体が眼のまえに横たわっていた。眼をそむけると、壁ぎわに黒い人影があり、男の大きな手が彼女ののどめがけてつかみかかってくる。ジェニファーの叫び声がきこえる――「シルヴィー！　助けて！」悲鳴のほうへ走っていこうとするが、足が床にはりついてしまったように動かない。ロシア人たちが迫ってくる。それでも身動きができない……

シルヴィーは恐怖におびえる自分自身の悲鳴で目をさました。躯じゅうびっしょり冷や汗をかき、全身ふるえがとまらなかった。真っ暗な部屋は静まりかえり、闇のなかには得体の知れない影がうごめくかに……シルヴィーは無我夢中でベッドをとびおり、ドアに駆け寄ると手さぐりでロックをはずし、居間にころがり出た。椅子やテーブルの黒いシルエットにぶつかりながら、もう一つの寝室のドアを見つける。素足なのでほとんど音をたてなかったが、ドアをあけると、ジェームズはぎくりとしてベッドの上に躯を起こし、大きく眼を見ひらいて、いまにもとび出さんばかりに身がまえた。シルヴィーは走り寄った。

「ジェームズ、わたし」声がふるえた。と、急に嗚咽《おえつ》がこみあげてきた。全身をわななかせて泣きながら、シルヴィーはようやく言葉をみつけた。「お願い、一緒にいさせて……怖くてたまらないの……」

ジェームズはベッドをおり、シルヴィーを引き寄せた。「大丈夫だ」おだやかに言うと、彼女を腕に抱き、ベッドに運んだ。

それからどれくらいシルヴィーはジェームズの腕のなかに横たわっていただろうか、ふと気がつくと、いつか涙もふるえもとまっていた。初めは口もきけず、ただじっと身をちぢめているだけだった――しっかり抱きしめて、恐ろしい夢から守ってほしい、ひたすらそう思いつづけていた……。ふたりがいつ、どんなふうにお互いを性的に意識したのか、いつ、どんなふうにふたりの情熱が燃えあがり、互いに触れあいキスを交わしはじめたのか、そしてどんなふうに身も心も焼きつくすような狂おしい激情のなかでふたりの軀が溶けあったか――あとになってこの不思議な夜の記憶をたどろうとしても、すべておぼろにかすみ、渾然として、はっきりとは思い出せなかった。どのようにしてジェームズの愛を受け容れたか、実際憶えていないのだ。気がつくとジェームズが上にいて、やさしく彼女の顔に口づけしており、彼女はあたたかい彼の軀に必死にしがみついていた。

ジェームズはかたわらに軀を移し、シルヴィーを引き寄せて抱きしめた。シルヴィーはあたたかい彼の軀に寄りそい、とてもやすらいだ気持ちになった。「あなたと一緒に《ジュ・スィ・ビアン・》いられて幸せ《アヴェック・トワ》」眠けをおびた声で、彼女は自国語を口にした。

ジェームズは微笑み、「ぼくもだ《モワ・オシ》」と、同じくフランス語で言った。

シルヴィーはもうジェームズに何もかくしておけない気持ちになった。彼女は語りはじめ、クリスマス・パーティーでリチャード・ホールと出会った瞬間から、ランベス宮殿まえでジェームズに救い出されるまでをすべてうちあけた。どんなささいなことも省かず、全部話した。ジェームズは一言も口をはさまず、ときどきシルヴィーの顔を愛撫しながら聞いていた。そしてときおり納得するようにうなずく。シルヴィーが話し終えると、彼は静かに言った。「きみのとった行動はまちがっていない。いまはぐっすり眠ることだ。朝になったら、今後どうするか話し合おう」

だが、しばらくしてシルヴィーの規則正しい寝息がきこえはじめると、ジェームズはそっとベッドをおり、タオルを腰にまきつけて寝室を出、静かにドアを閉めた。居間には銀色の淡い月光がさしこんでいた。ジェームズはゆっくりと電話に歩を運び、国際電話交換手に通じる直通番号をまわした。「ワシントンD・Cにつないでもらえますか？」

何人かの交換手を経由し、長々とつづく一連の文字と数字の反復があったあと、電話は五分ほどでつながった。

「当人と一緒です」ジェームズは小声で言った。「話は全部聞き出しました」

「文書は？」受話器のなかの声がきいた。

「彼女が持ってます」

しばらく沈黙が流れ、それから、「彼女は文書を読んだのか？」と、声はきいた。

「そのようです」

またも受話器は沈黙した。「文書を手に入れるのだ」事務的な声がもどった。「文書を読んだ以上、娘は始末しなければならない。その時機は追って知らせる」

電話は切れた。

ジェームズ・ブラッドリーはそっと受話器を受け台にもどした。そのとき、背後でかすかな物音がし、彼は鋭く振り向いて、本能的に身がまえた。右手を上げて攻撃態勢をとった彼のまえには、シルヴィーが立っていた。両腕を力なくたれ、裸身をかくそうともしない。そしてその頬には涙がとめどなく流れていた。

「あなたもやっぱり、あのロシア人たちの同類なのね」彼女は言った。

第二部　ジェームズの書

6　文書

否、ジェームズはかれらの同類ではない。

本来はそうではなかった。

ジェームズ・T・ブラッドリー――カリフォルニア州サンタ・イザベル出身、三十五歳――は、たしかにいまは、CIAの最も老練かつ強力な第一線秘密情報員《エージェント》の一人である。それも、彼の上司たちが一様に認めているように、まちがいなく最も非情なエージェントである。敵に対してはまったく残忍なのだ。だが、彼の残忍さは、性格からくる衝動的なものではない。それなりの強烈な理由があってのことなのである。その理由とは、復讐だった――全身全霊をかけても足らぬほどの、飽くことない、執拗な復讐心以外の何物でもなかった。そしてそれは五年まえに、ブリュッセルの万博シンボルのアトミウムの近くで、一件の自動車事故――擬装された自動車事故が起こったときから始まったのだった。

ジェームズがシルヴィーに語ったことは、まったくのでたらめではなかった。海兵隊の大尉であったことは事実だったし、実際にベトナムで戦いもした。結婚後は、妻と離れずにすむ職務への転任を願い出、願いが容れられない場合には、海兵隊を辞《や》めるつもりでいた。

有能な人材を失いたくなかった海兵隊は、彼をワシントンのＮＡＴＯ軍事委員会にまわした。そしてのちに彼はブリュッセルに派遣され、ＮＡＴＯ本部に勤務することとなった。このブリュッセルは、怒れるドゴールにフランスから追い出されたＮＡＴＯが移転してきて以来、東西の秘密情報員が入り乱れ、しばしば死を呼ぶ熾烈な情報戦争の展開される危険な戦場と化していた。ＮＡＴＯ通信網の重要部分の保安を担当するようになったブラッドリー大尉は、当然ＫＧＢエージェントらの狙う最優先目標となった。その結果、ソ連情報機関がジェームズの妻と五歳になる一人娘を、自動車事故に見せかけて冷酷に殺害するという、この見えざる戦争のなかでも最も残酷な事件が発生したのである。

ジェームズ・ブラッドリーは、妻子の死後、二度と元の彼に復することはなかった。愛する者たちを奪ったこの残忍な暗殺は、彼の胸に圧倒的な復讐の炎を燃えあがらせたのである。ジェームズは海兵隊を去り、ＣＩＡに加わった。初期の訓練を終えると、主としてソヴィエトの海外諜報活動を対象に防諜活動をおこなうＦ３への配属を願い出た。ＫＧＢに個人的な借りがあることもかくさなかった。ＣＩＡ上層部は、そうした感情を持つ彼の利用価値を正しく評価した。ロシア人に対する彼の憎悪をたくみに利用して、ジェームズを最も大胆で危険な特殊任務につけたのである。たとえば、西ドイツ陸軍内部のソ連スパィ網の崩壊は、大部分彼の働きがものをいったのだった。その後ジェームズは、それほど派手ではなかったが、チェコスロバキアへの短期間の潜入をはじめ、西ヨーロッパのほとんどの国で防諜活動の指揮をとった。

この五年間に、彼は何度か裏切られ、待ち伏せをうけ、二度負傷した。が、それでも死には至らなかった。この彼の活動分野で五年間生き延びるというのは、CIAエージェントの平均在任期間をはるかに上まわるものなのである。二年間にわたって、上層部は彼に、ほかの職務につくようにすすめた。彼の正体はすでに何度か見破られて敵側に知られており、彼の命は常に危険にさらされているからだった。だがジェームズは自分の命など少しもかえりみようとせず、頑としてやめようとしなかった。

四日まえ、彼はウィリアム・ハーディ長官の部屋での会議に突如召集された。妻子を亡くして以来独りで暮らしているバージニア州の彼の一軒家に電話の音が鳴りひびいたのは早朝だった。常に必要な物を詰めて用意してある冬用のスーツケースをつかみ、大きなジャーマン・シェパードのニムロッドをやさしく愛撫してやると、溶けかかっている雪を踏みつけながら、ジェームズは通りに出た。待つこともなく、本部差しまわしの車が到着し、彼を乗せると、ただちにすべりやすい雪道をすさまじいスピードで疾走しはじめた。この車中で言葉が交わされたのはたった一度だけで、それは運転手が伝言を述べたときだった。

「ご要望の件は了承したとのことです。だれかが、いつものように留守番と犬の世話をするそうです」ジェームズは、うむとうなずいただけで、それ以上天気や前夜のテレビ番組へと話をひろげる気にはならなかった。ラングレーでは、すでに会議のメンバーたちが彼を待ちうけていた。ジェームズはすぐさま建物内に通され、長官の部屋へ案内された。そこには作戦担当次官ロバート・オーエン、情報担当次官ハーバート・クランツ、USSR部部長ジェフ・クロフォード、それにハーディ長官と、錚々《そうそう》たる面々が顔をそろえていた。さらに一分後、ブルーの薄いファイルをこわきにはさみ、ジェームズの直接の上司、F3課課長ロジャー・タフトが一同に加わった。

このメンバーたちの顔をすばやく見まわしたジェームズ・ブラッドリーは、そのすべてに共通する一つの特徴に気づいた。どの顔にもそろって深刻な危惧《きぐ》の色があらわれているのである。いつも都会的でエレガントなロバート・オーエン次官までが、どこかだらしなく、落ち着きがない。ひげもそらず、高価なスエードのジャケットの下のシャツはよれよれである。強靭《きょうじん》な軀つきで、鷹のように鋭い顔だちのジェフ・クロフォード部長は、何やらつぶやきながら部屋を行ったり来たりしては、ときどきハーディ長官のほうをにらみつけていた。このふたりの激しい確執は局内では有名なのだ。ハーバート・クランツ次官は黒い革張りのソファーに沈みこみ、肘掛けをこぶしでいらだたしげにたたいている。途方にくれたような表情で、分厚い眼鏡を通して宙を見つめるその様子は、くたびれた大学教授をおもわせた。ただひとりウィリアム・ハーディ長官だけは、すくなくとも平静を装っていたが、マホガニーの特大のデスクの上の灰皿には吸いがらがあふれており、新しい一本に火をつけるしぐさにもゆとりがなく、やはりその平静さがうわべだけのものであることは明白だった。

ジェームズがはいっていくと、長官室のなかは一瞬ぴたりと静まった。その静寂を破ったのはハーディ長官だった。「おはよう、ジェームズ。遺憾なんだが、今回の任務は背景をくわしく説明している時間がない。きみにはただちにロンドンへ飛んでもらう。ロンドンでは現在KGBが非常警戒中だ。連中はいま必死にある文書を捜している。イギリス公立記録保管所から盗み出された一通の手紙だ」

「この記録保管所の正式名称はPRO――つまり、パブリック・レコード・オフィスだ」ハーバート・クランツ次官が口をはさんで、自慢の博学ぶりを披露した。長官は、よけいなことを言うなと言わんばかりにクランツをにらみつけ、つづけた。「肝心なのは、KGBが文書を手に入れそこなったということだ。どこかの大学院生がその文書を持ち去ってしまったのだ。KGBはすぐに数名のエージェントを送ってその大学院生を葬ったが、依然文書は手に入れていない。現在、大学院生のガールフレンドをロンドンじゅう捜しまわってるところだ。いまの時点では、この件に関してはKGBのほうがわれわれより一歩先んじている。われわれとしては、そのガールフレンドが依然文書を持っているという仮定のもとに行動するしかないが、とにかくその文書はなんとしてもわれわれの手にとりもどさねばならないのだ」

「ちょっとすいません」ジェームズは言った。「一つはっきりさせたい点があるのですが、どうしてそのふたり――その学生とガールフレンドはその文書を盗んだのですか？」

ハーディは肩をすぼめた。「率直に言って、まったくわからん」

「だれかの指示を受けているのでしょうか？」

長官は手を振って、「われわれが知りえたかぎりでは、そんなことはないようだ」と否定すると、ロジャー・タフトを振り返った。「何か新しい情報はあるか、ロジャー？」

タフトは、持っていたファイルから一枚の光沢のある紙片をとり出し、ハーディに手渡した。「たったいまはいったテレックスです。娘はフランス人で、名前はシルヴィー・ド・セリニー。二年まえに、IRAの爆弾襲撃事件に関して警察の取り調べを受けています。その事件で死んだアイルランド人テロリストとかかわりあいがあったようなのですが、取り調べだけですぐに釈放されてます。その後ずっとイギリスを離れていて、一週間ほどまえにまた舞いもどったばかりなんですな」

ハーディはちょっと眉をひそめたが、すぐにまた、この新事実に対しても手を振った。「関係ない」吐きすてるように言う。「IRAがこの文書を欲しがるはずはない。これはアイルランドとはまったく無関係なのだ」そしてジェームズのほうへ向きなおり、「この問題の文書というのは、いまからもう七十年近く昔のものだ。だからかなり古い。見たところはまったくの過去の遺物だが、これにはきわめて重大な情報が秘められている。その漏洩はこの国の安全そのものをおびやかしかねない。これだけはしっかりと肝に銘じておいてもらいたい、いいな、ジェームズ？　この国の安全がまさにこの文書にかかっているのだ。だからわれわれはなんとしても早くこの娘を捜し出して、問題の文書がソ連の手に渡るのを防がねばならない。それをきみに頼むのだ！」

「どうしたら娘を見つけられるか、何かお考えは？」ジェームズはちょっぴり皮肉まじりにきき、さらにつけ加えた。「それほど急を要するのでしたら、ロンドン支局のだれかを使ったほうが早いのではないですか？　あそこには緊急事態に備えてF3が二人いるはずです」

ハーディは新しいタバコに火をつけた。「むろん現地のスタッフはきみに全面的に協力する。そのほか、ブリュッセルとボンからも何人か応援にまわるはずだ。それからSIS（イギリス秘密情報部）とイギリスの特別保安部も協力してくれることになっている。娘をいかに捜すかは、いまロジャーが言ったIRAシンパの線をたどれば、案外簡単かもしれん。必ずくわしいファイルがあるはずだからな――交友関係やたまり場などはすぐにわかる。それが役に立つだろう。イギリス側はKGBに対して積極的な行動はとらない。むろんイギリスの立場からすれば、それは当然であるし、われわれもイギリスの介入は望まない。ただ、われわれが力を行使しなければならなくなった場合に、横を向いてくれるということだ。こんどの場合は、そういう場面が当然予想されるし、それもかなり荒れそうだ。だから、それに対処できる人間に現地に行ってもらいたいのだ」

「ですが……」ジェームズは言いかけた。

ハーディは肩をすくめた。「だめだ、ジェームズ、もう質問に答える時間はない。二時間後にダレスを発《た》つコンコルドがある。空港までロジャーが同行するから、あとは車中で彼から聞いてくれ」そう言うと、ハーディは立ちあがり、ジェームズをドアまで送って、手をさし出した。「これは重要な任務だ、ジェームズ。ほんとうだ、おそらくきみの生涯で最も重要な任務だろう。幸運を祈る」

同日の夜、コンコルドはヒースローに着陸した。空港には、ロンドン支局長のロバート・サルクが待ちうけていた。童顔の巨漢テキサス人のサルクの横には、気むずかしい顔をしたＳＩＳの連絡員が背筋をぴんとつっぱらせて立っていた。やはりジェームズを迎えるために同行したのである。大使館の目立たない車で市内に向かうあいだに、ふたりはジェームズにこれまでの経緯を逐一報告した。——シルヴィー・ド・セリニーは依然潜伏中で、ソ連側はあきらかにまだ彼女の足どりをつかんでいない。一方こちらの、ＩＲＡ関係の調査は大きな収穫があった。ファイルを調べたところ、かつてＩＲＡの隠れ家であったケンジントンの小さな下宿屋が、彼女の元の住所として載っていた。ファイルには当人の写真まであった——

「その写真、いま持ってる？」ジェームズは興味をそそられてきいた。

サルクはにやりとして頭上のライトをつけ、アタッシェケースに手をのばした。「もちろん」

大きく引き伸ばされた粒子の粗い写真の顔は、あきらかに怒りとおびえの色が濃かったが、それでも美しかった。「美人だ」めでるように写真に見入りながら、ジェームズはつぶやいた。ロバート・サルクはうなずいて、「一緒にいたテロリスト野郎は運のいい奴だ」と言った。SIS部員は、面白くもないという顔である。

「ケンジントンの下宿屋はずっと監視させてある」サルクが言った。ジェームズはうなずき、「それで、これまでに何か？」ときいた。

「いや、まだ何もつかめない」サルクは答え、さらにつづけた。「あんたの宿は、ハイドパーク・クラブにスイートをとった。それからあんたの身分は、USIS職員ということだから、文化的な機関の名誉をけがすようなまねはしないようにな」と言ってまたにやりと笑い、「どう、できるかな？」

サルクはジェームズをハイドパーク・クラブのまえでおろした。部屋に落ち着いたジェームズは、夕食を運ばせ、テレビでニュースを見ると、早々と寝た。翌朝八時、彼は電話で起こされた。受話器からきこえてきたのはロバート・サルクの興奮した威勢のいい声だった。「おい、さっそく仕事だ！　これからきのうのあのイカした新車に乗りこんで、ケンジントン・ガーデンズに向かうぞ」一息《ひといき》つく。「ついに姿を見せた。彼女だよ。電話をかけに出てきたんだ――公衆電話まで。それからまた下宿屋にはいっていった。だからいますぐ踏み込めばつかまえられる」

「いや、それはまだだ」ジェームズは言った。ハーディ長官は否定したが、娘がだれかの指示を受けているのではないかという考えをジェームズは捨てきれず、電話したときいて疑念がさらに強まったのである。「しばらく様子をみよう――だれと接触するか見きわめるんだ」

ジェームズの決定は、一日近くかけて履行された。ロンドン警視庁特別保安部の四人の刑事が交替でシルヴィー・ド・セリニーを尾行し、ジェームズは無線車でそのあとを追った。彼女は街をぶらついていくつかの店に寄り、財布や化粧品などこまかい物を買ったあと、サンドイッチ店で軽い食事をとった。それから夕方近くになって二本立ての映画館にはいり、そこで四時間つぶした。そして十一時ちょっとすぎに、タクシーをとめた。「やっと出番がまわってきたようだな」ジェームズは同僚たちに言った。「もしこれから接触するつもりなら、彼女はおそろしく慎重になるだろう。タクシーをつけて、彼女がタクシーをおりたら、そこからはわたしひとりがつける。助けが必要になったら知らせる」

タクシーをおりたシルヴィー・ド・セリニーを、ジェームズは徒歩でランベス宮殿まで尾行した。そして、近くにとまった黒いタクシーから赤毛の若い女がおりるのを見守っていると、いきなりロシア人の一団が現われ、フランス娘につかみかかった。それを見て、ジェームズは飛び出していったのだった。

その結果は、まず万事オーケーという形になった。

が、それは二分まえまでだった。

二分まえに、裸身をいたましくさらす無防備な娘が彼のまえに立つまでだった。娘は絶望したように声を押し殺して泣いていた。この罪のない娘を、彼は冷たく殺すよう命令されたのである。それも、一片の古文書を読んだからという理由だけで。彼の妻と娘も何の罪もない人間だった。むろんいまの彼はタフで、感傷などとは無縁の男である。彼のやさしさ、人間的な感情といったものは、妻子とともに大方死んでしまっていた。ものに感じる心がにぶり、生命すらも、彼自身のも含めて、彼の眼には尊さを失ってしまっていた。にもかかわらず、二分まえにこの哀れな娘がまえに立ったとき、自分は決してこの娘を殺すことはできない、ほかの人間に殺させることもできないと、ジェームズははっきりと悟ったのだった。あの悲劇は二度とくり返せない――彼は心中つぶやいた。

ジェームズはかたわらの椅子から自分のジャケットをとり、シルヴィーの肩にかけると、彼女の片手をとって暖炉のまえの敷物へとみちびいた。「きみに話したいことがある」彼の言葉に、ちらっと驚きの色がシルヴィーの生気のない眼にうかんだようだった。が、彼の思いすごしかもしれなかった。

ジェームズは咳払いして、「タバコ吸う?」ときいた。シルヴィーはゆっくり首を振った。

「五年ほどまえのことだ」ジェームズ・ブラッドリーは話しはじめた。適切な言葉をさがす彼の声はかすれ、なにかおぼつかなかった。「ブリュッセルのNATO本部に勤務していた一人のアメリカ人将校が、ある重要書類を受けとるためワシントンへ派遣された。その重要書類というのは、ペンタゴンで作成されたばかりの、西欧諸国の防衛機構に関する最高機密文書だった。

飛行機がブリュッセルに帰着したのはかなり遅い時間だった。妻が迎えにきていなかったので、その将校はひとり車で家に帰った。家のなかはがらんとしていて、妻も娘も姿が見えなかった。将校が家にはいるとすぐに、電話が鳴った」ジェームズのひたいには脂汗《あぶらあせ》がにじみ出ていた。「受話器をとると男の声が、おまえの妻と娘を誘拐した、と言った。翌日の午後四時までに、おまえの持っている機密文書か、あるいはそのコピーをある場所へ届ければ、ふたりは釈放する。さもなければ、ふたりを殺す――」

シルヴィーは暗がりのなかで身じろいだ。いまはまっすぐジェームズを見つめていた。

「上官や警察に通報したら、おまえの妻と子供はただちに処刑される――そう将校は警告された。〝処刑される〟――かれらは実際にそう言ったんだ」

ジェームズは指で髪をかいた。その手はかすかにふるえていた。「そのアメリカ人将校は機密文書を指定場所に届けなかった。そればかりか、事件を上官に報告した。それから一時間後にはベルギー警察とNATO各国の秘密情報機関が協力し、誘拐されたふたりの捜索が開始された。将校もその捜索に二時間ほど加わったが、警察に、家で電話を待つように言われて、帰った。

犯人側は翌日五、六回電話をかけてきて、そのたびに、要求に応じないならば妻子を殺すとくり返し脅迫した。それから連中は、ふたりをほんの数秒間電話口に出した。将校がふたりと言葉をかわしたのはそれが最後だった。四時十五分、また電話があり、万博シンボルのアトミウムの近くで事故があったと男の声が告げた。その男はつづけた。『すべておまえの責任だ。ふたりを死に至らしめた責任はおまえひとりにある』――それで電話は切れた」

ジェームズの心の奥深くで古傷が大きく口をあけ、まるでこの日の出来事であるかのように、鋭い痛みが鮮烈によみがえる。「妻の車にふたりの死体が発見され、まさに事故のように見えた。娘は大好きだった人形を抱きしめたままだった。その人形はただのぼろでつくったものだったんだが、それが娘の何よりのお気に入りでね、娘はそれをプリンセス・アガサと呼んでいたんだ」

ジェームズは手に、温かい指がためらいがちに触れるのを感じた。が、彼は反応を示さなかった。「その事件のあと、将校は彼の国の諜報機関に加わった。思いはただ一つ――何の罪もない妻と子を惨殺した……人殺し野郎どもに復讐することだった。しかし同時に彼は、ただの一片の紙切れのために罪のない人間を死なせるようなことはもう二度とするまいとも誓った――たとえそれがどんなに重要な紙切れであってもだ」

ジェームズは口をつぐんだ。暖炉の残り火をじっと見つめる。小さな青い炎は、炭化した丸太の表面でゆらいでいたが、やがて細い煙となって消えた。

シルヴィーは立ちあがると、静かに自分の寝室にはいっていった。一分ほどしてふたたび現われた彼女は、躯にシーツを巻きつけていた。そしてジェームズのかたわらにひざをつくと、彼の手に何かを押し込んだ。人間のこぶしより小さい、しわくちゃに丸めた紙切れの玉だった。ジェームズはそれを敷物の上に置き、丹念にしわをのばした。黄ばんだ厚手の紙には、現代では珍しい質感があった。残り火の赤みがかった淡い光が、紙片の表一面に書かれた古風な肉太の筆跡を照らし出す。

公立記録保管所から盗まれた問題の文書だった。

一九一〇年十一月十五日
ジョージ五世国王陛下

陛下

畏れながら最近起こりましたまことに奇態な出来事を御報告申し上げます。これは、適宜に活用しますれば、わが大英帝国の国益に大いに寄与するものと思われます。

本年五月に執りおこなわれました亡き御父君、エドワード七世国王陛下の御葬儀に参列するため来訪した外国使節のなかに、ロシア皇帝の御兄弟、ミハイル大公と、大公の首席顧問、ゴリツィン伯爵もおいででした。

ミハイル大公は御葬儀ののち一週間ほどでわが国をお発《た》ちになりましたが、ゴリツィン伯爵がなぜか残られ、そのうちに伯爵の奇矯な行動が、われわれ諜報部の不審を招くところとなりました。そこでわたくしは、配下の諜報員らに命じ、伯爵の行動を徹底的に調査させたのであります。ついに七月十七日夜、諜報員らは家宅捜索令状を用意しまして、セント・ジェームズ通りのトマス・アレグザンダーなる若い男の住居に踏み込みました。そうしましたところ、伯爵は若いアレグザンダーと男色行為のさなかだったのであります。ただちに、両人は逮捕されました。

ゴリツィン伯爵はこの——彼の言葉によりますれば、彼にとって致命的な醜聞となるであろう一件を、なんとかもみ消してくれるようわれわれに嘆願しました。しかしわたくしは、両人の法にもとる行為の物的証拠を並べて、厳しく伯爵に対しました。その結果、伯爵は、われわれが寛大な措置をとるならばその代償として、モスクワにおけるわれわれの間諜となり、わが諜報部にロシア皇室の機密情報を送ることに同意しました。そこでわれわれは伯爵を釈放し、彼はわが国を去りました。その後伯爵はヨーロッパ大陸を旅行したのち、三週間まえにサンクト・ペテルブルグにもどりました。過日、わが大使館におります諜報部員に連絡をとらせましたところ、伯爵はいつでも約束を履行する用意のあることを明言しました。伯爵はすでにふたたびミハイル大公の首席顧問としての職務についておりますので、いずれ彼を通じ、非常に重要な情報が得られるものと信じます。

したがいまして、書面により、この諜報活動計画の実施を御承認いただけるよう謹んでお願い申し上げるしだいであります。

陛下の忠実なる下僕——

大英帝国諜報局長官

アーチボールド・モンタギュー

いまを去る数十年まえのスパイの大御所が若い国王にあてて書いた手紙を、ジェームズは一度読み、さらに再度読みかえした。一九一〇年になぜこの手紙が国家の機密文書とみなされたかはあきらかだった。当時これが公《おおやけ》にされたら、重大な国際危機を招き、そのときすでにゆらいでいた皇帝ニコライ二世の政権をたちまち瓦解させることになっていたかもしれないのである。しかしそれはすべて七十年近くも昔の話なのだ！　とうに亡くなった人間や、現存しない政権に関する文書が、いったいどのように現在のアメリカ合衆国の安全を左右するというのか？　ジェームズはいぶかった。また、どうして一九五〇年、そしてさらに一九七五年に、この古い手紙が機密扱いを延長されているのか？　そして、どうしてこんな一片の古文書が一人の罪もない娘の命よりも重要だというのか？　アーチボールド・モンタギュー卿が国王に、もはや時代遅れの諜報活動計画の承認を求めたこの黴《かび》くさい書簡に、ほかにいったいどんな秘密がかくされているというのか？

ジェームズ・ブラッドリーが問題の古文書の奇妙な内容にさかんに首をかしげていた頃、CIA本部の長官室では臨時会議がひらかれていた。バージニアはようやく夜にはいったところだった。長官室には、ロンドンに向かうジェームズ・ブラッドリーを見送った面々が顔を並べていた。前回よりは多少表情の明るくなったウィリアム・ハーディがロジャー・タフトをうながすと、タフトは満面に笑みをうかべて、問題の文書はジェームズ・ブラッドリーの手にあると一同に報告した。「さきほどロンドンから連絡がありまして、文書はあすの朝の一便でこちらへ送られてくることになっています」ハーディは満足げにうなずいた。

会議が終わってから約三十分後、一台の黒い乗用車がチェビー・チェース（メリーランド州中部の町）の一軒の家のガレージにすべるようにはいった。男がひとり車をおり、ガレージ内のドアの鍵をあける。家のなかにはいった男は、あかりをつけずに、内部を知りぬいている者のたしかな足どりで暗い屋内を進んだ。そして書斎にはいると、ウォルナットの大きなデスクにつき、電話に手をのばして、ニューヨーク市内の番号をまわした。用心深い声がこたえた。

「はい？」

男は口早に言った。「ロンドン市内公園通り《パーク・レーン》、ハイドパーク・クラブ、四十二号室。ジェームズ・ブラッドリー。娘と文書も一緒だ」

「了解」

男は受話器をおくと、ヴェストのポケットからつややかな純金のコリブリをとり出し、スイス製の黒い葉巻に火をつけた。ゆらめく炎が、ほんの一瞬、男の薄い唇にうかんだ冷たい笑みを照らし出した。

7 モール

寝静まった都会を、夜の深い闇がひそやかにつつみこんでいた。ほの見えていた銀色の月の光も、忍びこんできた黒い影に追いやられ、部屋のなかはすべてが輪郭《りんかく》を失って黒一色の世界と化した。炉床の火も消え、厚くつもった灰の下で、燃えがらがわずかにくすぶっているだけである。シルヴィーとジェームズは、暖炉のまえに上掛けや枕をかさね、その上に身を寄せあっていた。ときどき燃えあがるマッチの炎と、シルヴィーの指でゆらめくタバコの火が、部屋の唯一のあかりであった。シルヴィーはジェームズの胸に顔をあずけ、重い瞼《まぶた》をとじてじっと動かない。このような安らぎをおぼえたのはほんとうに久方ぶりだった。あおむけに静かに横たわり、じっと天井を見つめる彼を、シルヴィーは信じた。その彼の長い指が、彼女の乱れた髪をやさしくもてあそんでいる。シルヴィーはジェームズの話に感動し、彼が彼女の信頼を決して裏切りはしない誠実な人間であることを直感したのである。ジェームズもまた不思議に、長いあいだ忘れていた心の平穏をとりもどしていた。彼がシルヴィーに語った話のなかでただ一つ省いたのは、悲惨な事件のあとの彼自身の心の葛藤だった。自分が職務にもうすこし忠実でなかったなら、妻子の命をあるいは救えたかもしれないという強い罪の意識が、ふたりの死以来耐えがたい重荷となって、彼はずっと苦しみつづけてきたのである。それが、たとえ命令にそむいてでもこのシルヴィーという娘の命は救おうと決意したいま、自分の考えはまちがってはいないという強い確信で心が安まるような気がするのだ。

シルヴィーが規則正しい寝息をたてて寝入ると、ジェームズは彼女の手からそっとタバコを抜きとり、暖炉に投げこんだ。彼はシルヴィーにベッドで寝るように言ったのだが、彼女は首を振って、「ここがいいの」と、幼い少女のように言い張ったのだった。

しかしそれが、はからずも、ふたりの命を救ったのである。

廊下を歩くひそやかな足音も、二人の男がそれぞれ二つの寝室のドアのまえに立つまえにかわしたささやきも、ジェームズにはきこえなかった。だが、ドアが蹴りあけられ、寝室に何者かがとびこんだ瞬間、ジェームズはもう立ちあがり、武器となりそうなものを手でさがしながら、本能的に音のしたほうへ身がまえていた。

すぐにジェームズの寝室が空《から》だと気づいたブロンドの〝殺し屋〟は、つぎの瞬間、居間に出るドアめざして突進していった。昼間だったなら、ジェームズが逃れるチャンスは万に一つもなかったにちがいない。〝殺し屋〟は右手には銃をかまえ、左手には短剣を握りしめていた。だが、夜だったために、相手が見えるという点では、暗闇に眼が慣れていたジェームズのほうが絶対的な優位にあった。〝殺し屋〟は戸口で一瞬とまどい、近づく影に気づいたときはすでに遅かった。ジェームズが暖炉からとって握りしめていた鋭い火かき棒が、すさまじい勢いで〝殺し屋〟ののどをつらぬき、木のドアに深く突き刺さったのだ。巨大なピンでドアに留められた恐怖の操り人形という格好になったブロンドの〝殺し屋〟は、痙攣《けいれん》しながらぞっとするような死を迎えた。拳銃と短剣が、握力を失った両手からすべり、床のカーペットの上に鈍い音をたてて落ちた。

「ジェームズ！」シルヴィーの悲鳴に近い声があがった。彼女はジェームズが立ちあがった瞬間に目をさまし、いま突然もう一つの寝室から現われた別の男の影にびっくりして声をあげたのだった。シルヴィーの声に驚いて、男はやみくもに二発撃った。サイレンサーの鈍い音。三発めは、最後の痙攣状態のままですでに死んでしまっている同志の死体に命中した。ジェームズは床にころがり、足元の拳銃をとるや、ひざもつかずに引き金を引いていた。戸口の大柄な男の影の腹部めがけて、たてつづけに四発あびせる。男はよろめき、腹を押さえてまえに倒れた。ジェームズは男のからだを踏みこえ、シルヴィーの寝室の外側のドアに駆け寄ると、ドアの陰にちょっとかがみこんで様子をうかがってから、明るい廊下にとび出した。三人めの男が、従業員用階段につづく出入り口のそばに立っていた。ジェームズは二発撃ったがはずれ、第三の男はたちまち姿を消した。

ジェームズはシルヴィーの寝室にとって返し、ドアをばたんと閉めると、重い肘掛け椅子を運んでつっかい棒がわりにドアに立てかけ、居間へ急いだ。「シルヴィー！」努めて平静な声で呼ぶ。「どこにいるんだ？　もう大丈夫だ。連中は行ってしまったよ」シルヴィーは答えなかった。窓の近くにうずくまっているのを見つけてジェームズが近づくと、彼女は顔を伏せ、ひざを固く抱きしめて、全身をふるわせていた。ジェームズはシルヴィーの頭をそっとなでながら、やさしく言った。「もう心配ない。もう終わった」彼はシルヴィーを抱きあげると、二番めの暴漢のからだを慎重にまたいで、彼女を寝室に運び、ベッドに横たえた。「ここならひとりでいても安全だからね。ぼくはまだ居間にちょっと用事が残ってるんだ」シルヴィーは眼を見ひらいていたが、何も言わなかった。

シルヴィーの寝室からふたたび居間へ出ると、ジェームズはドアを閉め、あかりをつけた。解体された牛のように力なく垂れさがる血まみれの死体を眼にしてさすがに少々青ざめながらも、床に横たわる男の上にかがみこむ。男は眼をとじてはいたがまだ息があり、弱々しく足をひきつらせていた。腹部に二ヵ所血に染まった銃創があった。ジェームズは男のかたわらにころがっている拳銃をとりあげた。はたして彼とシルヴィーがここにいられる時間はあとどれくらいか、ジェームズは考えた。だれもまずいまの騒ぎを聞きつけてはいない。この階にある部屋はジェームズのスイートだけで、暴漢どもも裏口からだれにも気づかれずに押し入ったらしい。むろん拳銃は、両方とも消音装置つきである。暴漢どもの仲間が再度襲ってくるということも考えられなかった。二人も同志を失ったのである。態勢の立てなおしに、すくなくともしばらくは時間がかかるはずだった。

ジェームズは襲撃者両人のポケットを念入りに調べた。が、予想したとおり、何枚かの紙幣と挿弾子しか見つからなかった。

負傷して倒れている男の髪をつかみ、乱暴にゆする。男は眼をひらいた。ジェームズは男の口をこじあけ、銃口を突き入れると、ゆっくりと一語一語区切るようにきいた。「だれがここを教えた?」男がロシア人であることは、幅広い顔とがっしりした四角いあごからあきらかだったが、KGBが英語のわからない人間をロンドンの通りに放り出すはずがないのである。「ここにいることをどうして知った? 言うんだ! 言え!」

男は眼はあけるが、口はつぐんだままだった。「言うんだ!」ジェームズ・ブラッドリーはいちだんと声を荒らげた。「おれを怒らせなければ、まだ生き延びられるかもしれないんだぞ!」ジェームズは男の頭をぐいと起こし、〝殺し屋〟の血みどろのグロテスクな姿を見せつける。男は恐怖にあえいだ。「言え! だれが教えた?」

男は口をひらいたが、数秒とつづかなかった。「知らない……ニューヨークから電話があったと……一時間まえに……」

「だれから? 名前を言うんだ!」ジェームズは男の両肩をつかみ、乱暴にゆすった。「名前だ!」くり返したが、男は何やらわけのわからぬことをつぶやくだけだった。

ジェームズは男を放し、立ちあがった。男は通報者の名前を知らないのだ。知っているはずがない、とジェームズは思う。情報はおそらくワシントンからニューヨークのソ連エージェント経由でもたらされたにちがいないのである。

居間のすみの小さなバーに行き、背の高いグラスにウオッカをつぐ。頭が激しく回転して、一歩一歩避けがたい結論に近づいていく。何者かに彼は売られたのである。ロンドンの人間はだれも、彼が問題の文書を手に入れたことを知らない。文書が手にはいったことを彼が知らせた人間はただ一人、ラングレーのロジャー・タフト課長だけで、課長はただちにウィリアム・ハーディら最高幹部の例の面々にだけ報告しているはずだった。それに、負傷した暴漢も、情報はアメリカから得たと言っている。ということは、ＣＩＡの最高幹部のだれかが売国奴ということにほかならないではないか！　ジェームズの電話を受けたタフト課長が、すぐさま電話の内容を報告したグループの一人が裏切り者なのだ。いったいだれなのか？　ジェームズは電話に手をのばした。が、すぐに、蛇にでもかまれたように手を引いた。タフト課長に電話してきいてみようという衝動にかられたのだが、ふと疑念が走ったのだ。もしタフト課長自身が内通者だったらどうなるのか？　あるいはもっと上の人間がソ連のモールだったら？

　ジェームズは、問題の裏切り者をつきとめないかぎり、彼とシルヴィーの命は常に刺客に狙われる危険にさらされねばならないことをあらためて悟った。しかし、それをつきとめることはできないのである。ワシントンに電話をかけるわけにはいかないからだ。彼がＣＩＡ本部と連絡をとれば、それはすべてソ連のモールに傍受され、これまた刺客を招くことになるのである。モールがだれであるかはまったく見当がつかなかった。また、ロンドン支局に連絡するわけにもいかない。「おれのことはラングレーにはいっさい報告しないでくれ。本部にはソ連のモールがいる」などとロバート・サルクに電話しようものなら、サルクはただちに長官室に呼び子を吹き鳴らすにきまっているからだ。

　となると、このままおおっぴらに姿を日の下にさらしていることはできない。あきらかに、彼に残された道はただ一つしかなかった。地下に潜るのである。すみやかにここを出て、本部との接触をいっさい断ち、なんとか問題の文書の謎を解くのである。なぜあの一片の文書がアメリカ合衆国の安全にそれほど重大な影響をおよぼすのか、いったいどんな利害がからんでいるのか——それがわかれば、ラングレーにいるモールの正体もつかめるかもしれない。いずれにしろ、ジェームズが電話したあと一時間もたたぬうちに、初歩的な警戒措置も講じずに彼をソ連側に売った男は、いまごろ死ぬほどおびえているにちがいなかった。またそれだけに、保身のため、命がけで邪魔者を抹殺しようとするにちがいないのである。

ジェームズはシルヴィーの寝室にもどった。シルヴィーはベッドの上に軀を起こし、その青い眸《ひとみ》は眼のまえの一点を凝視していた。ジェームズはかたわらにかけ、静かに、かんで含めるように話しはじめた。やがてふたりは急いで身仕度すると、それから数分後にはスイートをあとにして、階段を忍び足でおり、通りへ出た。ダンレイヴン通りの古いエレガントな家並みにはすでに朝の気配が感じられ、牛乳配達の男が陽気に口笛を吹きながら、手入れのゆきとどいた家々の戸口の上がり段に、白い大きな瓶を置いてまわっていた。

ふたりはキングズ・クロス駅の騒々しいセルフサービスのカフェテリアで朝食をとった。

「ここの料理はひどいが——」ジェームズは説明した。「見てのとおり乗降客の出入りが激しい。雑踏はいちばんの隠れみのだからね」シルヴィーはうなずき、けなげにも微笑をうかべようとしたが、笑えなかった。「これからどうしたらいいの？」彼女はきいた。気休めを言っている場合ではなかった。いまはふたりとも、最も親しい友人や仲間から切り離され、刺客につけねらわれる身なのである。

「ああ、昨夜かなりいろいろなことがわかった。だがその前にまず、これまでの経過を説明しておこう」ジェームズはてっとりばやく自分の任務の詳細を語ってきかせた。もっとも、数日中にシルヴィーの死体が警察かKGBに発見されるよう彼が手をうつことになっていた点については、言う必要性を感じなかったので説明を省いた。「あの二人の刺客は——」ジェームズは結論を言った。「ぼくがタフト課長と電話で話してから、一時間たつかたたないうちにドアを蹴破ってはいってきた……タフト課長はむろん、CIA上層部の特に内輪の四人ないし五人の幹部にしか報告していない。ということはつまり、そのなかの一人がソ連のモールである可能性が非常に濃いということだ」

「モールって？」

「モールというのは、多くの場合、情報部の高官で、長期間にわたり、その正体をかくして相手側の組織内で黙々と働きつづけるんだ。そして、やがて最高機密に近づける地位につき、政策決定にまで参加するようになると、はじめてスパイ活動をはじめる。だから、相手側にとってはじつに危険きわまりない存在なのだ」

「だれがそのモールなのか心当たりあって？」

ジェームズはゆっくりと首を振った。「とにかくその幹部五、六人のなかの一人であることはまちがいない。ただ一つはっきり言えることは、その存在を知られるような危険を冒すくらいだから、この文書のことではかなり必死になっているということだ」

「そうなるとわたしたち、これからどうしたらいいの？」シルヴィーはくり返した。

「そうだな、きみはぼくから離れて別行動をとったほうがいいかもしれないな、シルヴィー。これからは連中がつけねらうのはぼくのほうなんだ。しばらくアイルランドの仲間たちのところに身を寄せたらどうかな。ＩＲＡならパスポートぐらいはなんとかできるだろうから、そうしたらフランスに帰って、すべてを忘れることだ」

「でもどうして忘れられて？」シルヴィーは涙声になって言った。「どうしてリチャードを……ジェニファーを忘れられて？　この二、三日のあいだに、何度生まれ変わっても忘れられないほどの恐ろしい光景と、血を見てきたのよ……それに、アイルランドの人たちのところにだって、どれだけいられると思って？　一週間？　それとも二週間？　フランスにだって帰るわけにはいかないわ。それはあなただって知ってるはずよ。ＫＧＢが待ちかまえているかもしれないって、あなた自身が言ったでしょ？　わたしだって問題の文書を読んでるのよ、忘れて？」

　ジェームズは考えこみ、「きみの言うとおりかもしれない」と、うなずいた。「しかし、ぼくと一緒にいるとなるとこれまた大変だぞ……なにしろぼくは天下のＫＧＢの第一目標だからね」ドライに笑う。「いろいろときみの健康によくない目にあうかもしれない」

　シルヴィーはちょっと傷ついたような表情をうかべただけで顔色は変えなかった。「わたしってあまり人にものを頼んだり、好意にすがったりするのは好きじゃないの、ジェームズ。しかもあなたはわたしを助けてくれた命の恩人だし、わたしが足手まといになるかもしれないこともよくわかってるわ。でもこんどだけはお願い、どうか一緒にいさせて。わたしにはほかにだれもいないの」そしておずおずと言いそえた。「たぶん、これでも少しぐらいは役に立つこともあるんじゃないかと思うわ」

ジェームズは反対しようとしたが、シルヴィーの言うことはかなり理にかなっていた。いや、まったく彼女の言うとおりなのである。それに、頼る相手がほかにだれもいないという彼女をほうり出すわけにはいかなかった。

ジェームズはじっとシルヴィーを見つめた。「ぼくはただきみの安全だけを考えて言ったんだ。ほんとうだ。きみをいままで以上の危険にはさらしたくない。しかし……きみにそれだけの覚悟ができてるんなら、よろこんで行動を共にしてもらうよ」

シルヴィーは安堵の吐息をつき、ジェームズの手を強く握った。眼には涙さえうかべていた。

「それから、泣くのはもうやめ」ジェームズはわざとぶっきらぼうに言った。「何の役にも立たないからね。ぼくらはいま非常に危険な立場にあるんだ、シルヴィー。世界一強力な組織に狙われている。連中がいかに残酷で情け容赦もないか、きみも見たとおりだ。だから努めて冷静になって、あわてないようにする。それがぼくにとって何よりの助けになるんだ」

シルヴィーはうなずいたが、声はまだふるえぎみだった。「それで、とりあえずはどうするつもり？」

「とりあえずは――」ジェームズは言った。「しばらくかくれていられる所を知ってるから、そこへ行く。そしてきょうの午後、CIA本部のハーディ長官に電話してみるつもりだ。これはちょっと危険な賭けだが、長官は信頼していいと思う。彼がモールということはまずありえない。くだらないスパイ小説じゃないんだからね」ジェームズはなまぬるいコーヒーを一口《ひとくち》飲んだ。「長官にこっちでの経緯を話し、ぼくの任務を知っている幹部を内密に調査するように頼む。むろんぼくらの居場所は言わない。そして一週間ぐらいしたらまた電話する。その頃までにはゴリッツィン伯爵の謎も少しは解けてるかもしれないから……」

「もし――」シルヴィーが口をはさんだ。「ハーディ長官があなたを信用してくれなかったら？」

「どうして信用しない？」

「CIA内部の事情はよく知らないけど――」シルヴィーはおぼつかない口ぶりで言った。「長官は現場の一人のエージェントの言うことより、まわりの幹部の人たちのほうを信用するんじゃないかしら」

ジェームズはうなずいた。

「わたしと意気投合して逃げ出したあなたが、時間かせぎをしようとしているって受けとる可能性のほうが高いと思うわ。きのうの夜、過去を話してくれたとき、自分はとても孤独な人間だって、あなた言ってた。長官だってそのことはきっと知ってるはずだわ」こんなことロにすべきだったかどうか――シルヴィーはそんな心もとなげな表情だった。

「それは考えられる」ジェームズは認めた。

「だから電話したら、長官はアメリカとイギリスの諜報機関を動員してわたしたちを捜し、文書をとりもどそうとするんじゃないかしら」シルヴィーはちらりとジェームズを見て、言いそえた。「そんなわたしの考え、ばかげてる?」

「いや」ジェームズはひたいにしわをよせて考えこみながら首を振った。「ばかげてなんかいない。ありうることだ」彼はこのとき、シルヴィーが触れなかったもう一つの危険性についても考えていた。ハーディ長官に電話し、長官が彼を信じてくれたとしても、モールがふたりの話を傍受し、KGBに通報する可能性は非常に高いのである。そうなれば、KGBはすぐさまふたりを追ってイギリスじゅうを捜しまわるにちがいなく、となると彼もシルヴィーも命からがら逃げまわるのが精いっぱいで、機密文書の謎を解くどころではなくなってしまう。

「さしあたりワシントンのだれとも連絡をとらないほうがよさそうだな」ジェームズは考え考え言った。「とりあえず二、三日かくれていよう。あのふたりの死体が発見されれば、ワシントンはKGBに連れ去られたものと判断するだろう。KGBはKGBで、われわれはアメリカに飛んだものと考えるにちがいない」

「それがいいわ」シルヴィーは身をのりだして言った。「両方が見当はずれのほうを捜しているあいだに、わたしたちは問題の文書の謎解きを進められるし」

ジェームズはいとおしむようにシルヴィーを見て笑い、指でそっと彼女の頬をたたいた。

「いや、まったくきみの言うとおりだ。ほんとに、足手まといどころか、きみが一緒にいてくれて大助かりだよ」

シルヴィーの顔に多少生気がよみがえった。「いまのが、あなたと出会って以来あなたから聞いたいちばんうれしい言葉」やっと笑みをうかべて、シルヴィーは言った。

ジェームズは立ちあがった。「そろそろプラットホームに行ってよう。もう列車がはいってくる頃だから」ふたりはカフェテリアを出て、急ぎ足でホームへ向かった。十分後、ふたりを乗せた列車はキングズ・クロス駅を出発、ケンブリッジめざして走りだした。


プリンセス・エリザベス通り一九番地の二階建ての家は、かつては白か黄色か、もっとくすんだ色だったとしても薄いグレーだったのであろうが、長い年月放っておかれ、無情なイギリスの気候にさらされて、はげかかった壁は厚い煤《すす》におおわれ、雨の跡が縞になっていた。屋根がわらも何枚かはがれ、その一、二枚はすべり落ちて雨どいにはまり、折れた歯のようなぎざぎざの一端をのぞかせている。右手の装飾用の切妻は、大きな亀裂がはいってひどくたわんでいる。小さな庭はわがもの顔ではびこる雑草にとうに占拠されており、生垣のあいだに二、三残っている銀梅花が、庭師の手入れをもうあきらかに何年も待ちこがれている風情だった。

ふたりは庭をつっきり、三段の上がり段をのぼって、張出し玄関のまえに立った。いちばん上の段は割れていて、ジェームズが昔ながらの呼びりんの引き綱をぐいとひくと、彼の体重に耐えかねたように耳ざわりな音をたてた。と、左側の窓のカーテンがゆれてわずかにあき、ふくろうのような顔が、怪しむようにふたりを透かし見た。まもなく、ためらうような足音がドアに近づき、ゆっくりとドアがひらいた。小さな暗い玄関だった。暗がりからのぞいた顔はまさにふくろうをおもわせた。広いひたい、両耳の上につき出た羽毛のような髪、こけた頰、すぼまった口からあご一面に生えた半白の短い剛毛、小さなくちばしのような鼻、鼻の先端にかけた太縁の眼鏡の奥にある丸い大きな眼——分厚いレンズで、青い虹彩がとてつもなく大きく拡大されて見える。青白いひたいには、やはり半白の乱れ髪がかかっている。服装はといえば、黒い厚手のウールのシャツとだぶだぶのコーデュロイのズボンに身をつつみ、あまり幅のない肩に、革の肘当てのついたツイードのジャケットをだらりとはおっている。およそ浮世ばなれしたこの人物は、朝の光のなかに出ると、一、二度まばたきした。

「コリンズ教授——ですね？」ジェームズは親しみをこめて言った。

老人の顔が、ジェームズを認め、ぱっと明るんだ。「こりゃ驚いた！」不ぞろいな大きな歯を見せて、老人は満面をほころばせた。「ジェームズ・ブラッドリー！　ジェームズじゃないか！　いったい何でまたこんなところへ？」ジェームズの手をあたたかく握りしめ、さらに手をのばして肩をたたく。「いや、うれしいねえ、よく訪ねてきてくれたもんじゃ！」コリンズ教授はすっかり有頂天になって、ジェームズのまわりを小躍りしてまわりはじめ、なんとか笑みをこらえているシルヴィーとあやうくぶつかりそうになった。はじめて彼女の存在に気づいた教授は恐縮して即興の踊りをやめ、大仰にかしこまって頭をさげた。「これは失礼をいたしました、お嬢さん。どうかお許しいただきたい——この変わり者の老人のなんとも常軌を逸したふるまいを。だがこれにはそれなりの——」と言って、ちらっとジェームズに眼をやり、「言ってもいいのかね？」ときいた。ジェームズはきまじめな顔でうなずいた。

「それなりのわけがありましてな。ジェームズはかつて、といってもそう古いことではないが、このわしの命を救ってくれたのです」

「こちらはアントニー・コリンズ教授。ミス・シルヴィー・ド・セリニーです」ジェームズはふたりを引きあわせた。

アントニー・コリンズは興味深そうにシルヴィーを見た。「フランスのお人じゃね？」そう言ったとたん、ブルッと身をふるわせた教授は照れたようにジェームズとシルヴィーを見て、「とにかくこんな寒いなかに突っ立ってることはない……ジェームズもそう考えとるんじゃないのかね？」と、微笑《わら》いながら言う。「早く、わしを押しのけてでも書斎にはいりたいと？」しかし、そう言いながら教授は自分から真っ先にドアのなかにはいり、ジェームズとシルヴィーは顔を見あわせてそのあとにつづいた。短い廊下を抜けると、そこは一階の大部分を占めているように思われる広い書斎で、しかもそれが一分のすきもなくきちんと整頓されているのに、シルヴィーは驚かされた。床から天井まで裸の壁がのぞいている箇所は一ヵ所もない。窓の上下のスペースに至るまですべて、本棚か、あるいはファイル用キャビネットで埋めつくされているのである。部屋の両側にもやはり本棚とキャビネットが二列ずつずらりと並び、わずかに狭い通路が中央にあいているだけで、その通路のつきあたりに大きなデスクが二つすえられていた。デスクの上には書類、本、スタンドなどのほか、古いタイプライターが一台のっていた。本の一冊はひらいてあって、そのいりくんだ文字を、シルヴィーは好奇の眼で追った。

それを見て、教授は微笑んだ。「中国語ですよ――わしの大好きな中国唐代の詩人李白です」軍隊を閲兵する将軍のように誇らしげに、棚にずらりと並んだ本を大きな手ぶりで示す。「これのほとんどが、じつはそうでしてな……これは個人所有のものとしては、おそらくイギリス一、いやヨーロッパ一のコレクションではないですかな」教授はジェームズのほうを振り向いた。「ここへはきみも一度もはいったことがなかったな、ジェームズ？」

「ええ、一度も」

「さて」教授はぴしゃりと両手を打ちあわせ、「ま、座ろうじゃないか。ほんとうはすぐにでも〈中国の間〉に案内したいところなんじゃが――」と言って、またシルヴィーに笑いかける。「ええ、〈中国の間〉と呼んでいる部屋がありましてな、漆塗《うるしぬ》りの飾り棚や、古い、じつにみごとな敷物や、それからわしの自慢の巻物などが置いてあるのです。龍の模様のはいった本物の明朝の壺も何点かありますよ……」ちょっと言葉を中断させ、デスクの近くの、背のまっすぐな二つの椅子をふたりにすすめると、「ただ——」と、教授はちょっと渋い顔になってつづけた。「いま少々散らかってましてな」そして、期待するような眼をジェームズに向け、「だから、もしきみたちがゆっくりできるのであれば、あとでじっくりご覧いただこうと思うんだがね」と言った。

「ご厄介になります」ジェームズは静かに言った。「しばらくのあいだ」

教授の顔から笑みが消え、懸念の色がそれに代わった。「何かあったのかね？」

ジェームズはうなずいた。

「めんどうなことかね？」

「ええ、かなり」教授のやんわりとさぐるような眼を見て、ジェームズはつけ加えた。「もしぼくらがどちら側か気になさってるのなら、正しい側ですからご心配なく」

「べつに気にしちゃおらんが——」教授は言った。「しかしそうとわかれば、まず一安心だ。そう、じゃ、お茶でも飲みながら話を聞かせてもらうかな」

シルヴィーも立ちあがった。「お手伝いしますわ」

教授は首を振った。「あなたはここにいて、マドモワゼル。わしは台所仕事が好きなんじゃから」部屋の反対側の小さなドアから出ていく教授の姿を、シルヴィーはずっと眼で追った。

「なんてすてきなお年寄りなの！」

「いや、ただすてきなだけじゃないんだよ、あの人は。もっと大変な人なんだ」ジェームズは言い、「というより――」と、考え深げにつけ加えた。「だったというべきかな。あのすてきなお年寄りはイギリス情報部の最高の頭脳の一人だったんだ。現在生き残っている数少ない完全保守主義者の一人でもある。三〇年代に、イギリス情報部はケンブリッジやオックスフォードから若い優秀な人材を補充するということをやったんだが、彼はそのなかの一人なんだ。戦後は彼の活躍する場がなくなって、ずっと中国研究にもどっていた。ところが六〇年代にはいって、中国がソ連との関係を断って西側諸国に手をさしのべてくると、情報部はふたたび彼を求めた。中国に関するイギリス最高の権威である彼の専門知識が必要になったんだ。もちろんいまはもう七十を越えてるし、何年かまえから引退生活にはいってる……だけど、ドアマットの上に立ってるぼくらを見たときのあの眼光を見れば、まだちっとも衰えていないのがわかるだろう？」

「あなたが命を救ったってほんとう？」シルヴィーはきいた。

ジェームズはうなずいた。「ある意味ではね。四年まえ、イギリス情報部は彼を北京に送ったんだ。共通の敵となったソ連に関する情報を中国の秘密エージェントと交換するためだ。結果的にはこの計画は不調に終わったんだが、KGBはそのことを知らなかった。連中は中国情報部と西側諸国の情報部が手を結ぼうとするこの動きに強い危機感をいだいた。それで、中国からの帰途、彼の乗った飛行機がジュネーブに着陸すると、KGBの一隊が彼を誘拐し、空港近くの別荘に監禁したのだ」

「どうして？」

ジェームズは眉を上げた。「どうして？　情報を全部しぼりとるためさ。そのあと殺すつもりだったにちがいない」

「それであなたはどうして彼を助けることになったの？」

「非公式にだが、彼を救出するイギリス情報部の作戦にわれわれCIAも協力したんだ。当時ぼくはロンドンに勤務してたんで、コリンズ教授が消えたという報がはいると、ただちにロンドンを発《た》ち、現地に飛んで彼を救出した」

「もちろん何人かの命を犠牲にしてね、当然」シルヴィーは静かに言った。

ジェームズは肩をすぼめて眼をそらした。

そこへコリンズ教授が、こぼれんばかりの笑みをうかべ、紅茶をのせたワゴンを押しながらもどってきた。


一時間後、老教授は眼鏡をはずし、肩掛けの端でなかば上の空でレンズをふいていた。

「驚くべき文書だ」デスクの上のあいかわらずひらいたままの李白の詩書の上にひろげられたしわだらけの紙片に眼を吸いつけられたまま、畏怖したように言う。「まったく驚くべき書簡だ」

「それが何を意味するかわかります、教授？」ジェームズはきいた。

コリンズ教授はゆっくりとうなずき、「まあ、おぼろげながらわかるような気がするといったところじゃな」と言った。それから考えこむように眉を寄せ、「たぶんそうだと思うが、しかし……」吐息をつき、剛毛の生えているあごを親指でこする。「わしはソ連関係はまったくタッチしなかったんで、どの名前もなじみがなくてもうひとつぴんとこんな。しかし、こうした謎はいろいろと解いたもんじゃよ。自分でもあれこれ方法を考えてな」何やら昔を思い出したらしく、教授はふふっと含み笑いをした。「とにかく——」きっぱりと言う。「数時間のうちにはきっと解けるから心配はいらんよ」

「そんな簡単に？」シルヴィーは信じられぬように言った。

「お嬢さんや、このわしの体験によればじゃな、こうした謎の答というものは、さがし場所さえあやまらねば、まず九十パーセントはみつかるものなのじゃよ」

「というと？」

教授は椅子を立ち、部屋のなかを歩きまわりはじめた。「何よりもまず、このゴリツィン伯爵について調べることじゃな——伯爵とその子孫はどうなったか、何か変わったことがあったかどうか。これは比較的簡単に調べられる。なんといってもゴリツィンは貴族であり、ニコライ皇帝の宮廷でもかなり重要な地位にあったのじゃから、当人や家族についてのくわしい記録が残っているにちがいない。そうじゃな、まず最初は——」ちょっと一息つく。「まずオフラーナ——ほら、例の皇帝時代の秘密警察——あのオフラーナの記録を調べてみることじゃな。原本はすべてアメリカのフーヴァー研究所にあるが、大英博物館にマイクロフィルムのコピーが、翻訳したものまで全部そろっている。それからあれも全巻そろっているはずじゃ、あ――」教授は眉をひそめた。「ロシア貴族の……歴史じゃなくて……系譜。そう、ロシア貴族の系譜――これが非常に役に立つのではないかと思うね。ロシアの貴族に関することなら、たいてい何でも出ている。一九一七年の革命後かれらやかれらの家族がどうなったかということもわかる」

「そんな本、いったいだれがまとめたのかしら？」シルヴィーが疑問を口にした。

「むろんロシアの亡命者たちじゃよ。共産主義者たちに権力を奪われて全世界に散り散りになった同族の記録を残そうと考えたんじゃな。また、この本の編者たちは、革命後もロシアにとどまった貴族の子孫たちの動向もたどっている。特にそれらの子孫たちの業績については、じつに誇らしげに克明に記してあるよ。ロシアがソヴィエトになっても自分たちは依然すぐれた階級であるということを世界に示そうとしてね」

ジェームズはちょっと首をかしげるしぐさをした。

「ああ、ああ、わかっとるよ」コリンズ教授はすぐさま言った。「むろんそんなことはどうでもよいことであって、重要なことは、この文書の謎を解くカギとなりそうな資料がごく身近にあって、いつでも見られるということじゃよ。しかし、わしはちょっと見に行くというわけにはいかんのじゃ。ある方面にいろいろと憶測を生むおそれがあるのでな。きみもちょっとまずい――」ジェームズに眼をやる。「どう見ても学者という感じじゃない。だが、マドモワゼル、あなたなら……」

ジェームズは即座に立ちあがった。「それはだめです。警察が彼女をロンドンじゅう捜しまわってるんです！」

余裕のある笑みが教授のふくろうそっくりの顔にうかんだ。「警察は青い眼のブルネットを捜してるのであって、眼鏡をかけたショートカットのブロンドには見向きもせんよ。必要とあれば、眼の色だって変えられる——映画女優がするようなカラーのコンタクト・レンズを使えばね。したがって、まず手始めに、芝居の衣装や小道具を売っている店に行ってみるとしよう。ケンブリッジにも、演劇学校のための店が一軒あるんじゃよ」

シルヴィーはちょっと不安そうな面持ちでタバコに火をつけた。

「大英博物館の主任司書に紹介状を書いてさしあげる。わしのところの研究生ということにして、名前は……」

「フランソワーズ・ドロルム」シルヴィーはおもわず言ってしまってから、ジェームズと顔を見あわせた。

「フランソワーズ・ドロルム、けっこう。そしてあなたは研究に必要な、革命前の帝政ロシアと中国に関するある文書をさがしているということにする。その文書は当時ゴリツィン伯爵のファイルにあったもので、現在は伯爵の子孫のだれかの手にある可能性がある。あなたがゴリツィン伯爵に非常に興味を持っているのはそのためで、それで彼に関する資料が見たい——どうかね、もっともらしくきこえるかね？」

シルヴィーはうなずいた。

「なんとかやってみますわ」

思ったより簡単だった。翌朝ロンドンに着いたときには、シルヴィーは即席の変装にかなり自信を持ちはじめていた。大英博物館では、いかめしい顔をした主任司書の白髪の年配の婦人が、コリンズ教授の紹介状にいたく感銘して、スラヴ関係の閲覧室の担当者に、ミス・フランソワーズ・ドロルムに特別の便宜をはかるように、と言ってくれた。オフラーナの記録文書の索引からは何も出てこなかったが、シルヴィーがまさにさがそうとしていた資料が、〈系譜〉の第三巻の短い一節に見つかった。シルヴィーは日暮れまでにはケンブリッジにもどっていた。

ほっとしてシルヴィーがショートカットのブロンドのかつらをとっているあいだに、彼女がノートに写してきた一節をコリンズ教授が読みあげた。

ゴリツィン、アレクセイ・アンドレイエヴィッチ伯爵、一八六一年ノブリコヴォに生まる。一九〇一～一九一六年、ミハイル大公の首席顧問。一九一七年革命の間にオレルで殺害さる。妻――マリア・ヒポリトワ・ミシキナ、一八七六年ニジニ・ノブゴロドに生まれ、一九二五年モスクワで亡くなる。一八九六年出生の一人娘イリーナは、一九一六年ロシアを離れ、スイスに亡命中の共産主義指導者らと合流、一九一七年レーニンおよびそのグループとともに帰国。レーニンとトロツキーの最も親しい友人の一人として知らる。一九三七年、四十一歳で自殺。一時、共産主義運動家ウラジーミル・スヴォーロフと結婚、一人息子アルカージー・スヴォーロフをもうけ……」

「え？」ジェームズは教授の手からノートをもぎとった。「アルカージー・スヴォーロフ？　知らなかったな。スヴォーロフはゴリツィン伯爵の孫なんですか？」声が興奮でふるえていた。

「スヴォーロフを知ってるのかね、ジェームズ？」教授は一見超然とした平静な口調できいたが、やはり興奮はかくせなかった。シルヴィーはかつらをとった長い髪を前後にゆすっていて、話は半分しか聞いていなかったのだが、これまたびっくりして、首を片方へ傾けたままジェームズを見つめた。

「知ってるなんて！」ジェームズは立ちあがり、部屋のなかを歩きまわりはじめた。「この五年間というもの、この男ひとりを相手に闘ってきたようなものですよ」眼をとじ、ラングレーの本部にある極秘のKGB人名録の簡潔な摘要をそのまま引用する。「アルカージー・スヴォーロフ。KGBの主要ブレーンの一人として知られる。四十歳で将官位に昇進。極度に反米的。最近十年間の対米情報活動でめざましい成果をあげ、ソ連首脳部に手腕を高く買われる。現在の地位はKGB第一管理本部副本部長、主にアメリカ合衆国担当」

「なるほど。いや、これは驚いたな！」教授が、吐息とともに低く叫んだ。「すいま

ジェームズを見つめていたシルヴィーは、それを聞いて教授に視線を移した。

せん」彼女は言った。「スヴォーロフがKGBのとても重要な人物であることはよくわかりましたけど、でもそれだけでは、問題の文書とどうつながるのか、そこのところがまだ解明されないと思うんです——つまり、どうしてその文書がそんなに重要なのか、まだわたしにはさっぱりわからないんですけど」

教授はおだやかに微笑んだ。「きみはつながりがわかるかね、ジェームズ？　つまり、スヴォーロフとゴリツィンがどう結びつくかじゃな——血のつながりはもちろん別にして」

ジェームズはテーブルにかがみこみ、シルヴィーのノートをもう一度読みかえした。「正直言って、わかりませんね」当惑顔で降参する。「スヴォーロフがゴリツィンの孫だという事実には驚かされましたが、しかし……」

「わしは最初から、そんなことではないかとは思っとったよ」コリンズ教授は自問自答するように低い声でつぶやいた。「われわれはこうした連中を〝百年スパイ〟と呼んだもんじゃった」

ジェームズは依然当惑顔で、「百年スパイ？　どういうことです？」

「ま、いまにわかる、いまにわかるよ」教授は立ちあがり、腕時計を念入りに見た。「わしはそろそろ出かけなくちゃならん。講義があるんでな。これでもまだ教えているんじゃよ。しかし、お望みとあれば——」老教授の眼が茶目っけたっぷりに輝いた。「ヒントをあげよう。ほんのちょっとしたヒントじゃが、断言してもいい、わしが帰ってくるまでには、きみたちは謎を解いとるよ」

教授は得意満面で部屋を出ていった。

「ヒントなんかけっこうだから教えちゃえばいいのに」教授が声のとどかぬところへ消えるや、ジェームズはうめくように言った。「何かゲームでもやってるつもりなんだ。こっちはとてもそんな気分には……」

シルヴィーはそっとジェームズの肩に手をおいた。「そんなこと言わないで、ジェームズ。お年寄りには楽しませてあげなくては。スリルを恋しがってるんだって、とにかく第一線で活躍してた頃がなつかしくてならないのよ。あなた自身言ってたじゃない。わたしたちの力になるのがうれしくてしようがないんだわ。だから彼の好きなやり方で教えてもらいましょう」

ジェームズが鋭くシルヴィーを見て、何か言おうとしたとき、教授がふたたび書斎に姿を現わした。形のくずれた古いダッフルコートを着ていた。教授はジェームズに、表紙の布がすり切れた一冊の書物を手渡した。「書物のなかの書物じゃよ」表紙を意味ありげにたたきながら言う。「聖書だ。この聖書のなかに謎の答が出ている」

ジェームズは悲しげな眼つきで教授を見つめただけで、何も言わなかった。

「出エジプト記三十四章の六節と七節をひらけ。さらば、すべてあきらかならん」

教授は最後にもう一度微笑み、部屋をあとにした。

「なんてこった！」ジェームズは肩をすくめ、聖書をとりあげると、もどかしげにページをくり、出エジプト記三十四章をひらいた。「ここだ――六節と七節」

彼は読みあげた。「主は彼のまえを過ぎて宣べられた。〝主、主、あわれみあり、恵みあり、怒ることおそく、いつくしみと、まこととの豊かなる神……〟」そのあとしばらくは眼だけで追い、最後の数句をふたたび声に出して読みかえした。「〝……父の罪を子に報い、子の子に報いて、三、四代におよぼす者〟」

口をつぐみ、バイブルを閉じる。頭のなかで、言葉がこだましていた。

〝……父の罪を子に報い、子の子に報いて……〟

ジェームズは謎の答を知った。

8　過去

「おどしだよ」ジェームズは吐き出すように言った。「何のことはない、昔ながらの汚い脅迫《ブラックメール》の一つのケースにすぎないのさ」

（原文）

シルヴィーは、わからないという顔でジェームズを見た。「どういうことなのか、わたしには見当がつかない」そう言うと、ゆっくりとタバコに火をつけた。

ジェームズはテーブルにのりだして、「カギさえつかめば、謎はすぐに解ける」と言い、聖書の表紙を指でたたいた。「教授の言ったとおりだ。カギはいまの聖書の言葉にある。この言葉が暗示していることはおどしだ。つまりだね、ゴリツィンの娘のイリーナは、父親がロンドンで若い同性愛者とすごした一晩の代価を、二十年以上も払いつづけたんだ。むろん最初は、イギリス情報部もそこまでは考えていなかったにちがいない。初めは、ゴリツィンに自分たちのための諜報活動を強要しただけだった。ところが、やがて革命が起き、ゴリツィンは死んでしまい、イリーナが共産党の有力者となる。もちろんイギリス情報部がそのイリーナの利用価値に眼をつけぬはずはない。当然かれらはゴリツィンの記録を利用し、こんどは娘に圧力をかけたのだ」

「イリーナに?」シルヴィーは信じられぬように眉をひそめた。「わからないわ。どうして彼女が父親のしたことでおどされなきゃならないの？　イリーナ自身は何もしてないんでしょう？　父親に反逆して国外に逃亡したくらいなんだから、きっと彼を憎んでさえいたろうと思うわ」

ジェームズは首を振り、説明した。「イリーナは、皇帝に仕える貴族という父親の身分を憎んでたのさ。しかし身分は憎んでも父親は父親だ、その父親が同性愛者でイギリスのスパイだったという証拠をつきつけられたら、それをどう受けとめると思う？　それは彼女にとっても大変な恥辱を意味したはずだ。あるいは、まかりまちがえば、銃殺隊のまえに立たされることをね！」

「銃殺隊？　何を言うの、ジェームズ？」シルヴィーはあきれ顔で言った。「自分がやってもいないことのために、どうして銃殺されなきゃならないの？　いくらなんでもそれはオーバーだわ」

ジェームズは皮肉っぽい眼でシルヴィーを見た。「シルヴィー、ぼくの言ってることはうそじゃない。ソ連の〝恐怖時代〟といわれるスターリン時代の話、聞いてないのかい？何千何万というロシア人が血の粛清を受けてるんだ。その多くが革命のときの英雄たちで、それも、ちょっとした噂や疑惑や、スターリンの言う〝革命の敵〟が遠縁にいるという理由だけで粛清されてるのだよ。ロシア史上最高の軍人といわれたトハチェフスキー元帥をはじめ、ソヴィエトの何百人もの優秀な将官たちが、ドイツ人と親しすぎるのではないかとスターリンに怪しまれただけで、狂犬のように虐殺されてるのだ」

「するとイリーナは……」

「イリーナはイギリスのスパイの娘ということになるんだ。もしスターリンがそのことを耳にしたら、まちがいなく即座に彼女を処刑させていたさ。なにしろもっとずっとささいな理由で共産党のリーダーたちを射殺しているのだからね。とにかくスターリンは、帝国主義者のスパイがまわりにうようよしているという妄想におびやかされつづけていたんだ。だから、イリーナはイギリス情報部に従うしかなかったのだよ」

「それにしても、すごく卑劣なやり方だと思うわ！　何の罪もない人間の弱味につけこんで、祖国を裏切らせるなんて。どうしてそんなことができるのかしら。イリーナもよくそれに耐えて――」

「耐えられなかった」ジェームズは訂正した。「よほどイギリス情報部にしぼられたのだろう。だから自殺したんだ」

「ひどすぎるわ」シルヴィーはひどく憤慨し、重ねて言った。「胸がわるくなるわね」そして白鑞《しろめ》の大きな灰皿にタバコを押しつぶすと、まだテーブルの上にひらいたままになっていた自分のノートに見入った。「ということは――ちょっと待って！」急に何かに気づいたように、彼女は眼を光らせた。「教授はこういう人たちのことを〝百年スパイ〟と呼んでたって言ってたわね。ということはつまり、スヴォーロフも……」

ジェームズはゆっくりうなずいた。「おどしはすでに三代めにおよんでるんだ。イリーナが自殺すると、イギリス情報部は同じ手で新たな対象に迫った。イリーナの息子だ」

「でもスヴォーロフはＫＧＢの最高幹部の一人だって言わなかった？」

「ああ、ＫＧＢの最高幹部であり、まちがいなく、われわれがモスクワにおくことができた最大の大物スパイということだ」興奮を抑えきれぬ面持ちでジェームズは言い、そのましばしシルヴィーを見つめていた。そして両手を彼女の肩にかけると、「これがどういうことかわかるかい？　きみははからずもＣＩＡ最大の機密をつかんでしまったのさ！」

シルヴィーはまたけげんそうな顔をした。「ＣＩＡ？　イギリス情報部じゃないの――この人たちを利用してるのは？」

ジェームズは手をおろし、シルヴィーから離れた。

「いや、スヴォーロフはあきらかに、イギリス情報部からわれわれが受けついだのだ。おそらく冷戦たけなわの頃だろう。あの頃からイギリスは国力的に第一線をしりぞき、二流国となってしまった。そこでわれわれがその情報基地や情報網をひきつぎ、ついでにだれも知らぬ間に――スヴォーロフも特別のおまけとして譲りうけたにちがいない。これはＣＩＡにとっては大変なタナボタだったろうね」ジェームズは微笑《わら》ったが、それはすぐに消えた。「この問題の文書が、アメリカの安全を左右するほど重要なものだとハーディ長官がくり返し強調したのは、だからなんだ。そしてきみをはじめ、ちょっとでもこの文書の内容を知った可能性のある者が両陣営からつけねらわれるのも、そのためなんだ」

シルヴィーはじっとジェームズを見つめた。「両陣営から、ジェームズ？」

そのとき、玄関のドアのあく音がし、やがてコリンズ教授が楽しげにハミングしながらはいってきた。

真夜中をすぎた頃、北海で勢力を集め、ウォッシュ（イングランド東岸の浅い入り江）一面に激しく砕ける白波を吹き寄せた冬の烈風が、一気に南へとくだって沼沢地帯の平原を吹きわたり、カム川の河岸にそって吹きあげはじめた。ゆれる樹々の梢《こずえ》のあいだでうなり、ケンブリッジの細い路地でかん高い声をあげる風は、切妻屋根のかわらをがたがたと鳴らし、暗い窓ガラスを激しくたたく。

ジェームズは二階のささやかな客室でまんじりともせずに眼を見ひらいていた。シルヴィーはとなりの部屋に寝ていた。二つの客室のあいだのドアはひらいており、彼女の規則正しい寝息がきこえ、枕の上でからみあう黒い髪が見える。だが日頃心がけの悪い奴は眠ることもできずか――ふと心中そうつぶやいて、ジェームズは苦笑した。頭のなかをやたらかき乱していたさまざまなイメージは、いつか溶けあって一つにまとまっていた――アルカージー・スヴォーロフの顔に。スヴォーロフを実際に眼にしたのはただの一度だけで、三年まえのことだった。場所はベオグラードで、そこへ彼は、世界民主主義青年連盟の大会に派遣されたソヴィエト代表団の一員という表向きの肩書きで来ていた。むろんこの世界民主主義青年連盟というのも、下手《へた》に擬装されたソ連の傀儡《かいらい》にすぎない。それでジェームズはほかの二人の工作員と共に、スヴォーロフを監視し、その行動に注意するため、このユーゴスラビアの首都へ急派されたのである。だが、スヴォーロフの不審な行動を追うというこの任務は失敗に終わった。ほんのちらっと眼にするかしないうちにまんまとまかれ、相手を見失ってしまったのである。にもかかわらず、スヴォーロフの顔はその象牙色のなめらかな皮膚から広いひたい、半白のこわそうな濃い髪、すきのない褐色の眼と、細部に至るまではっきりとジェームズの脳裡に焼きついていた。その顔はまさに、ジェームズが闘っている敵——残忍きわまりない強大な組織の象徴のように思えた。ところが今夜、そのスヴォーロフがこちら側に与《くみ》する人間とわかったのである。まちがいなく不本意ながらではあろうが、味方であることに変わりはないのだ。それも、アメリカの安全にかかわるほどの貴重な存在なのである。だから、CIAの最高幹部連はいかなる犠牲を払ってでも保護しようとやっきになっているのだ。

むろん、最高幹部のなかの一人だけは例外である。モールだ。ほんの六日まえの朝、ラングレーからジェームズを任務に送り出したひとりである。そのときの顔ぶれが、つぎつぎに瞼《まぶた》にうかんでくる。皮肉な口つきで冷たく見すえるウィリアム・ハーディ長官、端整な顔だちのロバート・オーエン作戦担当次官、不安げな表情がはりついてしまっているハーバート・クランツ情報担当次官、辛辣な眼つきのジェフ・クロフォード部長、そして最後が、くり返し脳裡をかすめる、ジェームズの直接の上司ロジャー・タフト課長のひきしまった若々しい顔である。この五人のなかのひとりがモールにちがいないのだが、いったいだれなのか？　ジェームズは、踏みしめるべき大地がもろくもくずれていく思いだった。

この何年か忘れていた寂寥感《せきりようかん》である。妻と娘、サンドラとリンの死以来、CIA以外に彼の家はなかった。ラングレーは彼の唯一の基地であり、休息所であり、帰るべき港だった。数少ない友人たちのいる場所だった。だが、その彼の唯一の本拠地に、彼が最も信頼していた人間のなかに、彼の死を願っている者がいたのだ。瞼にうかぶ幹部たちの顔から目鼻がしだいに消え、なかが不透明な灰色一色のただの卵型の輪郭《りんかく》だけとなった。これらのなかからかくれた敵の素顔を見つけ出さないかぎり、どの顔も裏切りの可能性のある危険な灰色のシルエットのまま彼をおびやかしつづけるのである。

レースのカーテンのすき間からもれいる青白い月光が、風にゆらぐ庭木の気味悪い影を白い壁にうつし出していた。数年まえの記憶が残酷によみがえってくる。冬のある夜、彼は娘のリンの悲鳴で目をさました。「パパ！」リンは恐怖にひきつった声で叫んでいた。「パパ、何か変なものが！」彼はリンのベッドに駆けつけて、部屋の壁には変なものなどいはしない、ただ夜になると踊りだす庭のおなじみの木の影がうつっているだけなのだと説明しながら、長いこと娘の小さな軀を抱きしめてやった。だが、彼の腕のなかからリンがおそるおそる顔をのぞかせ、あまりうまく踊れない不器用な木を、父と一緒に、ためらいがちに笑うようになるまでにはかなりの時間がかかった。

そしてそれからまもなくブリュッセルで、同じように恐怖にふるえるリンの声を、彼は電話を通して聴いたのだった。その小さな声は彼の胸を耐えがたいほどの痛みで満たした。「パパ！　パパ、お願い、早く来て！　わたしたちをおうちへ連れて帰って。パパ、こわいの……」

あの光景、あの音を、ジェームズはいくたび心のなかのスクリーンで、まるできのうのことのように鮮明に見、そして聴いたことか。このスクリーンには幕はひけなかった。この記憶だけは細部まで少しも消えることがなかった。そして思い返すたびに何よりも彼の心を鋭くえぐるのは、彼に妻子を見殺しにさせる遠因となったある一つの出来事だった。彼が最後までいまいましい秘密書類を敵に渡さず、家族を救おうとしなかったのには、彼のみが知る一つの理由があったのである。その理由とは、彼の父親だった。ジェームズは父が恥ずかしくてたまらず、十八歳の年齢《とし》で家出までしていたのである。

トマス・ウォレン・ブラッドリーは、田舎の地味でおとなしい弁護士だった。彼の人生は終始敗北の連続で、その不幸な生涯は、全体がくすんだ灰色調の外見にも反映していた。安物のグレーのスーツ、不健康な灰色の皮膚、沈んだ眼——仕事もなにか灰色をおびたような変わりばえのしないものだった。たまに法廷に姿を見せても、成功に輝くことはなかった。たいていの訴訟で敗れているのである。以来彼はほとんど裏通りにある事務所から離れず、サンタ・イザベルのあまり裕福とはいえない住民たちのありきたりの法律相談にのって生計を立てるようになった。友人も少なく、内気で無口で、家にいて妻や子供たちをまえにしてもぎごちなく感じるらしく、夕食をすますと、だれにもじゃまされない小さな書斎にひきこもるのが常だった。だが妻のことは大変に気にかけていたし、ジェームズや二人の弟たちにも父親らしい愛情を持っていたことはまちがいなかった。ジェームズは彼なりに父を愛し、たまのお説教は敬意をもって聴いたものだった。だが幼い頃から、この世で何を望むにしても、頼りになるのは自分だけだと、ジェームズは悟っていた。

ジェームズは父の過去についてはあまり知らない――オールバニーで生まれ、州立大学の法学部を卒業すると、ニューアークで開業したということぐらいである。その後二年間、トマス・ブラッドリーは自分の秘書に愛情をいだきながら求婚できずにいたが、その彼がプロポーズにふみきれたのは、軍隊に召集されたためだった。そのとき、第二次大戦はピークに達していた。トマスは参謀将校に任命され、ヨーロッパに派遣される。そして、彼の旅団司令部が奇襲を受けた際に捕虜となり、終戦までの数ヵ月をドイツの捕虜収容所で送った。ヨーロッパから帰国し、二歳の長男と初めて対面した彼は、生涯でただ一度の一大決意をし、カリフォルニアに移った。

この最初の対面のときから、トマスは長男をジムとかジミーという愛称では決して呼ばなかった。初めから〝ジェームズ〟で通し、妻のロレインも素直にこの夫の方針に従った。トマスとは対照的に、ロレインはあまり物事を深刻に考えない、陽気で外向的な性格だった。乏しい収入も、子供を叱ろうともしない夫もさほど苦にせずに、三人の子供を育て、一家をきりまわすことができたのは、この明るい性格のおかげなのである。

丈夫で、独立心の強い、早熟な少年だったジェームズは、ごく小さい頃から、自分の問題は自分で解決する習慣を身につけた。家が町から二十マイルも離れた一軒家だったため、昼間はほとんど戸外ですごした。そのためか、ひとりでいるのが好きな、もの静かで内向的な若者に成長し、自分自身の世界にとじこもって、同じ年頃の仲間を求めることはめったになかった。にもかかわらず、学校では率直なところがうけて、びっくりするほどの人気者だった。学校のフットボール・チームの、何年に一人というようなすばらしいクォーターバックでもあった。ジェームズは毎日練習に励んだ。これには断固たる決意が秘められていた。フットボール選手としての実績が大学へのパスポートとなることを、彼は知っていたのである。宇宙工学を学び、SFが現実となりつつあるあこがれのNASA（アメリカ航空宇宙局）で働くのがジェームズの夢だった。

ところが突然、彼のそうしたすべての望み、将来のすべてが、とり返しのつかないほどに打ちくだかれてしまったのである。

父の態度も、平穏な家のなかもいつもと変わらず、待ちうけていた衝撃に対する心がまえが、ジェームズにはまったくできていなかった。高校最後の学年の春のことである。

その日は月曜日で、朝、彼はいつもより遅く登校した。そして校庭にはいるとすぐに、何かがおかしいと気づいた。友人たちが彼を避けるのだ。大勢の生徒が、朝刊の何かの記事に蜜蜂のように群がっていた。そのなかに混じっていたジェームズの親友の一人、チャック・グリフィスが、意を決したように近づいてきた。チャックはひどく青ざめ、動揺している様子だった。「新聞読んだかい、ジェームズ？」ジェームズをまともには見ずに、チャックはきいた。

「読んでないけど」ジェームズは、わけがわからずに答えた。

「読んだほうがいいよ」チャックはしわくちゃになった地方紙をジェームズに手渡し、ばつがわるそうに去っていった。

問題の記事は一面に載っていた。〈当地在住弁護士、戦争中ナチスに機密を漏らす〉と、金切り声をあげているような大見出しである。ジェームズは唇をふるわせながら記事を読んだ。——終戦の際に押収されたドイツの文書を集めた本が、一週間まえにニューヨークで出版された。これらの文書のなかに、ラムスタイン捕虜収容所の主任取調官の報告書があった。この報告書によれば、記事のなかに広範囲にわたって引用したとおり、ほとんどのアメリカ人捕虜が、姓名、階級、認識一連番号のほかは、どんな情報も明かすことを拒否した。しかし一人の捕虜、トマス・ブラッドリー少尉は、取調官に尋問されると大変なうろたえようで、たちまち前線の部隊名、暗号名、そして担当した作戦計画を詳述した。〈ブラッドリー少尉の全面的協力は、帝国にとって非常に貴重なものであると確信します〉報告書はそう結論している——という内容だった。

もっと年齢《とし》がいっていて、経験を積んでいたなら、父の利敵行為が反逆とかスパイ活動とは無縁のものであることを、ジェームズは理解していたであろう。一人の気弱な男がただ緊張と圧力に耐えられなかっただけのことで、こうしたことは何も彼の父だけに限らないのである。ローカル新聞の編集者の一人が、本の索引のなかに父の名前を見つけたのが、不運だっただけのことなのだ。

だがジェームズは、理想に燃える若者の残酷なものさしで世間と自身の家族を判断した。

人間の弱さを許し、弱い人間に同情する余裕を持ちあわせていなかった。恥ずかしさと絶望感に圧倒され、彼はあとさきも考えずに家出を決意した。友人たちと顔を合わせることができなかったのである。父と顔を合わせることができなかったのである。

その日のうちに、彼はヒッチハイクでサンディエゴに向かい、海兵隊に入隊した。自分は父とはちがう――決して国を裏切ることなく国のために戦える――彼はそう思い、それを自分自身に証明したかった。基礎訓練が始まって二週間たったとき、なぜ家出したかを母に手紙で知らせた。

サンディエゴの兵舎で、彼は父が自殺したという電報を受けとった。

つらい思い出をふりはらうと、ジェームズは静かにシルヴィーのベッドに歩を運び、長いあいだ彼女の寝顔を見つめていた。シルヴィーは身じろぎしたが、目はさまさなかった。上掛けがすべりおち、肩があらわになる。ジェームズはそっと上掛けをかけなおしてやり、窓の外に眼をやった。夜が明けかかっていた。

ジェームズはすばやく身じたくし、表に出た。電話ボックスは約一マイルほど歩いたところにあった。小銭はポケットに用意してあった。彼は送受器に手をのばした。

長官室への直通番号は、電話帳には載っていない――この番号は、合言葉をやりとりして身分を証明する手間が省けた。電話は最初の呼び出し音でつながった。よくがんばるね、うちに帰ることあるのかな――ジェームズは心中感嘆した。

「はい」よそよそしい、冷たい声である。

「わたしです、長官。ジェームズ・ブラッドリーです」

「ジェームズ！」ハーディは心底驚いたようだった。「どこにいるのだ？　何があったのだ？　みんな夜も眠れんほど心配してたんだぞ！」

「いまのところ無事で、イギリスにいますよ」ジェームズは、電話の上にのせたロレックスのクロノメーターを見た。ハーディのやりくちも、本部が利用できる高度な逆探知装置もよく知っている彼は、場所をつきとめられるまでの時間を、きっかり二分七秒と計算した。そのあいだに用件を伝えねばならないのである。それから秒針がちょうど十秒進んだとき、ふたたびハーディの声がきこえた。

「娘と手紙は？」いかにも気がかりな様子である。

「どちらもわたしが預かってます」

「きみのいた部屋で死体が見つかったので、われわれは最悪のケースを考えて心配してたのだ。いったいどうやって……つまり――」

ジェームズはさえぎって言った。「そんなことを説明してる時間はありません。一つだけ報告したいことがあるんです。ラングレーにソ連のモールがいます――たぶん、あなたの部屋に出入りしてる人間です。その男がKGBをあのわたしの部屋へさしむけたのです。わたしがタフト課長に電話してからわずか一時間後です」

「モール？　いったい何の話だ？　おいおいジェームズ、KGBがきみの居場所をつきとめめる方法はほかにいくらでもあるんだぞ。もっと冷静に考えるんだ」

「冷静ですよ」むらむらとこみあげてくる怒りを抑え、ジェームズはゆっくり言った。

「われわれを襲った男の一人が、死ぬまえに口を割ったんです。わたしがワシントンに連絡してからまもなく、ワシントンから情報がはいったと」

クロノメーターの秒針は五十三秒経過していた。

「ジェームズ」長官はなだめるような口調になって言った。「ここにはモールなどはいない。それはきみもわかってるはずだ。そんなことよりわたしが知りたいのは、きみがどこにいるかだ。そこはどこだ？　すぐにだれかを送る――われわれ双方が信頼できる者を」

〝シルヴィーの言ったとおりだ〟ジェームズは苦い思いをかみしめた。〝長官はおれを信用していない〟

「だめですね」彼は大きく息を吸って、静かにつづけた。「あの問題の文書ですが、あれの重要なわけがわかりましたよ」

受話器が沈黙した。数秒して、ハーディの声が冷たく返ってきた。「そうか？」

「ええ。ゴリツィンがだれであるかわかりました――ゴリツィンの娘と孫がだれであるか。モスクワにいるうちのトップ・エージェントはアルカージー・スヴォーロフで、あの文書はそれを示しているんです。そうじゃありませんか？」

ふたたび受話器が長いこと沈黙した。

「よくわかったな。おめでとう、ジェームズ」

一分二十八秒。

「それで、スヴォーロフの正体を記したメモを、封をした封筒に入れて、信頼のおける友人に預けてあります。もしわたしかあの娘《こ》の身に何か起こるようなことがあったら、メモはただちに翌日の新聞に発表されるということです」ハーディがこれをはったりと受けとるおそれはあった。しかし彼とて、絶対にそうと断定はできないのである。

「気がふれたのか？」長官は吼えた。「頭はたしかなのか？」怒りにゆがむハーディのストイックな顔が、ジェームズには眼にうかぶようだった。だが、そのあいだにも、長官の冷徹な頭脳はすみやかに計算をしているにちがいなかった。

ジェームズの想像は当たった。「何が欲しいのだ？」長官は低い声できいた。

「わたしとあの娘《こ》に手を出さないでください」

「しかし……」はじめて、長官の声に切迫したひびきが加わった。「どうしてもいますぐあの文書がいるのだ、ジェームズ」

一分五十九秒。

「あの文書はあとまわしです、長官。そのまえにわれわれを殺そうとした裏切り者を見つけてください」ジェームズは受話器をたたきつけるようにして電話を切った。

マークのないヘリコプターは、樹々の梢《こずえ》をかすめるようにして、メリーランド州カトクティン山の南斜面に近づいた。すでに真夜中近かったが、いまどのあたりを飛んでいるかは、ウィリアム・ハーディには容易にわかった。白樺の林のなかの雪におおわれた空き地、ハイキング・コースの小道、ヒッコリーの木立のある三つの小高い丘――そしてその先の一本の細い線が、キャンプ・デーヴィッドの外縁を囲む、上部にワイヤを張ったフェンスである。パイロットが、ヘルメットの縁からのびているマイクに二言三言言葉を発する。ハーディは吐息をついた。

夜の飛行のせいだろう、おもいがけず、キャンプ・デーヴィッドがまだシャングリラ（米国航空隊の秘密基地）と呼ばれ、彼がはじめて任務らしい任務についたかけ出しのエージェントだった頃の記憶がよみがえってきた。この人里離れた壮大な大統領保養地に、ルーズベルト大統領と会談するためにやってくるという謎の外国要人のボディガードを務めるのが、その最初の任務だった。訪問者はウィンストン・チャーチルとわかり、さらにずっとのちになって、そのチャーチル＝ルーズベルト会談でオーバーロード作戦（第二次大戦での、一九四四年の英米連合軍の北仏ノルマンディー侵攻作戦）遂行の決定がなされたことをハーディは知ったのだった。もう三十五年以上も昔の話である。そして、トップにのぼりつめ、たぶんその経歴も終わりに近いと思われるいま、彼は大統領に凶報を伝えるべく急いでいた。

ラングレーの森を発《た》ってここに至るまでの四十分間、彼はくり返しくり返しブラッドリーとの会話を検討しつづけた。だが、大統領に進言すべき結論は何も出てこなかった。最高の現役エージェントと思っていた男のとんでもない行動のために、作戦は完全に水泡に帰してしまったのだ。ヘリコプターはなめらかに下降し、職員用建物のL字型の屋根を越え、明るいブルーの照明に囲まれた発着場に着陸した。ハーディはアスファルトの上に軽やかにとびおり、駐車場で待ちうける軍の車にきびきびと向かう。運転手は愛想よくうなずき、車は勢いよく走りだした。

道の両側では粉雪が月光をあびてやわらかくきらめいていた。点在するキャビンのいくつかにはまだ灯がともっており、自然石の煙突から、暖炉で薪《まき》を燃やす煙がのぼっている。車は鬱蒼《うっそう》とした木立のなかにいきなり突入したようだったが、やがて一軒のキャビンのまえでとまった。大きいことは大きいが、ほかのキャビン同様、仰々しいところはほとんど見うけられない。アスペン・ロッジである。

大統領は、着古したスラックスにブルーのカシミアのプルオーバーという格好でハーディを待ちうけていた。「かけたまえ、長官」特大の暖炉のまえに寄せた肘掛け椅子に座って眼を半眼にとじ、両手を胸で組んで、長い足を大儀そうにのばしていた大統領は、暖炉のまえのもう一つの肘掛け椅子を示して言った。「何か飲むかね？」一隅のシェラトン（イギリスの家具製作・設計者）のキャビネットのほうに骨ばった指を向ける。

「いえ、けっこうです、大統領」答えるハーディの声は硬かった。

「そう、ま、無理にはすすめんよ」大統領はゆっくり眼をひらき、ＣＩＡ長官を吟味するように見つめた。「緊急でないかぎり、きみがはるばるワシントンからここまでやってくるはずがない。何だね？」

ハーディはぎごちなく椅子の端にかけ、この二日間の出来事のあらましを慎重に報告した。最後に、ブラッドリーからの電話の件を話すと、「こちらの話を最後まで聞かずに電話を切ってしまったのです」と、憤って結んだ。

ハーディがしゃべっているあいだ、大統領は一言《ひとこと》も口をきかなかったが、報告を聞くと、両の手のひらで眼をこすり、伸びをしてから、冷たい陰鬱な眼でハーディを見すえた。

「きみの選んだ男が計画全体をだいなしにしたということかな？」

ハーディは返す言葉もなく肩をすぼめた。「どうやらあの文書とスヴォーロフとのつながりをつかんだもようなのです。残念ながらブラッドリーをおさえる術《すべ》はありません。どこにいるかわからんのです。それに、無理におさえようとしたら、文書の意味を公《おおやけ》にするとおどかすのです」

大統領はゆっくり眉を上げた。「ほんとうに公にするおそれがあるのか、長官？」

「たとえ彼がしなくとも、娘ができます」

「なんて醜態だ」大統領は首を振り、低くつぶやいた。「まったくなんという醜態だ」あらためてハーディを切迫した表情で見つめる。「どうしてもふたりの居場所をつきとめられんのか？　何か方法があるはずだ」

「どう考えてもありません」ハーディは答えた。

「そしてほかに対策もないというのか？」ハーディの顔を見すえたまま、大統領は言い、おもむろに肘掛け椅子から腰をうかした。

ハーディは考えこむように眉をよせたが、答えなかった。

大統領は急に立ちあがった。「それではスヴォーロフをソ連から連れ出すのだ！」

ハーディはとびあがった。「スヴォーロフをですか、大統領!? しかし……しかしそれは不可能です。へたをすると最初の計画がまったく無になってしまいます。だいたいどうやって連れ出したらよいか……」

「それを考えるのがきみの仕事じゃないのか？」大統領は激して声を荒らげた。「ほかに方法はないんだ！　スヴォーロフを連れ出せ！」

第三部　スヴォーロフの書

9　キョシュキュ（キオスク）

暗い黒海をおおう濃い霧のなかを、巨大なタンカーが航行していく。白い霧にぼうっとかすむその船影は、果てしない宿命の航海をつづける幽霊船のようだった。タンカーはもの悲しい警笛を鳴らしながらすべるように進み、つかのま厚い霧の塊のなかから抜け出るが、すぐにまたつぎの塊へと突っこんでいく。そして白く泡だつその航跡の上を、しだいにふえるカモメの群れが、あとを追うように舞っていた。

タンカーの一段高い後部にあるブリッジには、強力な双眼鏡で霧を透かし見る二人の男の姿があった。ふたりは見張りの船員のうしろに立ち、ともに訛りのあるぎくしゃくした英語で話し合っていた。ひとりは背の高い、しなやかな軀つきの男で、もうひとりよりは若く、船長の帽子をかぶっている。うなじにかかる長いブロンドの髪、大きな頬骨、上を向いた鼻、薄いブルーの眸《ひとみ》――どこを見てもあきらかに北欧の人間である。もうひとりの男は、背はやや低いが、肩幅が広く、たくましい。大きな顔も、皮膚はなめらかだが、造りが力強く、突き刺すような鋭い眼光の褐色の眼からも、強固で非情な性格がうかがえる。グレーの髪が一部いうことをきかず、ひたいにかかっている。こちらは船員の着る濃紺の厚手のジャケットをはおり、曲がったサンドブラストパイプを悠然とくゆらしていた。

「晴れてきましたな」船長が空を見て言った。「イスタンブールでは上天気でしょう」

「どうしてわかるね？」もうひとりの男がきく。

「もうポイラズが吹いてませんからね」船長は説明した。「ポイラズというのは、黒海から海峡を吹き抜ける北東の風です。このポイラズ以上にトルコ人が恐れるのが、いわゆるブラック・ヴェールでしてね、これはバルカン半島から吹いてくる氷のように冷たい風で、ボスポラス海峡をかちんかちんに凍らすこともあるんです。しかしいまは穏やかなロドス――南西からの風に変わってます。ほら、もう霧があちこちとぎれはじめているのがおわかりでしょう？」たっぷりした黒のプルオーバーのそでをまくって時計を見る。「まもなく日の出です。太陽がのぼれば霧はひとたまりもありませんから、ボスポラスにはいったら、あっというまに魔法みたいに晴れてしまいますよ」船長は子供っぽく笑った。

「あれは？」もうひとりの男が、だしぬけに右手の灯を指し、きいた。しだいにうすれゆく霧のなかにちらつく黄色いあかりである。

「ルメリフェネリ――ヨーロッパ側の海岸にある灯台です。すぐつぎのが見えてきますよ――アジア側にあるのが」

濃紺のジャケットの男は双眼鏡をおろし、左舷に眼を向けると、黙って満足げにパイプをふかしていたが、やがてつぎの灯台を見つけた。「あれだな？」

船長はうなずき、「アナドルフェネリです」

「あそこから軍の警戒水域にはいるのだったな？」

「ええ、ここから約五マイルのあいだです」

「いまも、通りぬける船を写真にとってるのか？」

船長はふたたびうなずいた。「あいかわらずです。見られたくないのでしたら、いま下へ行かれるべきでしょう。十五分したら、もどられても大丈夫です」

がっしりした男は何も言わずにブリッジをおりた。トルコ軍情報部の写真の被写体となるのを避けたのである。フィンランドのパスポートとリベリア籍のタンカー、エリオノーラ三世号の船員証明書はそろっていても、二等航海士アイヴォ・キネンとしてイスタンブールにはいること自体、かなりの冒険なのだ。写真にうつったタンカーのブリッジのなかの斑点《はんてん》のような映像から正体を知られるおそれはまずないにしても、よけいな危険をおかす必要はない――そうアルカージー・スヴォーロフは考えたのである。

まったく、旅行の準備をするひまもなかった。二日まえ、モスクワ北部のはずれにできた第一管理本部の新しい庁舎にやっと腰を落ち着けるや、ジェルジンスキー広場に残ったアンドロポフ議長から緊急の呼び出しがかかったのである。スヴォーロフは急遽《きゆうきよ》車を駆って混雑するモスクワ中心街の通りを抜け、ルビヤンカの玉石敷きの中庭に乗り入れると、いくつもの廊下を経て、KGBのオフィスのある新しい棟へと急いだ。三階の豪奢《ごうしゃ》な議長室にはカリーニンも待ちうけていて、アンドロポフと何やらしゃべっていた。スヴォーロフがはいっていくと、ふたりは話をやめ、アンドロポフは大きなマホガニーのデスクについたまま、おざなりにうなずいて彼を迎えた。カリーニンはすくなくともうわべだけはにこやかな笑みを向けたので、スヴォーロフも同様の笑みを返した。

「かけたまえ、アルカージー・ウラジーミロヴィッチ」アンドロポフは、デスクの上にひろげたマニラ紙のフォルダーの中身から眼を離さずに言い、そのままそれに気をとられていたが、ようやく眼鏡をはずし、顔を上げて、椅子の背にもたれた。「きみに頼みたい緊急任務があるのだ」議長の言葉に、カリーニンが重々しくうなずく。

「イスタンブールに行ってもらう」アンドロポフはつづけた。

スヴォーロフは驚き、その表情をかくさなかった。

「例のネモ（ジュール・ヴェルヌ作の小説『海底二万哩』に登場する船長の名前）作戦と関係があるのだ」カリーニンが説明した。「七二年にきみがイスタンブールから持ち帰った核兵器探知システムの図面はもちろん憶えているね？」

「それがどうかしたんですか？」スヴォーロフはつっかかるような強い口調できいた。

「いや、どうもしない」カリーニンは答えた。「ただアメリカが近々あの海底探知システムを別の場所に移すことに決めたのだ。新しい建設工事は四月から要塞の南側で始められる。むろん機密漏洩には非常に気を配っているということだ」

「情報源は?」曲がったパイプにタバコをつめながら、スヴォーロフはきいた。

「七二年にきみに図面を売った男だ。あのアメリカ人だ」

スヴォーロフは眉をひそめた。「まだあそこにいるんですか?」

カリーニンはうなずき、「それで、接触の相手はどうしてもきみでなければだめだというのだ」と言って、アンドロポフのデスクに手をのばし、一枚の紙片をとりあげた。「このまえの月曜日に、現地の駐在員に電話で話をもちかけてきた。新しい図面を前回の倍の値段でどうかといってね。駐在員は了承したのだが、いま言ったように、接触は駐在員とはしないというのだ――顔を知らない者とはだれともね。受け渡しの相手はきみでなければだめだというのだよ」

「発覚を極度に恐れているのだな」アンドロポフが推察した。「だから顔を知らぬ者との接触を拒否してるのだよ。その点、きみとは面識があるし、きみ自身イスタンブールではあまり派手な工作はできん立場だから……」

スヴォーロフは、どうしたものかという顔をした。「困りましたね」吐息まじりに言う。

「来たるべきSALT会議に対する準備で、わたしはいま非常に忙しいんです」

「わかってる」アンドロポフは苛立ちを隠さずに言った。「カリーニンも、きみを遣《や》るのを渋っているのだが、しかしこれは重要なのだ。ほんの三、四日モスクワを離れるだけですむ」議長はデスクの上の黄色いメモ用紙に眼をやった。「リベリア籍のタンカー、エリオノーラ三世できょうの午後オデッサを発《た》つ。船長はフィンランド人だ。この男がきみの面倒をみてくれる。二日間でイスタンブールに着く――フィンランド人船員として。相手と接触し、その日の夜また船でサロニカに向かう。そしてアテネから飛行機でもどる」

　スヴォーロフはうなずいた。「接触はいつどこで?」

　アンドロポフは、タイプの文字がいくつか並んでいる細長い小さな紙片をスヴォーロフに手渡した。それには、〈チチェク・パサジュ、午後一時半〉とあった。

「知ってるか?」カリーニンがきいた。

「〝花通り〟ですか?　もちろん」

　カリーニンは時計を見た。「それじゃ、すぐ支度したほうがいい、アルカージー・ウラジーミロヴィッチ」

　スヴォーロフが議長室を出ようとしたとき、カリーニンはその背に向かってきげんよく言いそえた。「技術屋のコマロフを同行させる。それからポレヴォイの部下の若手も二人な。うちの大事なブレーンの警護には万全を期さにゃあならんからね」カリーニンの顔は笑っていたが、そこには何か言葉とは裏腹なものがあった。

　スヴォーロフは、突然こみあげてきた煮えくりかえるような怒りが顔に出ぬよう願いながら、カリーニンに微笑《わら》い返した。

「言ったとおりでしょう?」エリオノーラ三世号の船長は満足げに笑った。

　スヴォーロフが下の船室におりていってから、二十分たっていた。その二十分のあいだの空と海の信じられぬような変容に、ふたたびブリッジにのぼってきたスヴォーロフは驚かされたのである。

まったくすばらしい完璧な朝だった。空は青く澄み、日がのぼるにつれて、アナトリアの青い山並みがみるみる鮮明さを加えていった。ボスポラスの両岸の樹木におおわれた傾斜地の色が、グレーからグリーンに変わっていく。見張りの船員が、ブリッジの広い、引き戸式の窓をあけると、塩けがぴりりと刺激的な、すがすがしい潮風がいっきに流れこんでくる。スヴォーロフは船尾のほうを見やった。海は穏やかで、霧ははるか後方、海峡のまさに入り口のところで軟らかい南風にくいとめられていた。タンカーはようやく軍の監視水域の南限を越え、色とりどりの漁船やヨット、フェリーなどのあいだを進んでいく。

そのとき、岸辺近くに、水面が奇妙に白っぽく、ちょうど薄いオートミールのようにみえる箇所を見つけたスヴォーロフは、双眼鏡を眼にあてた。レンズに拡大されたその箇所は、なんと無数の丸い、白っぽいものが静かな水面に浮き沈みしているのだった。何だ、という顔で、スヴォーロフは船長を見た。

「くらげですよ」船長は笑って説明した。「何百万という数のくらげが黒海からの流れに運ばれてくるんです。毎年いま時分になるとよく見られます」スヴォーロフは不快そうに鼻にしわをよせた。

海峡はしだいに狭まり、まわりのエキゾチックな光景も急速に変わっていった。このあたりから見るアジア側のゆるやかに起伏する丘陵地帯は、いかにも牧歌的な心なごむ眺めだった。こんもりとした森、耕された畑——豊かな緑のなかにちらばる村落はじつに眼に鮮やかで、小さなモスクが針のような尖塔を空に突き立てている。それにくらべて、広壮な大邸宅や贅《ぜい》を尽くした住居、観光リゾートなどが他を圧しているヨーロッパ側は、ずっと近代的な感じである。しかし、岸辺に並ぶいまにもくずれそうな木造民家のかわらぶきの屋根や、海に向かってせり出した窓やバルコニーは、ここがまちがいなく東洋の入り口であることを示していた。

タンカーは魅惑的なタラブヤの海岸を通りすぎようとしていた。海岸沿いにずらりと並ぶ魚専門のレストランでは、すでに白い長いエプロンをつけたウエーターたちが、テーブルの用意におおわらわである。このとき、訓練をつんだスヴォーロフの眼は、はるか南に、頂銃眼《ちょうじゅうがん》のきざまれた城塞ルメリ・ヒサールの丸い塔をとらえた。と、彼は黙ってかたわらの電話に手をのばし、ダイヤルをまわすと、ロシア語で小さく二言三言しゃべった。二分後、随行のコマロフが、ブリッジに姿を見せた。痩身のなで肩の男で、スヴォーロフよりずっと若い。大きな顔は童顔で、まばらなブロンドの髪に念入りに櫛《くし》をいれて禿げをかくしている。薄茶色の眼のあいだは広く、唇もふっくらと厚みがあって、決して感じのわるい顔だちではないのだが、いつも不機嫌そうに眉をひそめているので、それがあまりいい印象を与えない。日常生活ではおとなしい退屈な男で通っているが、それでいてカミソリのように鋭い頭脳と豊富な科学知識を持ちあわせているため、八年まえにKGBにはいると、たちまちあちこちの部門の部長からひっぱりだこという恵まれた新顔エージェントとなった。そして、最終的に、アメリカの超高度のスパイ装置と互角に取り組める数少ない電子工学の専門家の一人とみなされ、第一管理本部に配属されたのである。

スヴォーロフはコマロフにちょっと笑顔を向けると、さっそく遠くに見える城塞の砲台を指さして、得意げに説明しはじめた。「むろん写真では見たことがあるだろうが、あれがルメリ・ヒサールだ。それから反対側の——」パイプを口からはずし、柄で対岸の、朽ち果てたような木造家屋の連なりのかげにほとんどかくれてしまっているもう一つの城塞をさす。「あれがアナドル・ヒサール——まあ、この二つの城は双子みたいなものだな」

しかしコマロフは振り返ろうともせず、ルメリ・ヒサールの城壁の、水面すれすれの土台を見すえていた。

「あそこが、ボスポラス海峡のいちばん幅のせまい箇所だ」スヴォーロフはつけ加えた。

コマロフはうなずいた。「七百五十メートルでしたね……水深も浅くて、わずか五十五メートルしかありません。だからアメリカは核探知システムの設置場所として選んだのです。あ、あれだ」城塞の最南部のそばに、風化したような一階建ての小さな建物があった。三方を、金網のフェンスで補強した塀で囲まれ、ペンキのはげたポールにトルコの国旗がかかげられ、トルコ語と英語で記された〈トルコ共和国海洋学研究所〉という小さな表札が見える。

「海洋学研究所——まさにそのとおりだ」コマロフは皮肉をこめて言った。「地下に部屋が三室ありましてね、海峡の底とエア・ロックで連結してるんです。海洋学の研究員たちは毎晩のように海底におりて、核探知システムの整備にあたってるんですよ」

部下に講義されて少々面白くない気分ではあったが、スヴォーロフは一つだけ質問をはさまずにはいられなかった。「核以外のものも探知できるのか？」

コマロフは首を振った。「できません。このシステムの唯一の目的は、海峡を通過する核兵器を探知することなんです。アメリカは、ここがわれわれの地中海へ出る主な通路であることを知っています。そしてもちろん、わが海軍の核弾頭輸送に関する情報を即座につかむためには、いかなる代価も惜しみません。その結果が、この真下に設置されている何百万ドルもの装置というわけです」

スヴォーロフは眉を片方だけ上げた。「そんなに高価なものとは知らなかったな。レーダーと何台かのガイガー・カウンターぐらいのものかと……」

コマロフは微笑《わら》った――ばかにした笑いととられぬように注意しながら。「いえ、もっとずっと複雑なものなのです、アルカージー・ウラジーミロヴィッチ。ガイガー・カウンターが作動するのは限られた範囲だけで、それも核弾頭がどんな遮蔽物にも覆われていない場合に限られるのです。しかし核弾頭は多くの場合、鉛のコンテナや船の特別設計のコンパートメントに格納されて運ばれます。したがって、アメリカはこの海峡を通過する核兵器を探知するため、じつにさまざまな装置を使っているんです。いまおっしゃったレーダーとガイガー・カウンターはもちろん、電子センサー、スキャニング装置――核兵器が格納されている特殊な形態の船腹を撮影する赤外線望遠カメラも使っています。それから、船腹に一連の粒子をあて、スペクトル分析して、吸収された粒子の有無によって核分裂性物質の存在を知るというかなり精巧な装置も設置してあります」

「しかし、そうした装置も、正確な位置さえわかれば、無力化できるときみは言わなかったか？」

コマロフはちょっと考えてから、慎重に答えた。「たいていの装置は、ジャミングによって無力化することができると思います。つまり、核弾頭の輸送をかくしたい場合には、だいたいそうできるということです。しかし、核は常にかくすのが賢明な策とはかぎりません。一九七三年の第四次中東戦争のあとのように、ただ単に相手に脅威を与えるために核兵器を移送する場合もあるわけです。あのときは憶えておられるでしょうが、われわれは何ら探知装置に対する妨害措置を講じずに数個の核弾頭を船に積み、この海峡を通過させました。ですからここのセンサーがたちまち積み荷をかぎつけて、じつに五時間でニクソンは緊急非常態勢を敷き、第六艦隊と戦略空軍を出動させたというわけです」

「ああ、憶えているとも」スヴォーロフは苦笑して言い、このあたりで自分の地位を相手にはっきりわからせることにした。「一九七三年のあの示威作戦はわたしのアイデアだ」

これは効を奏し、コマロフはいつも以上に陰鬱な顔で黙りこんだ。

エリオノーラ号は背の高い欧亜大橋の下を通り抜け、水に浮かぶ真っ白な石の埠頭に載っているように見える小さなオルタキョイ・モスクを右に見ながら進んでいた。やがてクラシックなドルマバフチェ宮殿が近づくにつれ、海峡は南西に優雅なカーブを描き、それにしたがって向きを変える船の動きのせいで、前方の視界をさえぎっていた丘や森や家々の並ぶ風景がゆっくりと右へ移動する。それはちょうど美しい巨大な緞帳《どんちょう》が引かれていくようだった。そしてついに、ひらかれた視界の正面に、壮麗なイスタンブールの都が姿を現わした。

寓話で知られる古都——七つの丘が重なりあってひろがり、幾百というモスクの丸いドームやすらりとした尖塔が立ち並ぶ空際線が、生きた伝説の世界へ誘《いざな》うようである。スタンブール半島の先端にいまも不気味にそそり立つ要塞のような護岸堤防の、半ばくずれた塔や門は、いつの時代のものとも知れない。朝日のまばゆい光は、新旧の市街をへだてる屈曲した入り江のおだやかな水面を黄金色に輝かせ、いにしえの支配者たちがそれに与えた〝金角湾《ゴールデン・ホーン》〟という詩的な名称をまさにふさわしいものにしていた。赤いかわら屋根、ドーム型の屋根の下の市場《バザール》、折れ曲がる小さな通り、古風な塔、浴場、イスラム教の学校、道のすみから立ちのぼる炭火焼きの煙、人だかり——さまざまな光景がひとつにとけあい、息をのむほどに美しい生きたフレスコ画と化して、独特の魔術的な雰囲気をおとずれる者に伝えるユニークな都の姿だった。

スヴォーロフは双眼鏡のひもを首からはずし、見張りの船員に手渡した。そして、ガラタの埠頭の一つに接岸を開始したタンカーの動きをしばし見守ってから、コマロフを振り返り、「十二時半に上陸できるように用意しろ」と、事務的に言った。「私服にネクタイ、旅行用カメラを忘れるな。それからあのゴリラども——」軽蔑するように口をゆがめる。

「あのふたりにもそう言え——まちがえんように」

指示すると、スヴォーロフは小さなエレベーターに乗り、自分の船室へおりた。

午後一時半ちょうどに、アルカージー・スヴォーロフは、ひげを生やした色の黒いトルコ人たちで混みあうイスティクラル通りをあとにし、花通《チチェク・パサジュ》りにはいった。こわれかけたガラスやトタンのひさしがところどころにつき出ている玉石敷きの小さな通りである。狭い居酒屋《ロカンタ》や簡単な食事のできる店が、両側に軒を並べている。これらの店の商いはおもに外でおこなわれ、常連の客は、路上の、樽の上に大理石の板をのせただけのテーブルのまわりにすえられた低い木のスツールに座る。これらの客たちのあいだを、ビールのジョッキ、ワインのボトル、ラク（ナツメヤシやブドウなどを蒸溜し、アニスで香りをつけた強い地酒）のゴブレットなどをのせたトレーを手に、ウエーターたちがあわただしく駆けずりまわるのである。若い給仕たちが運んでいるのはトルコの伝統的な前菜メゼで、これにはむらさきいの揚げもの、ゆでた小海老、香辛料のきいたシシケバブ、羊の内臓をさいころに切って揚げたもの、羊の脳味噌のサラダ、そしてトルコのココレチ（羊の内臓を羊の腸で巻いて串焼きにしたもの）の薄切りをあぶったものなどがある。そのほか、テーブルのあいだをまわって、皮をむいたアーモンドや、ガーリックがぷんとにおうピクルスを売っている子供たちもいる。あちこちの店のラジオからはボリュームいっぱいに単調な東洋の調べが流れ、ところどころでアコーデオンやサズ（トルコの楽器）の流しの奏でるポピュラー・ソングのメロディーに合わせて歌ったり踊ったりしている学生のグループもある。それに手拍子を合わせる野次馬たちもいる。スヴォーロフは満足だった。ひとときも静止することのない万華鏡のように、大勢の人間が入れかわり立ちかわり往来し、さまざまな光景や音が交錯するこの通りは、接触にはまさにうってつけの場所であった。

スヴォーロフは人波に混じって進み、一軒の店であいているスツールを見つけると、それに腰をおろし、ラクを注文した。コマロフとほかの二人のKGBエージェントが近くのテーブルにつくのが眼の端にちらりとうつる。三人には、一時間まえにこう言ってあった――「わたしから離れるな。だがあまり近づきすぎてもいかん。そして決して話しかけない。必要な場合はわたしから声をかける。わたしが声をかけないかぎり、どんな場合も絶対に接近してはならない」

「受け渡しはチチェク・パサジュで？」スヴォーロフが言いおえると、シェフチェンコがきいた。シェフチェンコは随行エージェントの一人で、死んだような眼をした、あごの長い中年のウクライナ人である。

「ちがう」スヴォーロフはきっぱり否定した。「チチェク・パサジュでは、相手は罠でないことをたしかめるだけだ。初歩的警戒措置だ。むろん接触はするが、最初はつぎの接触場所をきめるだけで、それを何度かくり返し、図面の受け渡しは最後になる。まあ、どこで受け渡しをしようと、こっちはいつでも用意できている」そう言って彼は、第一管理本部の会計課が調達したアメリカ紙幣二万ドルのはいった封筒が納まっている胸の内ポケットをたたいてみせたのだった。

ラクを飲みほすと、スヴォーロフはまわりに眼をやった。テーブルのまえを人の群れがゆっくり移動していくが、近づいてこようとする者はいない。彼はテーブルに二十リラおいて立ちあがり、ふたたび通りを進みはじめた。人波にもまれながら、接触の相手の気配をまったく感じぬまま歩いていると、不意に左の手のひらに小さな紙切れが押し込まれた。スヴォーロフはそれを握りしめはしたが、振り返らなかった。チチェク・パサジュを抜け、次の通りの露天市場まで行ってはじめて紙片に眼をやる。〈メガン通り、ガラタ塔そば、七三番地右方〉とあった。

スヴォーロフはさりげなくうしろを振り返った。コマロフと二人のボディガードは二十ヤードほど距離をおいてつづいていた。イスティクラル通りにもどり、流しのタクシーをひろう。「ガラタ塔《クレスィ》」と言うと、運転手はうなずいた。タクシーは六〇年代初期の古いフォードで、ドアはがたつき、エンジンは息をつくという代物だったが、運転手はこのぽんこつを誇りに思っているようだった。ダッシュボードは言うにおよばず、フロントガラスにまで、小さな飾り物や人形、キーホルダー、安っぽい羅針儀などをずらりと張りつけてあるのだ。ハンドルは左手で握り、右手は最初から最後まで、おもちゃのようなアクセサリーのコレクションを宝物のようになでて、ほこりを払いつづけていた。

スヴォーロフは、十三世紀の昔から奇跡的に保存されてきた見事なガラタ塔をちらっとも見ずに、折れ曲がる狭いメガン通りを急いだ。なにか落ち着かなかった。観光客の姿が見あたらず、外国人の彼はどうしても人目をひいてしまうように思えるのである。ゆるやかにくだる道を進むにつれ、あたりはしだいに混みあってきたが、女の姿がまったく見えないのが不思議だった。どこを見ても男ばかりで、しかも若い男のなかには、なにやらかなり興奮している様子の者もいる。

七三番地で右方を向いて、スヴォーロフははじめてその理由を知った。そこには鉄の門があり、その門は大きくひらいていて、その先に細い泥道がのびていた。泥道の左側には〈ポリス〉と表示された小さな小屋があり、一人の警官が、顔を厚いヴェールでかくした肥った女とうちとけた様子でしゃべっている。右側にはあやしげな家屋が並び、道に面した低い大きな窓の一つ一つに男たちが群がっていた。〈ご休憩──五十リラ〉と手で書かれた貼り紙の背後の〝商品〟を見れば、ここがイスタンブールの赤線地帯であることは一目瞭然だった。

窓の内側の、何もない薄汚い部屋のなかでは、あらゆる年格好、軀つき、皮膚の色の売春婦が、座り、あるいはものを食べ、あるいはおしゃべりし、あるいは動きまわっていた。安っぽいガウンを着ている女もいれば、小さなパンティー一枚以外何もつけずに歩きまわっている女もいる。ほとんどが肥満した軀をもてあましているようで、その疲れきった顔や重そうな乳房、太い腰からは、下品さがにじみ出ていた。何人か小柄でほっそりした、胸のうすい女も混じっているが、これらの女はアーモンド形の眼が、遠い極東の生まれであることをものがたっている。六十はすぎていると思われるような娼婦もいて、こうした

〝うば桜〟たちは部屋のなかをだらしなく動きまわり、ときおり窓に向かってしかめっ面をしたり、おどけてみたりして色気も何もあったものではなく、まるで檻《おり》のなかの猿である。しかし、スヴォーロフがのぞいた窓の一つには、まだ十四歳にもならないような少女も二人いた。

男たちはこれらの売春宿のまえに群がってはいても、思いきって買いにはいっていく者は少ない。ほとんどが黙ってぽかんと口をあけて女たちを見ているだけで、女の一人が行商人から食べ物や飲み物を買うために外に出てこようものなら、あわてて道をあける始末なのだ。そのとき、縮れた髪を赤く染めたやせこけた黒人の娼婦が、スヴォーロフのわきをかすめるようにして通りぬけ、彼女を見つめて顔を赤らめていた少年の手をとらえた。女は金歯をのぞかせて微笑《わら》いかけながら、そそるように胸をゆすってみせると、少年を家のなかへ引きずりこんだ。

この瞬間である。スヴォーロフの手のなかにまた一枚、小さな紙片が押し込まれた。

上に小塔のある中央門の下の切符売り場で入場券を買うと、スヴォーロフはトプカプ宮殿の第二の庭へ、ゆっくりした足どりではいっていった。彼の〝守護天使〟の三人は、年配のドイツ人観光団の一行を先に通し、これまたゆっくりあとにつづいていた。

オスマントルコ皇帝たちの見事な宮殿を眺めてその栄耀栄華《えいようえいが》に思いをはせることもなく、スヴォーロフは真ん中の糸杉の並木道を進んだ。ハレムの大きな建物にちらりと眼をやっただけで幸福の門をくぐり、第三の庭にはいると、腕の時計を見た。午後四時十五分。あと十五分つぶさなくてはならない。〈四時三十分ジャストにバグダッド・キョシュキュ〉と、紙片には明確に指定してあったのだ。少々ためらったあと、彼は右に曲がり、にぎやかなドイツ人観光団と一緒に宝物室にはいった。世界でも最もすばらしいといわれる財宝の数々に冷たい視線を投げながら部屋をまわる。まえを行くのはイギリス人らしいやせた初老の男と修道女の一団で、黒い背広をだらしなく着たその男はガイドらしく、財宝の主だったものを修道女たちに説明してまわっていた。金の玉座、宝石をふんだんにちりばめた金の象、ビロードのクッションの上で洋梨形のカット面を燦然《さんぜん》と輝かせている八十六カラットの巨大な〝スプーン屋のダイヤモンド〟と見てまわる尼たちは、財宝のそれぞれにふさわしい感嘆の声をあげる。だがスヴォーロフは、ともすれば脳裡のほかのことに気をとられながら、漫然と陳列品に眼を向けていた。ただ、そんな彼も一瞬ひきつけられたものが一つだけあった。有名なトプカプの宝剣で、柄にはめこんだ巨大な三個のエメラルドが、真珠とダイヤモンドで飾られたゆるい反りの黄金の鞘《さや》に、深いグリーンの輝きを放っているこの剣には、彼もおもわず眼をうばわれた。

ふたたび、スヴォーロフは時計を見た。四時二十六分。

宝物室を出たスヴォーロフは、足早に〝聖衣の館《やかた》〟と呼ばれている建物に向かった。世界の何億という回教徒の信仰の対象であるムハンマドの聖衣と剣が、聖典の言葉の縫いとりのある織物や敷物とともに展示されているこの館の小さな部屋をつっきり、反対側のドアを出る。と、そこは陽光が燦々《さんさん》とふりそそぐ大理石のテラスで、おもわず息をのむような金角湾と新市街の美しい光景が一望の下にひらける。そして正面には、アーチ型の屋根のあるバルコニーに囲まれ、ドーム型の屋根に細い尖塔が突き立っている、タイルと大理石張りの建物が立っている。これがバグダッド・キョシュキュだった。

そのバグダッド・キョシュキュのなかから、年配の守衛が出てきて、入り口にチェーンを渡し、〈修理のため閉鎖〉という札をチェーンにかけた。守衛が立ち去るのを待つあいだに、スヴォーロフはちらっとうしろを振り返った。コマロフは十ヤードほど後方の、つり鐘型の金色のドームが陽光にまばゆく輝いている小さなバルコニーから、ガラタ橋のほうを無表情に眺めていた。あとのふたりは、さも見物に疲れた観光客といった格好でテラスをぶらついている。

四時三十分。スヴォーロフは難なくチェーンをとびこえ、木の扉をひらいて、バグダッド・キョシュキュのなかにはいった。

コマロフはタバコに火をつけ、バルコニーのなかのベンチに腰をおろした。ぶらついていたシェフチェンコもバルコニーにはいって同じようにし、ふたりは黙々とタバコをふかした。五分、そしてさらに五分経過する。大理石のテラスからほかの人影がまったく消え、まわりのほかのキョシュキュからの人声や足音もしだいに少なくなっていった。どこか近くでエンジンの音が起こり、高まり、遠のいていく。そのとき、制服姿の守衛が一人テラスへやってきた。「申し訳ないですが――」守衛は笑みをうかべて言った。「いま四時四十五分で、冬のあいだは、五時に閉館となります。出口の門まで歩いて十分かかりますので、ご了承ください」

コマロフは笑みを返した。が、守衛が立ち去るや、苛立ちの色を見せて二人の同志を手招きし、小声で言った。「どうもおかしい。もうすぐ十五分になる。受け渡しにそんなに時間がかかるはずはないんだ」

シェフチェンコは懸念の色をうかべた。もうひとりの、ラトヴィア出身の日焼けした大柄なエージェントは、「はいりましょう」と、即座に言った。

コマロフは一瞬躊躇《ちゅうちょ》したが、すぐにうなずいた。「行こう」

チェーンをとびこえ、バグダッド・キョシュキュの扉をひらく。内部をすばやく見わたしたコマロフは、一目ですべてを見てとった。八角形の部屋、凝った装飾のほどこされた壁、アーチ型の壁龕《へきがん》に納められたキャビネット、低い寝椅子、中央にすえられた鉄の火鉢、大きなブロンズの炉棚飾り――そして反対側の扉は大きくあけ放たれていた。

コマロフは部屋をつっきっていった。ふたりのエージェントもぴったりあとにつづく。三人はひらいている裏の扉を駆けぬけ、第四の庭を見わたすバルコニーへ出た。十二フィートほど下の庭から、修理のためらしい丸太の足場が組んであった。ラトヴィア出身のエージェントは野獣のような軽い身ごなしで足場を伝いおり、人けのない庭を突進していった。この庭は宮殿のいちばん外側の塀で囲まれており、中央の小さな駐車場からアスファルトの細い道が裏の通用門へとのびていて、この門も大きくひらいていた。エージェントは駐車場にひざをつき、両手を地面にあてた。とたんに振り返り、走ってくるコマロフとシェフチェンコに向かって顔をしかめた。

「まだあったかいですよ！」彼は大声で言った。「車がここでエンジンをあっためて待ってたんです」

「しまった」コマロフはうめいた。ふいに、十分まえに耳にした車の音を思い出したのだ。彼は通用門へとんでゆき、閑散とした外の道路を見まわした。

シェフチェンコは歯ぎしりした。「逃げたんだ！」吐きだすように言った。「あの裏切り者め、亡命しやがったんだ！」

10　電話

ブラスバンドが演奏する革命労働者の歌『インターナショナル』の、最後の意気揚々たるコードがひびきわたり、その余韻が広大な赤の広場にとけこんでいく。一瞬静寂があたりをつつみ、レーニン廟のまえの歩道に集まった群衆が、期待にどよめいた。そのほとんどがゴーリキー通りの方向に首をのばしている。突然、太鼓の音がスピーカーを通じてとどろき、軍隊行進曲のきびきびした旋律をたたきだした。ブラスバンドがそれに合わせ、赤軍歌の冒頭の部分を吹奏しはじめたちょうどそのとき、赤い旗の波が広場に行進してきた。クレムリンの城壁に沿って配備された兵士と民兵が、いっせいに気をつけの姿勢をとり、敬礼する。ワルシャワ条約締結二十五周年を祝うパレードがたったいま始まったのである。

ソヴィエト、ブルガリア、チェコスロバキア、東ドイツ、ハンガリー、ポーランド、そしてルーマニア――条約を結んでいる七カ国の旗をかかげる、さまざまな軍服姿の第二団が赤旗のあとにつづく。そのあとに、加盟各国の軍隊の完璧な五十列縦隊――ブルガリア兵は白と緑と赤の階級章をつけ、ポーランド兵は伝統的な前びさしつきの帽子をかぶり、ハンガリー兵は新しいダークブルーの軍服姿、ヘルメットをかぶった東ドイツ兵は膝をまげずに足を高く蹴上げての行進である。そして、数において、他国兵の十倍におよぶソ連落下傘部隊の縦列が、パレードの歩兵の部の最後を飾る。グリーンの戦闘服、輝くばかりに磨かれた降下用ブーツ、そして毛皮の丸い帽子というスマートないでたち。手袋をはめた手は、革ひもで胸にさげた有名なカラシニコフ・アソルトライフルをしっかりつかんでいる。この縦隊がレーニン廟に近づくと、クレムリンの城壁まえに集結している赤軍コーラスが、第二次大戦中最も人気のあった行進曲『モスクワ・マヤー』を合唱しはじめた。落下傘部隊の最前部が長方形の霊廟と並ぶ。と、その五千人の隊員たちは、きっとばかりに顔を右に向けてライフルの床尾を平手で打ち鳴らし、霊廟の正面のテラスから閲兵する指導者たちに対して銃をささげた。

それにつられるように、霊廟わきにしつらえられた低い台の上に立ってパレードを見ていた外国の大公使館付き武官や新聞社の特派員たちも、テラスを見上げた。前面が赤とグレーの花崗岩《かこうがん》のブロックからなる飾りけのないそのテラスには、ソ連の最高権力者たちが顔を並べていた。その下で見守る他国のオブザーバーたちには、この五十年におよぶ奇妙なしきたりは、ソ連の権力争いの現状を示すまことに興味ある習わしだった。テラスの上の現支配者に対するそれぞれの位置が、ソヴィエトの権力構造におけるその人間の現在の位置を最も端的にものがたっているのである。これまでのパレードの写真を年代順に並べてみると、多くの野心的な指導者の足どりをたどることができるのだ。ある者はしだいに支配者に近づき、トップへと移動しており――ある者は権力の中枢からすべりおちてゆき、忘れられ、あるいはトップの不興をこうむり、なかには銃殺隊に直面した者さえいる。

今年のテラス上の配列からは、二つの大きな変化があきらかだった。一つはタカ派のグスノフの、中央への驚くべき接近である。この大柄でいかつい顔をした党の大立て者が、いまブレジネフの地位をねらうのに最も近い位置にいることはまちがいなかった。もう一つは、それに呼応するように、政治局員でKGB議長のユーリ・アンドロポフが、テラスの遠い端に移されるという恥辱をうけていることだった。アンドロポフは硬い表情で立ち、まるで救命ブイにでもつかまるように石の手すりにしがみついていた。

クレムリンの新しい序列をすばやく見てとると、台の上の外国からの見物客たちはほとんどが、レオニード・ブレジネフの無表情な顔に視線を移した。そのため、ほんの数人しか気づかなかったのだが、このパレードたけなわのとき、テラスの端のほうで奇妙なことが起こったのである。アンドロポフの背後に、骨ばった顔を濃いサングラスとつばの広い帽子でかくした痩身の男が現われ、何ごとか耳元にささやきかけたのだ。KGB議長は耳をかたむけ、聞き入った。とたんに顔色が変わり、アンドロポフはうなずくと、得体の知れない男とともに姿を消した。

この謎の男はアレクセイ・カリーニンだった。

「スヴォーロフ――」アンドロポフはあえぐようにつぶやいた。血の気のひいた顔には深いショックの影がきざみこまれている。「スヴォーロフ——KGB一の英才と思っていた男が——」ショックが突然抑えようのない怒りにかわる。「畜生！」アンドロポフは吐き出すように言った。「機関を裏切り、国に背《そむ》くとは、犬畜生にも劣る奴だ！」

カリーニンはただ黙って、あたりさわりのない顔で見守るだけである。ふたりは、ソ連の偉大な市民たちが埋葬されている一画に近い城壁のきわに立っていた。そこは雪のつもった樅《もみ》の木立と、民兵の哨兵線が衝立《ついたて》となり、物見高い見物人らの視線のとどかない場所だった。

不穏な沈黙をつづけるふたりの耳に、最高潮に達した赤軍コーラスの軍歌合唱の最後の一節が流れてきた。

……ストラナ・マヤー、モスクワ・マヤー
トゥイ・サーマヤ、リュービーマヤー！

行進曲は唐突に終わった。が、静けさはつづかなかった。すぐに、エンジンとキャタピラの轟音が広場いっぱいにひろがった。T76戦車を先頭に、パレードの第二部、機械化部隊の行進が始まったのだ。

アンドロポフの怒りは、こんどはカリーニンに向けられた。「問題の文書さえきみの言ったとおりに手にはいっていたら、あいつを虫けらのようにたたきつぶしてやれてたんだ！」ＫＧＢ議長は左の手のひらに右のこぶしをたたきつけた。「だがきみの言葉はすべて空念仏だった」そう言うと、カリーニンの自信たっぷりな口ぶりを意地悪くまねしてみせた。「最も優秀な部下をロンドンへやります！　二十四時間以内に文書を手に入れます！　娘を捜し出します！」

アンドロポフは大きく息を吸いこんだ。「何を言うか！」一喝する。「まず最初は、エージェントでもない素人《しろうと》の小娘にプロがそろって適当にあしらわれ、つぎには、きみの言う最も優秀なＫＧＢ工作員が二人も、ハイドパーク・クラブで丸腰のアメリカ人に殺される！　そしてこんどは——これがなんといっても最悪だ——スヴォーロフに、きみの選んだエージェント三人の目と鼻の先から亡命される。この責任はとってもらうからな、カリーニン。無能力・不適任で管理部会にかけてやる！」

カリーニンは依然黙ったまま、かすかに頭をさげた。

「どうして何も言わない？」アンドロポフは激して言った。「ああ。むろんきみは一言もないだろう。当然だ。しかしわたしは書記長に対して黙っているわけにはいかないのだ！　いったい何て言ったらいいのだ？　レーニン勲章に推薦した男が亡命しましたと言うのか？」

「ブレジネフ書記長は、スヴォーロフがモールとはっきりわかったことを、むしろよろこばれるのではないでしょうか」カリーニンはようやく口をひらき、非常に穏やかな声で意外な発言をした。

「よろこぶ？」アンドロポフは意味がわからず、じろりと相手を見た。

カリーニンはうなずいて、「スヴォーロフはグスノフ一派の主要メンバーです」と、こともなげに言った。「そしてグスノフは最近、書記長にとってかなり厄介な存在になっています」間をおき、自分の言葉が相手にしみこむのを待って、つづける。「この機会をうまく利用されれば、書記長はグスノフにこのところの借りを充分返せるでしょう。ええ、あらためて考えてみますと、スヴォーロフの亡命は、ブレジネフ書記長にとっては天佑ともいえると思います」

アンドロポフは眼を細めて、値踏みするようにカリーニンを見たが、それ以上の反応は示さなかった。しかしカリーニンは、自分の意見が効き、議長の怒りが和らぎはじめたことを感じとった。「たしかにわたしはしくじりました」チャンスとみて、カリーニンは認めた。「しかしこれまでのところは能力よりも、運不運が大きく影響したと思います」

「しかし信じられん」アンドロポフの怒りは依然くすぶりつづけているようだったが、声の調子ははっきりと穏やかになった。「毎日一緒に仕事をしていながら何も気づかないとはな。全然怪しいとは感じなかったのか？」

「いえ、それはもちろん感じていました」カリーニンは即座に答えた。「スヴォーロフをイスタンブールへやるのにわたしが反対したのはなぜだとお思いです？　なぜあの三人を同行させたとお思いです？　シェフチェンコにきいてくださってもかまいません。わたしは彼には前もってはっきりと、スヴォーロフが逃亡するおそれがあることを伝えておいたのです」

「伝えておいた？」アンドロポフの顔がまた怒りで紅潮した。「それなのにわたしには何も報告しなかったのか？」

「どうして議長に報告など――」無理を言わないでくれ、という顔で、カリーニンは言った。「証拠も、手がかりも、何もなくて、ただ怪しいという感じだけなのです。そんな程度で、スヴォーロフが怪しいなどと議長に報告したら、わたしは議長室からほうり出されていたのではないでしょうか」

アンドロポフはふたたび黙りこんだ。長い沈黙のあと、「それにしても、巧妙に仕組まれた亡命だな」と、ＫＧＢ議長は苦々しげにつぶやいた。

カリーニンはうなずいた。「ええ、探知システムの話はうまく考えたものだと思います」

「あの設計図は偽物なのか？」

カリーニンは考えながら答えた。「いいえ。七二年にスヴォーロフが持ち帰った設計図は本物です。ＣＩＡはＫＧＢ内におけるスヴォーロフの信望を高めるために、彼に設計図を持たせたのです。遅かれ早かれボスポラスの核探知システムはわれわれに発見されるものとふんだにちがいありません。それでそのまえにわれわれに熨斗《のし》をつけてくれたというわけです。しかしこんどの探知装置を新しい場所に移すという情報――あれはもちろんデタラメです。モールの存在を知られてあわてたＣＩＡが、彼をなんとか脱出させようとファイルを見て、イスタンブールを思いついたのでしょう」

「そしてそれがまんまと成功したというわけだ」アンドロポフは、カリーニンがもうこれまでに何度も眼にしてきた自虐的なムードにおちていった。「いま頃はスヴォーロフめ、ラングレーの森のなかだろう」

カリーニンは首を振った。「いえ、CIAはそういうやり方はしません。まずヨーロッパで彼をデブリーフィング（敵または潜在敵の領土内から帰還した人物から情報資料を獲得する行為または手順）して、それからアメリカへ送るはずです。しかし、トルコではそれはやらないでしょう。トルコ政府は非常に用心深いですから。トルコからはすぐさまほかへ移送するはずです……」

「おそらくもうしてるだろう」

「ええ、おそらくもうしてるでしょう」カリーニンはうなずいた。「ヨーロッパのどこかの秘密施設に連れていき、最初のデブリーフィングはそこでおこなうはずです。それはまず一週間後というところでしょうか」

アンドロポフは赤の広場を振り返った。また雪が降りはじめていた。戦車隊は、最後の数台が聖ヴァシリー寺院を通りすぎるところだった。ついで特大のトラックが五台、それぞれ長いトレーラーを牽《ひ》いてゴーリキー通りから姿を現わした。トレーラーの上にはSS14ミサイルの円筒形の巨体が横たわり、いずれも巨《おお》きな弾頭を鋭く前方に向けていた。

KGB議長はカリーニンに向かって顔をしかめた。「スヴォーロフがしゃべったらどんなことになるかわかるか？」

「わかってます」カリーニンは言った。「しかしスヴォーロフはしゃべりません」

アンドロポフはいぶかしげにカリーニンを見た。

「わたしが捜し出します」カリーニンはきっぱりと言った。「たとえこれがわたしの最後の仕事となっても、必ず見つけ出して粛清します」


「ただいま。だれかいるかな？」

キッチンで軽い食事をとっていたジェームズとシルヴィーのまえに、コリンズ教授が立っていた。玄関の鍵のあく音にも、廊下を歩いてくる教授の足音にも、ふたりは気づかなかったのである。ダッフルコートを着たまま、左手に小さな旅行鞄をさげている教授の顔は、まったくの無表情だった。

ジェームズはとびあがるようにして立って、「手にはいりました？」ときいた。

教授は無表情のまま鞄を置くと、コートのポケットから右手を出して、つかんでいた包みを、こんどは派手なジェスチャーでテーブルの上に落とした。

「手に入れてくださったのね!?」シルヴィーはおもわず教授に抱きついた。そのそばでジェームズは、「まったく人を心配させて――教授より役者になりゃよかったんだ」と、教授の芝居に文句を言ったが、その言葉に悪意はなく、シルヴィーが夢中で包みをあけるあいだ、労をねぎらうように教授の肩をたたいていた。包みからはアメリカのパスポートが二冊出てきた。アリゾナ州フェニックスのデーヴィッド・アダムズ夫妻名義で、新しいものではない。ジェームズはパスポートを繰り、記入事項、ヨーロッパのあちこちの空港の出入国スタンプを調べ、ブロンドのかつらをつけたシルヴィー、そして口のまわりにびっしりひげを生やした自分自身の写真に顔をしかめた。「いかにもって感じだな――一回使えればいいとこなんじゃないかな」

ハーディCIA長官と電話でやりとりしたあと、ジェームズはシルヴィーと、イギリスを出るプランを練りはじめたのだった。シルヴィーはもちろん、出国に必要な書類をいっさい持っていなかった。ジェームズのほうは持っているにしても、これは使うわけにはいかない。イギリスの警察がまちがいなく空港や港を監視しているはずだからである。したがって、ふたりともまず偽造パスポートを手に入れなければならなかったが、ジェームズにはまったくあてがなかった。教授にはまだ古いコネが二、三あるようだったが、ジェームズは教授にそこまで迷惑をかけたくなかった。

すると、シルヴィーが助け船を出した。ミセス・オショーネシーがアイルランドの地下組織からパスポートを手に入れてくれるといっていた話をしたのである。しかし、むろん、彼女がケンジントン・ガーデンズのミセス・オショーネシーのところへ出かけていくわけにはいかなかった。ジェームズは電話をかけることにすら反対したのである。そこで三人はちょっとした計画を考えた。コリンズ教授がシルヴィーと一緒にロンドンへ行き、映画館に彼女を残す。そして車をひろってケンジントン・ガーデンズ二七番地へおもむき、ミセス・オショーネシーのアパート式ホテルの部屋を借りる。ミセス・オショーネシーに、たしかにシルヴィーが書いたものとわかるような個人的な事柄を加えた彼女の手紙を手渡す。二時間後、教授とミセス・オショーネシーはオックスフォード通りのいつも混んでいるセルフサービスのレストランでおちあう。ここでシルヴィーもふたりに加わる——ということにしたのである。シルヴィーが写真を二枚渡してパスポートを二冊頼むと、ミセス・オショーネシーは驚くよりむしろ喜んでくれたようだった。それからシルヴィーはまっすぐケンブリッジにもどり、教授は借りた部屋で週末をすごした。そしてこの日、月曜日の朝、手はずどおりパスポートを受けとった教授もケンブリッジに帰り、いまはじめて成功の笑みをもらしたというわけである。

「まだニュースがあるんじゃよ」教授はシルヴィーに微笑《わら》いかけた。「お友だちのジェニファーは危機を脱した」

教授はまたまたシルヴィーに熱っぽく抱きつかれた。そのまんざらでもなさそうな顔からすると、どうやら本人もそれを期待していたようだった。

「会ってくださったの？」シルヴィーは声をはずませてきいた。

「いや」教授は言った。「それはいくらなんでも危険だからね、病院に電話して、お友だちに付いとる看護師の一人にきいたんじゃよ。アン・ビーが心からよろしくと言っていると伝えてくれるよう頼んでおいたよ」

「ミセス・オショーネシーのところから電話したんですか？」すぐさま、ジェームズがきいた。

「おいおい、ジェームズ」教授はとがめるような眼でジェームズを見た。「わしをいったい何だと思っとるんだ。むろん公衆電話からかけたんじゃよ。これでも電話の逆探知については少しばかり知っとるほうじゃからな」そう言うと、肩をすぼめ、「しかし、たとえミセス・オショーネシーのところからかけても、もう心配はないのじゃないかね。たぶん追手は引き揚げたじゃろう。CIAもKGBも、もうあんたらを捜しまわってはおらんと思うよ」

「いったいそれはどういうことなんです?」

「つまり、例の秘密文書が無用のものとなったということじゃな……」教授は旅行鞄から《イヴニング・ニューズ》を無造作にとり出した。〈KGB幹部亡命――アルカージー・スヴォーロフ第一管理本部副本部長、アメリカ合衆国に保護を求める〉――第一面トップ抜きの大見出しがすべてを語っていた。

ジェームズは新聞をひっつかむと、初めの数パラグラフに眼を走らせた。「そうか、そういう手に出たのか」彼は口のなかでつぶやいた。「ぼくが電話したあと、長官は撤退に方針をきりかえて、スヴォーロフを国外へ連れ出したんだ」

「ということは、きみらの持ってる文書は、もはやただの紙切れにすぎんてことにならんかね――スヴォーロフの件は一件落着ということに?」

「なりませんね」ジェームズは言下に否定した。「ソ連が一戦も交えずにひきさがるはずがない。スヴォーロフを見つけ出そうと、いまもう血眼《ちまなこ》になってヨーロッパじゅうを捜しまわってますよ。まだまだこの件は落着というわけにはいきませんよ。われわれだってまだ安心はできない」

「でも、スヴォーロフはもうワシントンに行ってるんじゃなくて？」シルヴィーが言った。

「いや」ジェームズはふたたび《イヴニング・ニューズ》に眼をやった。「このとおり、新聞もスヴォーロフの居場所についてはまったくふれていない。ぼくの経験からすると、CIAはスヴォーロフをラングレーに送るまえに、いったんヨーロッパのどこかにかくまって、そこでデブリーフィングするはずなんだ。一方KGBも、大陸じゅうの情報網に非常召集をかけて、スヴォーロフを必死に捜索していることはまちがいない――彼がしゃべるまえに頭を吹っとばそうとね」

「なぜ？」シルヴィーは不審そうにきいた。

「もちろん自分たちのモールを救うためにきまってるじゃないか！」ジェームズはじれったそうに声をとがらせた。が、すぐに自制心をとりもどして、「すまない――つい気が急《せ》いてしまって。説明するよ。ワシントンにはソ連のモールがいる。それはわかってるね？KGBとしては、そのモールを何としても護《まも》りたいわけだ。しかしスヴォーロフが亡命したとなると、彼はモールの正体について何か知っているかもしれない。たとえ知らなくても、彼の記憶にある変わった出来事や断片的な情報などからモールの正体が割れるおそれもある。したがって、KGBの議長の立場になって考えれば、当然あらゆる手段を講じて何が何でもスヴォーロフを見つけ出し、デブリーフィングのまえに口を封じようとすると思うんだ」

「だから？」シルヴィーは急に、ジェームズがすでに新しい事態にどう対処するか、考えを固めつつあることに気づいた。

「だからこっちのほうが先にスヴォーロフを捜し出さなくてはならないということだ」ジェームズは言った。


ジョージタウンにある小さなアパートのベッドのかたわらの電話が、ほとんど音楽的ともいえるソフトなベルの音をひびかせた。だが、ジーン・アッカーマンは最初の音で完全に目をさまし、静かに受話器をとりあげた。十二年間のCIA勤めで、夜は浅く眠り、いつ何時《なんどき》でも何かあった場合には即座に目をさます習いが性となってしまっているのである。このときのように、目覚まし時計の冷たく光る文字盤と針がたとえ午前三時半を示していようと、一発なのだ。「はい」アッカーマンは低い声でこたえた。

「ユナイテッド製鋼《スチール》のミスター・アッカーマンですか？」いちばんの親友の声とすぐにわかった。

「いや」アッカーマンは言った。「名前はあってるが、番号ちがいだ」

電話を切ると、アッカーマンはするりとベッドを音もなく抜け出た。大きな図体は見るからに重そうだが、身のこなしは動物のようにしなやかなのである。ちょっと振り返って妻のジョーンを見る。ジョーンは小さな子供のように厚い毛布の下に丸まり、わずかに鼻の先と赤みがかったブロンドの髪を少しのぞかせて、ぐっすり眠っていた。アッカーマンは黙々と着替え、厚い羊の毛皮のコートを肩にかけると、暗い外に出た。いまの電話でのやりとりは、彼とこのF3にいる親友がもう何年も使っているふたりだけの合言葉だった。

　通りを三百ヤードほど歩いて電話ボックスのまえへ来ると、アッカーマンはなかにはいり、マニキン（細い小型葉巻）のデリケートな味を楽しみながら待った。五分後電話のベルが鳴り、彼は受話器をとりあげた。

「ヨーロッパからかけてるんだ」ジェームズ・ブラッドリーは重い口調で言った。「時間がないので、全部を話すわけにはいかない。とにかくおれを信じてくれ。重要なことだ」

「いったい何があったんだ？」アッカーマンはきいた。「どこにいたんだ？」

「ま、聞いて」ブラッドリーの声は切迫していて、焦りが感じられた。「おれが身をかくしたのは、われわれの組織の上層部に敵側のモールがいるからだ。そのモールに危うく殺されるところだったのだ」

　アッカーマンは何の反応も示さなかった。

「おい、聞いてるのか？」ブラッドリーは苛立って言った。「いいか、われわれの組織の上層部に……」

「上層部ってどのくらい上だ？」相手の言葉をさえぎって、アッカーマンはきいた。

「ずっと上のほうだ」ブラッドリーは慎重に答えた。「それでだな、この人物は、こんどアメリカに移ることになった例のわれわれの対立組織の幹部を入国させまいとあらゆる手をうつにちがいない。いや、もうすでにその幹部の居場所をわれわれの対立組織に知らせてしまっているかもしれない。わかるな?」

「ああ、わかる」べつにわかりにくいようなことではなかった。CIA上層部にソ連のモールがいるとなれば、その人物がスヴォーロフのアメリカ亡命を妨害しようとするのは当然である。

ブラッドリーの遠い声がつづいた。「おれが時間がないというのはそれでだ。その幹部には危険が迫っている。すぐにだれかが行ってなんとかしなきゃならない。だから、おれにその幹部の居場所を教えてくれ。おれがなんとかする」

アッカーマンの顔に、疑惑の色がゆっくりとひろがっていった。「なにかやけに芝居がかってるな」彼は言った。

「芝居がかってる? どうとでも勝手にとれ」むっとしたブラッドリーの声がはね返ってきた。「おれはそれどころじゃないんだ。長官はおれを信じない。いまおれが頼れるのはおまえしかいないんだ」

「問題の幹部に危険が迫っているというが、どんな証拠がある?」アッカーマンの疑惑は依然解消しなかった。

「証拠はない」ブラッドリーは認めた。「ただの勘だ」

アッカーマンは葉巻の吸いさしを落とし、火を踏み消すと考えこんだ。頭に手をやり、禿《は》げている部分をつるりとなでる。ブラッドリーの話にはなにか誇張が感じられるようだった。だが、どんな場合でも、話をでっちあげるような男ではないのだ。常に判で押したように、翳《かげ》りのある冷たい笑みを絶やさない、落ち着いた平静なブラッドリーの顔が瞼《まぶた》にうかんでくる。ブラッドリーはまた、簡単にうろたえる男でもない。しかし、何か手ちがいがあって、もし敵の手におちているのだとしたらどうだろうか？

「いまそこにはおまえひとりか？」アッカーマンはふたたびふたり専用の合言葉を持ちだした。

「いや、ひとりじゃない」これはつまり、ひとりということだった。囚《とら》われの身であったり、だれかに強要されているのだったら、「ああ、ひとりだ」と答えることになっているのである。ただ裏返しただけの単純な暗号だが、これでけっこう間に合うのだ。「アッカーマン――」ブラッドリーはつづけた。「おれは脅かされてイカれてるんじゃない。正気だ。ほんとに心配して言ってるんだ。これにかかってるものは大きいからな。おれを行かせてくれ」

アッカーマンはひとつ大きく息を吸いこんだ。「よし、おれもこの首をおまえに賭けよう――こんどだけはな。ふたりで三年まえとそれから……五カ月まえに担当した事件を憶えてるか？」

受話器が沈黙した。が、すぐにブラッドリーの声がもどった。「ああ、憶えてる」

「同じ場所だ」

「わかった、恩に着る」ブラッドリーはほっと吐息をついた。「じゃあな」

電話は切れた。だがジーン・アッカーマンは、自分の大きな手がつかんでいる受話器を、どうしたものか思案しているように長いこと見つめていた。

ヒースロー空港の狭い電話ボックスのなかで、ジェームズ・ブラッドリーはそれまで半クラウン硬貨を入れつづけていた電話に受話器をもどすと、シルヴィーを振り返って言った。「ニースへ行くいちばん早い便に乗る」

「彼、ニースにいるの？」

「すぐ近くだ。ボーリユー。あそこの海岸のあまり人目につかない所に、われわれのちょっとした別荘があるんだ」

チェビー・チェースの例の家で、男の手が受話器をとりあげ、ニューヨークの番号をまわした。男は相手が名のるのも待たなかった。

「今夜――」男は言った。「零時から零時十五分。ボーリユー、ゴルフ通り、ドロレス荘」

「護衛の人数は？」

男は純金のコリブリで黒い葉巻に火をつけるあいだ相手を待たせ、それから、「屋内に二人だ」と答えた。「外にはいない」

「了解」受話器の声は言った。

11　パイソン

ニース。コート・ダジュール空港の若い出入国管理官は、カウンターのまえに立った魅力的なカップルに退屈そうな視線を投げ、アダムズ夫妻名義のパスポートに機械的にスタンプを押した。ふたりはそれぞれのスーツケースを無造作に持つと、さりげなく税関を通りぬけた。「ありがたい。荷物の検査はなさそうだ」ささやくジェームズに、シルヴィーがうなずく。ジェームズのスーツケースの奥には、三八口径実包が装塡できるように薬室を改造した強力なコルト・パイソン三五七と、手作りの特製弾薬のはいった箱が、ウールのセーターにくるんでしのばせてあった。このマグナムの改造拳銃はかさばるうえ重く、ときどきひどくじゃまになるのだが、かつて海兵隊大尉としてサンディエゴの射撃演習場ではじめて手にして以来、ジェームズはずっとこれを愛用しつづけているのである。

空港の広々とした到着ホールは、各地からおとずれた大勢の観光客で混みあっていた。ほとんどが、シーズンオフのリヴィエラのさわやかな陽気を楽しもうと集まってきた、裕福そうな中年層である。ジェームズはすばやくロビー全体に視線を走らせたが、フランスのFBIといわれるDSTの捜査官が二人、通常の警備らしく〈アシェット〉の売店のあたりをぶらついている以外、官憲の姿は見えないようだった。安心したジェームズは、洗面所にはいって偽のひげをとった。イギリスを離れたせいか、自分でも意外なほど気持ちが落ち着いていた。ここでだれかに捜しまわられるおそれはまずないとみた彼は、レンタカーの借用には思いきってクレジット・カードと本名を使うことにした。〈ハーツ〉の営業所にはさまざまな車種が豊富にそろっていた。目立ちたい観光客たちの人気の的となっている名車の誉れ高いコンヴァーチブルもいろいろとあったが、ジェームズは馬力のあるメルセデス450を借りた。万一何か手ちがいがあって急いでボーリユーを立ち去らねばならない場合を考えたのである。

ジェームズがシルバーグレーのメルセデスのバックシートにスーツケースをほうり込んだときには、シルヴィーはすでに助手席に乗り込んで、ラジオのダイヤルをまわすのに夢中になっていた。楽しい旅行にでも出かけるように眼を輝かせ、頰を紅潮させていた。飛行機がヒースロー空港を飛び立った瞬間から、いささか興奮ぎみだったのである。ジェームズにはむろん、シルヴィーのはしゃぎたくなる気持ちがよくわかった。ようやく恐ろしい悪夢から解放された気分になれて、自分の国へ帰ろうとしているのである。興奮するのも無理はなかった。ジェームズ自身はしかし、そこまで楽観的にはなれなかった。シルヴィーはこの件にあまりに深くかかわりすぎているから、この先まだ何があるかわからない——そんな懸念が残っていたのである。シルヴィーの輝くような顔につい見とれていた彼は、彼女に対して特殊な感情をいだきはじめている自分にふと気づいて、困惑に似たとまどいをおぼえた。

ジェームズは個人的な感情を振り払い、このあとに控えている仕事に気持ちを集中させようとした。駐車場を出たふたりのメルセデス450は、一路ニースめざして走りだした。よく晴れた快適な冬の日で、椰子《やし》の木が並ぶプロムナード・デ・ザングレには観光客があふれていた。マセナ広場までくると、ジェームズは二重駐車して、光学機械を売っている店で強力な小型双眼鏡を買った。そしてふたたび車に乗り込むと、こんどはくねくねと曲がる断崖道路を勢いよく登っていった。十五分後、〝アダムズ夫妻〟は、岩をまき散らしたようなボーリユー・シュル・メール海岸を一望の下《もと》に見わたせるデラックスなホテル・メトロポールにチェックインした。

「二時間ばかりで帰ってくる」ジェームズはシルヴィーに言った。「それからテラスで遅い昼食をとろう」

「わたしも一緒に行く」

ジェームズは首を振り、微笑した。「ロビーのブティックに行って何か服をさがしたほうがいい。このメトロポールのレストランじゃ、ジーンズの女の子はあまり歓迎されないからね。それにぼくも、できることならすてきなレディとお昼をご一緒したいし」

「わかったわ」シルヴィーはあっさり言った。「でもことわっておくけど、ジーンズはわたしのお気に入りなの。それは憶えておいて」

「憶えておくよ」ジェームズは真顔で答えた。彼の声の妙なひびきに、シルヴィーはおもわず眼を上げ、豪華なロビーをつっきっていくジェームズの後ろ姿を見守った。そのまま彼はガラスのドアから真昼の陽射しのなかへ出ていった。

ドロレス荘は、白い壁と赤いかわら屋根の、スペイン風の低い建物である。海を見おろす崖の上にあって、三方を松やオーク、柏槇《びゃくしん》、そのほかエキゾチックな灌木《かんぼく》などの木立が囲んでいる。正面の大きな張り出し窓からは、アーケードになったベランダ、腎臓の形をしたプール、そして崖の先端までなだらかにつづく青々とした芝生が見わたせる。全体をとり囲むのは高い分厚い塀で、そのてっぺんにはガラスの破片がずらりと植えつけてある。そして建物の裏手からは、砂利を敷いた車道が大きな曲線を描いて頑丈な鉄の扉の門まで達しているのだが、外からその門に至る道は、無舗装の小道が一本しかない。

ジェームズは双眼鏡をおろした。建物の内部はすみからすみまではっきりと憶えていた。なかでも居間は脳裡に焼きついている。その細部を、彼は思いうかべた。くすんだ照明、実用本位の家具、すり切れた敷物——長方形のその部屋で、対立陣営内での任務を終えて帰ってきた数多くのエージェントや、亡命者らがデブリーフィングを受けてきたのである。ジェームズはまた、この秘密施設の警備上の弱点にも精通していた。さらに、施設全体を自由に観察できる唯一の場所までも知っていた。それが、現在彼のいる場所——つまり、ボーリユーから三マイル東の小さな村デュプレにある、四百年もの歴史を持つサント・マリー・ド・ラ・メール教会の古びた石の鐘楼なのである。

双眼鏡をジャケットの下にかくすと、ジェームズは鐘楼の石段を足早におりた。必要なことはすべて確認した。ジーン・アッカーマンの言ったとおりだった。ドロレス荘はいまスヴォーロフが〝使用中〟なのである。その証拠に、塀にそって敷地内をパトロールする警護員七人の姿が、彼の〝監視所〟から見てとれた。さらに、彼の経験からすると、視野にはいらなかった塀の外側に警備要員が三名、建物内に一日二十四時間亡命者に付ききりのボディガードが二人いるはずだった。そのほか、CIA内規によれば、デブリーフィングにあたる二人の上級エージェントも建物内に待機していなければならない。

警備・警護要員らの交替は十二時におこなわれた。セダンのプジョー604が四台到着し、門の外にとまると、一人、また一人と十人の男たちが車をおり、門で二人の守衛のチェックを受け、つぎの六時間の警備・警護にあたるべくそれぞれの持ち場に散っていったのである。非番となったエージェントらは、ただちに車に乗り込み走り去った。警戒態勢はいつもどおり厳重だ――ジェームズは一応、同僚たちの努力を評価した。が、問題は夜なのである。真昼の襲撃はまず考えられなかった。もし彼の憶測が当たっていて、ワシントンにいるソ連側モールがスヴォーロフの居場所を知っており、その連絡をうけたKGBがスヴォーロフの誘拐あるいは殺害をねらうとしたら、それは夜しかない。たとえいかに万全の警戒態勢を敷いても、夜の闇は防衛側にとってかなりのハンデとなるのである。

今夜か、あすの夜だろう――ボーリユーへとメルセデスを駆りながら、ジェームズは思った。CIAが現在、ごく一般的な亡命者の場合はアメリカに移すまえに、国外の秘密施設に一週間かくまうのを原則としていることはソ連も知っている。しかし、スヴォーロフの場合は、CIAももっと早くアメリカに移すのではないかという不安があるにちがいない。したがってソ連としては、できるだけ早くスヴォーロフの口を封じなくてはならないと思うはずなのである。文字どおり、かれらは時間と戦っているにちがいなかった。そしてそれはジェームズも同じだった。

車をドアマンに託すと、ジェームズはロビーをつっきってテラスへ出た。はるか下の小さな入り江の岩に、波が寄せては砕け散っている。あたりにはプロヴァンス特有の芳香がいっぱいにただよっていた。そして美しい女性がひとり、流れるような黒い髪をあらわな肩におとし、肌にぴったりフィットする白いロングドレスでしなやかな軀の線をきわだたせて、テラスのいちばん端に腰をおろし、じっと海を見ていた。彼女はジェームズのほうに顔を向け、微笑んだ。

またも胸が熱くうずき、久しく忘れていた慕情にしめつけられるのをおぼえながら、ジェームズはシルヴィー・ド・セリニーに微笑み返した。

丁重で見るからに栄養のゆきとどいたコルシカ人の給仕長と熱心にメニューを検討した結果、ジェームズとシルヴィーは鮭のムースとひらめのバター焼きとサンセールのボトルをとることにきめた。給仕長がオーダーを手に立ち去るや、シルヴィーはすぐさまテーブルに身をのりだしてきいた。

「で?」

「たしかにあそこだ」

「見たの？」

ジェームズは首を振った。「プールで泳ぐことも許されてないようだ。まわりじゅう警護員だらけだよ」

「それでもまだ心配なの？」

「ああ。今夜忍びこむ。危ないのは夜なんだ。昼間はまず心配ない」

シルヴィーが口をひらきかけると、ジェームズはそれを手で制した。「きみはいい、シルヴィー――来なくて」

シルヴィーの眼が曇った。「どうして？」

ジェームズはぎごちなくテーブルのフォークをいじった。「あのね、きみは早くこの件とは縁を切ったほうがいいんだ。恐ろしい思いはもうロンドンで充分したんだから。そしてロンドンのことはすべてけりがついたんだ。きみの親友も助かったし、きみ自身もフランスにもどれた。もうだれもきみを追ってはこない。だから早くうちに帰って、おふくろさんと暮らすことだ――こんなろくでもないことにかかわってないでね。これはまったく残酷な商売なんだ、シルヴィー。きみには向かないよ」そしてさらに彼は、「それにぼくは、サンドラを亡くしたようにきみを失うのはもうごめんなんだ――もうあんな思いは」と言いそえたかったが、思いとどまった。いつかだれかが彼に、「所有していないものを失うことはない」と言った。シルヴィーは彼のものではないのである。ハイドパーク・クラブの夜以来、ふたりは一度もベッドで愛しあってはいない。ジェームズは彼を頼りとするシルヴィーの気持ちにつけいるような気がして、努めてそうならないようにしてきたのだ。ふたりの関係は、だからなにかあやふやな、漠然としたものとなっていた。親密でうちとけてはいるが、それでいて依然他人同士のようなのである。シルヴィーの手をとって、「離れないでくれ」と言えさえしたらと思いながら、ジェームズにはそれができなかった。女性の手をとるのは、ときに軀をうばうよりむずかしいようだった。

シルヴィーは首を片方にかしげ、ジェームズを見つめていた。何かわからないことを考えているときはいつもそうなのである。やっと口をひらいた。「もしわたしをうちに帰そうと思ってるんだったら、ジェームズ、わたしは帰るつもりはなくてよ」にっこり微笑む。「この件にはもうだれよりも長くかかわってるんだから――あなたが何と言おうと、結末を見とどけますからね」

とどまりたい理由はそれだけなのか、とききかけて、ジェームズはこれも彼らしい分別から思いとどまった。かわりに、語気を強めて言った。「シルヴィー、いいかい、きみがどう思おうと、きみがここにとどまるべきかどうかをきめるのはきみじゃない――ぼくなんだ。きみはこれ以上ここにいるべきじゃない。あの別荘へはぼくだけが行く――きみはうちに帰るんだ。あんな所へ行ったら無事にはすまない」声に怒りが加わる。「実際きみにできることは何もないんだ」

シルヴィーは眸《ひとみ》をきらめかせて反発した。「あなたの言ってること、矛盾してるわ――

そうじゃなくて？　この話はキングズ・クロス駅でもうしたはずよ。あのときもわたしが、少しは役に立つこともあると思うから一緒にいさせてと言ったら、あなたはあまりまともには受けとってくれなかった。わたしにできることで役に立つことといったら、泣かないでいることぐらいだと言ったわね」シルヴィーはタバコに火をつけ、深々と吸いこんだ。「でも、あれからわたし、あまり泣かなかっただけじゃなく、あなたが思ってた以上に役に立ったんじゃなくて？　一緒にいてくれてよかったって言ってくれなかった？　ロンドンまで出かけて、大英博物館で例の本を調べたのはわたしよ。ほんとのこと言うと、変装はしていたけど、わたし怖かった。それからパスポートを手に入れたのもわたしよ。忘れないで」

「それはたしかにそうだが――」

言いかけるジェームズにかまわず、シルヴィーはつづけた。「そうでしょう？……正直のところわたし、こういうことにかかわりあうの怖いわ。それからこうした陰謀や、そのまた裏をかく陰謀、裏切りにはほんとうにうんざり。わたしはだれにも一度も、巻きこんでくれなんて頼みはしなかったのよ。ただ早く脱け出して忘れたい一心だったわ。ところが、事態がおもわぬ方向に進んでしまって、あなたと一緒に巻きこまれてしまったいま、わたしだけがうちに帰るなんてことできると思って、ジェームズ――あなたが危険にさらされているとわかっていながら？　あなたにもし万一のことがあったら、わたし絶対自分を許しはしない」

「しかし、あの屋敷に潜入するってどういうことかわかってるのかい？」ジェームズもゆずらなかった。

「潜入するなんてだれも言ってないでしょう？」シルヴィーはじれったそうにジェームズを見た。「ジェームズ、あなたって、ときどきほんとに首をかしげたくなるわね……近くにいたいの——万が一、何かでわたしが必要になった場合にそなえて外に控えていたいのよ。だから、あなたがだめといっても、わたしは自分の意志で行きます……それはわたしの自由なんだから……あなたの許しがあろうとなかろうと……」声がとぎれ、シルヴィーは急に唇をかんで、顔をそむけた。

ジェームズは大きく吐息をつくと、もうそれ以上は何も言わなかった。シルヴィーの女らしい優しさの下には、一度言いだしたら断じてゆずらぬような頑固なところがあり、何を言ってもむだだと彼は感じたのである。シルヴィーが今夜ドロレス荘へ付いてきてもあまり役に立たないことは明白だったが、ある意味ではしかし、彼女の言うことは正しかった。ジェームズの味方は依然彼女ただ一人なのだ。それに——ジェームズは内心認めた——別れ別れになることで、まだなんとも不確かなふたりの絆が断たれてしまわぬように、シルヴィーにそばにいてもらいたいと思う気持ちも、彼の心の奥底にあったのである。

ジェームズが黙ったのを見て、シルヴィーは自分の主張が通ったものと思い、はれやかな顔になって言った。「わたしたちのお昼どうなっちゃったのかしら。もうおなかぺこぺこ」

シルヴィーの言葉にこたえるように、白いジャケットのウエーターが、鮭のムースを持って現われ、うっすらとかすむ白ワインをふたりのグラスについだ。シルヴィーはグラスをとってワインを一口飲むと、眼をとじて顔を太陽に向けた。その顔にこぼれるような微笑がひろがる。

「信じられないわ」彼女は言った。「ほんとに信じられない」

〝何が？〟というように見つめるジェームズに、シルヴィーは説明した。「いまわたしたちはこうして明るい太陽の下に座って、世界でもいちばん美しい場所の一つといわれるところで食事してる。お天気も、料理も、まわりの雰囲気も、何もかもがほんとに完璧――なのに、ついきのうの晩までは、この世のこととも思えないような恐ろしい思いをして命がけで逃げまわってたなんて、とても信じられない。まるで別の惑星にでもいるみたい」

ジェームズはシルヴィーの言葉には答えず、自分も何度同じようなことを感じたろうか、と振り返った。

〝ふつうの人間にもどって、たとえばレストランにはいる。そしてテーブルについてふと、ああ、おれはいまだれも狙わなくていいんだ、そしてだれもおれを狙ってはいないんだ、と思う――そんなときはまったくそう感じるよ……しかし、シルヴィーは忘れているが、あともう何時間もしないうちに、おれたちはまたその脱け出してきたばかりの世界にもどっていくのだ……その、この世のものとも思えないような、現実からひどくかけ離れているようで信じられないほど間近にある世界に〟

愛してしまったこの娘《こ》に、こんどはいったい何が待ちうけているだろうか、とジェームズは思うのだった。

ふたりは車を広い通りからはずれた空き地にかくし、あとは樅《もみ》の木立のあいだを徒歩で進んだ。ジェームズは革ジャンパー、タートルネックのセーター、革のスラックス、柔らかい革靴と、上から下まで黒ずくめだった。塀の近くに達すると、ジェームズは時計を見、シルヴィーにささやいた。「十一時半だ。これからなかにはいって、なんとかスヴォーロフを捜し、警告して話をきく。きみは外で待ってて、もし何かあったらすぐに車で警察に連絡してくれ」シルヴィーは暗闇のなかでつと身を寄せ、柔らかい唇でジェームズの唇をさぐりあてる。「気をつけて、ジェームズ」

ジェームズはシルヴィーの顔をやさしく愛撫すると、彼女から離れ、塀のまえに身をかがめた。塀を乗り越える場所には北西の角を選んだ。この北西の角は高い木が多く、灌木も屋敷内でいちばん生い茂っている。北側と西側をパトロールする警護員らは、あまりにうっそうとした草木に、角から十ヤードほど手前でたいがい足をとめてしまうのである。

ジェームズはやすやすと塀によじのぼった。ガラスの破片から両手を守るため、特製の革手袋をしていた。塀を越え、ハイビスカスの茂みのあいだに静かに着地すると、息を殺して様子をうかがう。警護員らに気づかれた気配はなかった。潜入の第一歩は成功した。

ジェームズは地面に身を伏せ、つぎの動きを考えた。警護員らの注意をひかずにこれ以上建物に近づくのはむずかしい。しかしあと三十分ほどで警備・警護要員の夜の十二時の交替時間がやってくる。全員が入れ替わる二、三分のあいだに、なんとか気づかれずに建物まで行けるにちがいなかった。スヴォーロフはおそらく居間にいるのだろう。あるいは、すべて平穏無事な場合には、プールぎわの正面の芝生に出ているということもありえた。もし外に出ていたら、ジェームズがスヴォーロフと言葉をかわすこれ以上の好機はない。

ジェームズはみずから自身に課した任務について考えた。彼はスヴォーロフをKGBの魔手から守るだけでなく、ラングレーにいるモールの正体もつきとめなくてはならないのである。スヴォーロフがモールの名前を知っている可能性はまずなかった。知っているなら、とうにワシントンに警告しているはずだからである。それでも、モールがいることには気づいていたかもしれない。あるいは、すくなくとも、いるのではないかと怪しんでいて、正体をあばく手がかりとなりそうな有力な情報を収集していた可能性はあった。

だが、はたしてスヴォーロフと言葉をかわすチャンスはつかめるだろうか？　スヴォーロフは協力するだろうか？

明るい照明のともる駐車場で、突然車のエンジンをかける音がひびいた。一台、また一台とつづき、三台の車のエンジンがうなりだした。驚いたジェームズは腕の時計に眼をやり、眉をひそめた。零時五分まえである。つぎの警護につく一団はまだ到着していない。だが、何者かがもうエンジンを暖めているのだ。いったいどういうことだ？　ジェームズは注意深く身を起こして立ちあがった。なぜ駐車場にとめてある車のエンジンをかけたりするのだ？　駐車場に待機させてある車は、非常の場合にのみ使用することと、はっきり内規にうたってある……非番となる警護員らは、つぎの一団が乗ってくる車でもどることになっているのだ。なんともおかしな事態がもちあがっていた。

ジェームズの左方で足音と低い話し声がきこえ、駐車場へ急ぐ人影が二つはっきりと見えた。代わりの者は依然現われない。二人の警護要員が持ち場を離れていくだけなのである。事態がのみこめず、ジェームズは木立の陰にまぎれながら、そっとあとを追った。さいわい、黒装束が格好のカムフラージュとなった。駐車場に接する小さな木立の端に身を潜める。三台の車――アメリカ製の大型リムジン一台と二台のプジョー――はほんの数ヤード先である。ジェームズがあっけにとられて見守るまえで、警備・警護要員は待ちうける車につぎつぎに乗り込んでいった。やがて車は一台ずつ、車道の砂利をけり、あけられた門を抜けて消えていった。あとには一人も残らなかった。建物の外の警備・警護要員が全員、門も閉めずに帰ってしまったのである！

故意にではないか？

突如恐ろしい疑惑がジェームズをおそった。彼は姿を見られる危険も忘れて建物へ突進してゆき、窓をのぞきこんだ。部屋の照明は明るく、大きな電気ヒーターのそばの肘掛け椅子に、アルカージー・スヴォーロフがかけていた。

グレーのコットンのシャツに厚手のウールのズボン、それに茶のヴェストという服装である。ひざの上には本がひろげてあったが、両眼は大きな窓をじっとにらんでいた。ボディガードのふたりは近くにかけていた。ひとりはぎすぎすした顔の骨ばった男で、ソファーの黄色いクッションに背をあずけ、両足を丸いコーヒーテーブルにかけて、タバコを吸っている。ひざには拳銃が一挺のっていた。もうひとりは所在なげに雑誌をめくっていた。ジェームズの立っている場所からは、がっしりした背中と、うなじにかかるごま塩の髪が見えるだけである。

若いほうのボディガードが何か言い、ごま塩頭のエージェントが振り返った。その顔はジェームズの知っている顔だった。保安部の中年のエージェント、バート・ブシンスキーである。部屋のなかの三人の男たちはいかにものんびりとくつろいでいる様子で、さながら長い冬の夜をともにすごす親しい友人同士のようだった。

そのとき、あいている門めざして丘を登ってくる何台かの車の音を、ジェームズの耳はとらえた。だが、それらの車の音を聞くまでもなく、ジェームズにはすでにすべてがあきらかだった。第二ラウンドはラングレーの裏切り者がとったのだ。スヴォーロフ暗殺のお膳立てはととのったのである。

ドアに体当たりしたが、鍵もかかっていなかった。ブシンスキーが真っ先に立ちあがった。すでに銃を抜いている。ジェームズだと知ると、彼はびっくりして眼をむいた。「ジェームズ！　いったい……」

「ここを出るんだ！」ジェームズはスヴォーロフに向かって叫んだ。が、スヴォーロフは怪訝《けげん》そうにジェームズを凝視するだけだった。「早く彼をここから出すんだ！　襲撃される！」三人の反応を待たず、ジェームズはきびすを返すと、門に向かって突進した。彼が門にたどり着くのとほとんど同時に、丘を登ってきた車二台が最後の角を曲がり、そのヘッドライトが門を照らし出した。ジェームズはかんぬきをつかむと鉄の扉をたたきつけるように閉め、塀にうめこんだ輪にかけてある大きな南京錠をとって扉の穴に通し、ばちんとかけた。接近してくる二台の車はシトロエンだった。その一台が扉からほんの数ヤードまで迫る。ジェームズは身をひるがえし、砂利の上をころがって一本の灌木の背後にかくれた。彼のパイソンの銃口はすでに門を向いていた。

先頭の、巨大なひきがえるのように醜悪なシトロエンが、錠のおりた扉のまえにとまった。四つのドアがいっせいにひらき、狭い道の両側の茂みのなかにいくつかの人影が消える。そのときはっきりと、ロシア語で叫ぶ声がきこえた。ジェームズの疑惑がずばり当たっていた。警護員らの引き揚げはやはり仕組まれたものなのだ。ソ連エージェントの一人が門に体当たりした。が、重い鉄の扉はわずかに震えただけだった。南京錠をさぐる人影に向かってジェームズのパイソンが二度火を噴いた。が、はずれる。ただちにソ連エージェントらも応戦し、ジェームズの方向にいっせいに弾丸をあびせてきた。身を伏せたジェームズがふたたび顔を上げたとき、門のまえにいる男が南京錠に数発弾丸を撃ち込んだ。ジェームズがさらに二発撃ったときには、門はすでに半分ひらいており、先頭のシトロエンが前のバンパーで乱暴に扉を押しあけながら進入していった。

車はジェームズをかすめるようにして通りすぎた。ジェームズはあやうく轢《ひ》かれるところだったが、引き金は引かなかった。無駄だったからだ。乗っているのは運転手だけで、あとの四、五名はすでに建物を襲撃しているのである。二台めのシトロエンもう門のところに来ていた。この車にはエージェントらが乗っているのを見ると、ジェームズはこんどは木陰から躍り出て銃をかまえ、運転手に狙いをさだめた。と、シトロエンは急にタイヤを鳴らして左に曲がり、砂利をはね上げ、車道沿いの生垣を突き破り、タイヤの跡を残しながら芝生にはいっていった。ドロレス荘を脱出するあとただ一つのルート、プールと崖を見わたす表側をふさごうというのだ。それを見たジェームズの行動は考えるより早かった。相手の意図をつかむかつかまぬうちにもう片ひざをつき、まっすぐのばした両手でパイソンをしっかりと安定させていた。照準用のうねのある銃身の先端は、シトロエンの後部バンパーの約二インチ左下にわずかにのぞいている金属のケースにぴたりと向けられた。燃料タンクである。

パイソンはふたたび二度火を噴いた。タンクは轟音をあげて爆発し、車はたちまち咆哮をあげるオレンジ色の火柱につつまれた。人影が一つ、二つ、悲痛な叫び声をあげながら炎上する車から芝生に転がり出る。車はそのまままっしぐらに突き進み、崖っぷちの低い木の柵を突き破り、暗闇のなかへ落ちていった。

ジェームズは身をかがめたまま、建物のほうを振り向いた。なかからは激しく撃ちあう銃声がきこえてくる。夢中で銃に弾をこめ、そのほうへ向かおうとしたとき、アーケードになったベランダを横切る三つの人影がジェームズの眼にうつった。三人は明るい照明のともるサンルームを通りすぎ、プールぎわを抜けて、芝生の遠いはずれにあるうっそうとした灌木の茂みに逃げようとしているようだった。ブシンスキーがスヴォーロフの腕をとり、先頭に立っていた。と、突如、若いほうのボディガードがプールの端にかがみこみ、銃をかまえた。ベランダにはつづいて三人のソ連エージェントが、発砲しながら現われた。プールの端のボディガードが撃ち返すと、いちばん先頭のソ連エージェントが銃を落としてくずおれた。それを見た仲間のソ連エージェントふたりは、すぐさまプールの端に銃口を向けた。つぎの瞬間、若いほうのボディガードの苦悶の声を、ジェームズははっきりと聞いた。痩身のボディガードは全身をつっぱらせて立ち、酔ったように前後にゆらいだかと思うと、暗いプールのなかに水しぶきをあげて落ちた。ジェームズも発砲した。スヴォーロフとブシンスキーを掩護するためである。ふたりはもうあとわずかで灌木の茂みに達しようとしていた。が、突然ブシンスキーのほうがよろめき、軀を海老のように折り曲げて倒れた。つづいてスヴォーロフも銃弾を受けた。右の腿をつかみ、ゆっくりとひざをつく。

ジェームズは二人のソ連エージェントにパイソンを向け、よく狙いも定めずに発砲しながら、倒れたスヴォーロフめざして芝生を突っ走っていった。と、ソ連エージェントの一人が、やはり同じほうに走りだした。ジェームズがあとわずかで到達しようというとき、スヴォーロフがふらふらと立ちあがった。スヴォーロフは、近づいてくるとがったかぎ鼻の、顔の青白いソ連エージェントを見つめたかと思うと、そのほうへ一歩踏み出した。

「カリーニン！」

カリーニンの銃から閃光が走った。

スヴォーロフは腹を押さえ、地面にどうと倒れた。ジェームズは本能的にスヴォーロフの上に身を投げ出し、カリーニンに向かって撃ち返した。カリーニンは退きながらも発砲しつづけ、スヴォーロフを狙ったその数発の弾丸がジェームズの肉をつらぬいた。ジェームズは胸に、そしてさらに左腕に焼けるような鋭い痛みを感じた。苦痛にあえぎながら、それでもなお何度か引き金を引こうとしたが、手がふるえ、視界がしだいに赤くかすみはじめた。背後で弱々しくうめくスヴォーロフの言葉が、耳元近くできこえてくる。「カリーニン——プレダーチェリ……プレダーチェリ……」ジェームズは力をふりしぼって上体を起こし、地を這いながら灌木の茂みのなかにスヴォーロフを引きずりこんでいった。ふたたび起こった背後の銃声に、やっとの思いで振り返る。一瞬、暗がりのなかにカリーニンの青白い顔を見たような気がしたが、それもすぐにかすみ、自分が死ぬのは時間の問題と、ジェームズは悟った。

そのとき、ひどく遠くから、車のクラクションがきこえたようだった。が、つぎの瞬間には、灌木の茂みを強烈なライトが照らし出し、ジェームズの耳のなかでエンジン音がとどろいた。彼はただじっと横たわるのみだった。車は数ヤード離れたところにとまり、それと同時に人の叫び声や銃声がぴたりとやんだように思えた。意識を失うまえ、ジェームズが最後に見たのは、声を震わせて必死に彼の名を呼ぶシルヴィーの、恐怖と不安に大きく見ひらかれた眼だった。

第四部　金のライターを持つ男

12　屈狸《くずり》

　電話が鳴ったとき、ドクトゥール・ファビアニは、シャルドン＝ラガシュ通りの高級アパートの自宅で昼食を終えようというところだった。「わたしが出る」カマンベール・チーズの最後の一切れを急いでのみこみ、自分のイニシアルの縫いとりのあるナプキンで口をぬぐうと、ファビアニは言った。妻のアン＝マリーも息子たちも、電話が載っている小さな飾りだんすのすぐ近くに立っているメイドさえも、電話にほかの者を出したがらないファビアニの態度を少しも不思議に思わなかった。かつて反ドゴール派の地下組織に属していたフレデリック・ファビアニは、追われる者の習性がいまだに抜けきらないのである。

　ファビアニは受話器をとりあげ、「ドクトゥール・ファビアニです」と、抑揚のない平板な声でこたえた。

「フレデリック？　わたし。アグネス」決して忘れることのできない、過去からの声だった。ファビアニはひそかにアン＝マリーのほうをうかがい、当惑した様子で半白の髪をかいた。アグネスと、名前を呼ぶわけにはいかなかった。すくなくとも妻のいるまえでは呼べない。といって、〝伯爵夫人《マダム・ラ・コンテス》〟では堅苦しすぎる。

「マダム・ド・セリニー」彼は思いきって言った。「お久しぶりですねえ」

アン＝マリーが、さぐるような眼を彼に向けた。やはりアグネスとの仲を疑っているのかもしれない、とファビアニは思ったが、妻はこれまでそんなことは一度も口にしたことがなかった。それに、彼とセリニー家との特別な関係はよく知っているのである。

「フレデリック、わたしからこんなふうに電話すべきでないのはよくわかっているわ。でもどうしてもあなたの力を借りるほかに方法がないので——大至急」

「シルヴィーに何か——？」いつか夕刊で、シルヴィーがロンドンで殺人事件に巻きこまれたというようなことを読んで以来、彼は何も聞いていなかったのである。

「いいえ、シルヴィーは何ともないの、幸い《グラース・ア・デュ》に」そう言って、アグネスはすぐさま言いそえた。「わたしもとても元気。あの……ちょっと……知り合いの人なの」

「ほんとにそんなに急を要する状態なんですか？　いまちょっと忙しいもので……」

「フレデリック、命にかかわる状態なんです」アグネスは必死になって言った。「ほかに頼めるお医者さまがいないの……一刻を争うと思うので……困ったときは、あなたに頼めば必ず助けてくれるって、いつもユーゴーが言ってたものだから……」

セリニー家への恩義をもちだされてはもはや否も応もなかった。

「伺いますよ」ファビアニはすぐさま言った。「何をさておいても伺います」いまはアン

＝マリーだけでなく、息子たちまでが詮索顔で彼を見ていた。「症状を言ってもらえますか？」急いで言いそえる。

「怪我なんです」ちょっとためらってから、アグネスは言った。「あなたが昔よく手当てしたような怪我なの、フレデリック」

銃創なのだ。なるほどほかの医者には頼めないわけである。銃弾による傷の手当てをした医師は、どんな場合でもただちに警察に届ける義務があるのだ。「出血はひどいんですか？」

「ええ。出血と、それに痛みもひどいらしいの」

ファビアニはちょっと考えた。「あの自動車事故のあと処方してさしあげたモルヒネの錠剤はいまも服用していますか？」

「いいえ、もちろんもう飲んではいないわ……あの傷はもうとうに治ったんですもの」アグネスのこの最後の言葉には二重の意味があることを、ファビアニは感じた。

「それじゃあ……睡眠薬は飲んでますか？」

「ええ」

「何を？」

「ラーガクティルを五十ミリグラム」

「それでけっこう。それを二錠飲ませて、もしあまり効かないようなら、一時間後にもう一錠やってみてください。遅くとも四時までには伺いますから」

「ありがとう、フレデリック。心からお礼を言うわ。やっぱりあなたに頼んでよかった」
「どうかお気遣いなく」電話を切ると、ドクトゥール・ファビアニは妻を振り返った。
「すまない。セリニー城で急患なんで、すぐ行かなくてはならないんだ」
アン＝マリーはテーブルを立ち、愛想よく言った。「もちろん行ってあげなくては。あちらがあなたにしてくれたことを考えたら、どんなことだって断わるわけにはいかないわ」

南自動車専用道路《オートルート・デュ・シュド》のランプめざしてパリの街路をプジョー604で抜けながら、フレデリック・ファビアニは、彼が思っている以上に妻のアン＝マリーは知っているにちがいないと考えていた。

アグネス・ド・セリニーは受話器をもどすと、娘に向かって、「来てくれるわ」と、言わなくとももう電話でのやりとりからわかっていることを言った。「大丈夫よ」

シルヴィーはうなずいたが、彼女自身もみじめな状態だった。疲労と心痛から顔はやつれ、眼は血走っていた。レンタカーのメルセデスの後部座席に意識のないジェームズを乗せて十二時間運転しつづけ、精も根も尽きはてた状態でようやく何の前触れもなく家の門のまえに立ったのは、つい三十分ほどまえなのである。母親のやつぎばやの質問をすべて無視して、シルヴィーはただ静かに、「お願い、お母さん、お手伝いの人たちにはずしてもらって」とだけ言った。そして母とふたりきりになると、ジェームズを二階のいちばん上等の寝室へ運び入れたのだった。

負傷した男を運ぶシルヴィーに手を貸しながらアグネスは、いまは娘を叱るときではないと自分に言いきかせた。しかし、一緒にいた若い男が刺殺されたという恐ろしい新聞記事を読んでから、まったく何の消息もなかったこれまでの二週間というもの、オルレアンのかかりつけの医者に睡眠薬と鎮静剤をたっぷり処方してもらったにもかかわらず、彼女は心身ともにずたずたといった状態だったのである。それでも、突然現われたシルヴィーと向かいあったときは、すくなくとも外面は平静をよそおった。いつもとちがうところがあったとすれば、たぶんふだんよりちょっと強く抱き寄せたことぐらいだろう。しかしそれはすべてうわべだけの、まったく己を偽った不自然な行為だった。だがそうする以外に、彼女は娘にどう対したらよいのかまったく見当がつかないのだ。シルヴィーの愛をずっと昔に失い、それを自身の責任とする彼女は、娘の気持ちをどうとりもどしたらよいのか、いまだにわからずにいるのである。

アグネスはいまはただ、娘にとって非常に大切な存在と見えるこの若い負傷者を救うことだけを考えることにした。彼女は自分のバスルームへ急ぎ、薬箱をあけ、睡眠薬のはいった小さな瓶をとり出した。「これを二錠飲ませてあげなさい」シルヴィーがすぐコップに水をくみ、ジェームズのいる寝室へ走ると、アグネスもつづいた。しかしシルヴィーは、あまりに手がふるえてうまく薬を飲ませることができなかった。それを見てアグネスが、「わたしにやらせて」と言うと、シルヴィーはすなおに任せた。

アグネスはジェームズが錠剤を飲みこんだことをたしかめると、立ちあがり、娘にやさしく微笑みかけた。「このままそっとしといてあげましょう。これで二、三時間眠るでしょうから」

シルヴィーはかぶりを振った。「わたし、ついてるわ」

アグネスは娘の頬をそっとなでると、小さな自室へしりぞいた。自室は、この長い孤独な年月のあいだ、彼女がさまざまな事柄から逃避してきた場所だった。窓ぎわの肘掛け椅子に沈みこむ。が、すぐにまた立ちあがり、両手を絞るようにもみながら、部屋を行ったり来たりしはじめた。とてもじっと座ってなどいられない気持ちだった。負傷した男を連れてのシルヴィーの突然の帰宅、何年ぶりかで聞いたフレデリックの声――彼女の疲れた神経には耐えられそうもないようなことがつづいて起こったのである。それでなくとも、夫の死、自身の不幸、そしてシルヴィーのたび重なる悲劇とあまりにもつらいことがつづくので、最近彼女は、セリニー家は呪われているのだとさえ思いはじめていたのだった。

アグネスは暖炉の上の壁に埋めこまれた四角い金縁の鏡のまえに立ち、そこに映っている自分の姿を自虐的な思いで見つめた。不幸という重荷に容赦なくうちのめされ、かつては自分でも美しいとさえ思った顔が見る影もない。唇は微笑みを忘れ、彫像のようだった八頭身もいまでは見ちがえるほど胸のうすい、やせこけた軀に変わっていた。

すべては一九六一年、フレデリックが初めて彼女のまえに現われたあの夜、始まったのである。夫のユーゴーがフレデリック・ファビアニを城に、彼女の生活のなかに連れこんできたときのことを、アグネスは思い出した。アルジェリアで戦闘部隊の将校として軍務にあったユーゴーは、植民地の独立を認める政府の計画に反対で、アルジェリアはあくまでもフランスのものとしておくべきだという考えだった。そのため、長年ドゴールのために献身的に尽くしてきながら、当時過激な反政府活動を展開していた中核的国家主義者たちの地下組織グループ、秘密軍事組織《オルガニザシオン・ド・ラルメ・セクレト》にひそかに協力していたのだった。その秘密組織OASの一員だった若い医師フレデリック・ファビアニは、爆弾闘争や政府役人の暗殺計画に関係していて、失敗に終わったドゴール暗殺計画にも参画したともいわれていた。「問題が片づくまで、城にかくまってやってくれ」――フレデリックを紹介すると、夫は彼女にそう言った。

ユーゴー・ド・セリニーは、翌朝アルジェリアの自分の部隊へもどっていった。そしてそれからまもなく、当然起こるべきことが起きてしまったのである。アグネスは孤独で、退屈していた。はるか遠くの夫が恋しくてならなかった。人生が自分を素通りしてしまっている――そんな気がしていた。そしてすぐそばにはフレデリックがいた。色の浅黒いハンサムな異性の情熱的な黒い眸《ひとみ》が、屈託《くったく》のない笑みが、しなやかな若い軀が、手をのばせばとどくところにあったのだ。ふたりの情熱はたちまち火のように燃えあがり、それから数カ月のあいだ、アグネスはふたたび生きているという実感と幸せのようなものを感じたのだった。ところがある夜、九歳になったばかりの幼い娘が目をさまし、ふたりが身を焼きつくさんばかりに愛しあっているアグネスの部屋にはいってきたのである。シルヴィーは悲鳴をあげて走り去った。アグネスは、不意の出来事にすっかりうろたえ、良心の呵責にさいなまれながらも、そのあとを追ってシルヴィーの部屋に行き、なんとかなだめようとした。だがシルヴィーは小さなこぶしを振りまわして寄せつけず、激しく泣いて父を求めた。疲れはてたシルヴィーがようやく乳母の腕のなかで眠ったのは、夜が明けそめてからだった。

一週間後、陸軍大臣の署名入りの一通の公式電報が届いた。内容は、アルジェリアにおける最近の戦闘で御夫君が戦死されたことを謹んでお知らせする、というものだった。それを読んだアグネスは階段を駆けおり、庭へとび出すと、小さなサンビーム・ルノーで城から走り去った。事故は城からほんの一マイルも離れていない所で起こった。道路端のオークの木に激突した小さな車はめちゃめちゃにつぶれていた。残骸から引きずり出されたアグネスは、命はとりとめたが、両足と肋骨が何本か折れていて、何カ月もの長いつらい日々を病院のベッドでまったく動けずにすごさねばならなかった。事故の原因については、彼女は口をとざして何も言わず、自殺しようとしたとは最後まで認めなかった。

アグネスが病院からもどったときには、フレデリック・ファビアニの姿はすでに城になかった。アルジェリア戦争の終結後、政府の恩赦がくだり、彼は妻のもとにもどって、フランス国内に腰をすえたのである。シルヴィーはしだいに落ち着き、砕け散った母娘の生活を少しずつでもつくろおうとするアグネスの努力に、しぶしぶながらも協力するようになった。しかしいまもなお、娘の眸の奥の深い傷跡を眼にするたびに、アグネスは娘の愛情を永遠に失ってしまったのだと思い知るのだった。

そのとき、ブルーのプジョーがすべるように中庭にはいってきた。車から現われたドクトゥール・ファビアニの姿を見ると、アグネスは出迎えるため部屋を出た。

ドクトゥール・ファビアニがジェームズの部屋を出たときは、すでにあたりが暗くなっていた。つづいて出てきたシルヴィーのブラウスには、血のしみがこびりついたままだった。「シルヴィーはすばらしい看護師さんになれるね」ファビアニはバスルームに向かいながら、あとにつづくアグネスに言った。シルヴィーもふたりに加わり、ファビアニが手を洗うあいだ、ドアの枠にぐったりと寄りかかっていた。

「どんなぐあい？」アグネスがたずねた。

「大丈夫。弾は三つとも除去した。腕から一つ、胸から二つね。相当出血はしたが、彼はもちこたえるだけの体力がある。二週間で起きあがり、ベッドを離れられるようになる。必要なのは休息と、それにまあ、絶えず注意を払って看護してやることだが――」そう言って、ファビアニはシルヴィーを見て微笑み、「それはまず心配ないだろう」

「今晩はついていてくださる？」アグネスはきいた。

ファビアニは首を振った。「いや、その必要はない。あすまた来よう」

アグネスはファビアニのコートをとってくると、「車までお送りするわ」と言って、ショールを肩にかけた。

シルヴィーは、ルネサンス様式の広い階段をおりていくふたりを考え深げに見守ってから、ジェームズの部屋へ急いだ。鎮静剤の効果が薄れはじめたらしく、ジェームズは全身をふるわせて、何やら聞きとれない言葉をつぶやいていた。シルヴィーはかたわらに座り、彼の手をとった。「ジェームズ。ジェームズ、わかる?」

ジェームズの眼がひらいた。二、三度またたいてから、ゆっくりと部屋の明るい照明のほうを向く。瞳孔がひらいていて、薄い膜がかかっているようだった。

「ジェームズ、わたしよ」シルヴィーは重ねて言った。「わたし、シルヴィーよ」

ジェームズはうなずき、シルヴィーの手のなかの彼の指先に、かすかに力が加わった。

「あかりを……」彼はつぶやくように言った。「眼が痛いんだ」

シルヴィーは照明を消して、ベッドにもどった。月光がボイルのカーテンのすき間からさしこんでいた。

ジェームズの顔が、枕の上で左右にくり返し動いた。「どこなんだ……どうなったんだ?」

「口をきかないで」シルヴィーは急いで言った。「わたしが何もかも話すわ。わたしたちはいま、オルレアンの近くの母のところにいるの。ゆうべあなたはドロレス荘で怪我をして、わたしがあなたをここへ運んで、いまお医者さんに診《み》てもらったとこ。もう大丈夫、心配ないわ」

「ドロレス荘……あそこでどうなったんだ?」

「わたしはあなたに言われたとおり外で待ってたの」話してもはたしてジェームズにわかるかどうか確信は持てなかったが、シルヴィーはつづけた。「そうしたら、車の来る音がきこえたかと思うと、さかんに銃声がしはじめたでしょう、わたしあなたのことが心配で、どうしていいかわからなくて……だって警察を呼びに行く時間はないようだし……とにかくもう怖くて、頭が混乱してしまったの。それで無我夢中で車に乗って、クラクションを鳴らしながらドロレス荘に近づいていったわ。そうしたら門があいていたので、そのままなかにはいって、建物のまわりをまわって、表側の芝生の近くに出たの。そのときはまだ何人かピストルを撃っていたけど、わたしの車を見ると、みんな驚いて自分たちの車にとび乗って逃げていった。きっとアメリカ側の援軍が来たと思ったのね。それで、やぶのなかに倒れているあなたを見つけて、わたしはあなたを引きずって……」

ジェームズはじれったそうに指先に力を加え、何ごとかつぶやいた。シルヴィーは彼の口元に耳を寄せた。

「スヴォーロフ……」ジェームズのささやくような力のない声は言っていた。「スヴォーロフ……彼はどうした？」

「スヴォーロフ？」シルヴィーは一瞬ぽかんとした。「知らないわ、ジェームズ。スヴォーロフはどこにいたの？」

「ぼくのそばだ……茂みのなかの……」

血の海に横たわる半白の髪の男のイメージが、シルヴィーの脳裡によみがえった。

「ええ、あそこにいたわ、ジェームズ——茂みのなかに。でもわたし、知らなかったから
そのままにしてきたわ」
ジェームズは唇を動かしたが、声にならない。ようやくどうにか苦しげな声を発した。
「スヴォーロフは生きてるのか？」
シルヴィーはその半白の髪の男があえいでいたのを思い出したが、なにしろひどい血の
海だった。
「さあ、どうか」シルヴィーは答えた。「わたしにはわからないわ、ジェームズ」
二日後早朝、シルヴィーはオルレアン中央郵便局の電話室にはいった。よれよれのブル
ーのエプロンをつけたかなり年配の電話交換手が、同様に年を経た交換台のむこうに座っ
ていた。シルヴィーは彼女にワシントンの番号を渡し、電話がつながるのを待っている人
たちの列に加わった。
「ワシントンのかた、三番のボックスです」数分後、交換手が大声で言った。
シルヴィーは狭いボックスにはいり、受話器をとりあげた。「はい？」落ち着いた声が
こたえた。
「ユナイテッド製鋼《スチール》のジーン・アッカーマンさんでいらっしゃいますか？」彼女はきいた。
一時間後、シルヴィーは軽い足どりでジェームズの部屋にはいった。ジェームズはまだ
体力がもどらず、ひげもそってはいなかったが、両眼はきれいに澄み、なんとか上体を起

こして右肘で支えることもできるようになっていた。もっとも最初にそうしたときは、かなりの激痛を伴ったようではあった。

「わかった？」依然弱々しい声である。

「彼、生きてるわ、ジェームズ」シルヴィーは元気よく言った。

「よかった」ジェームズは吐息をつきながら言った。「よかった。あれからどうなったんだって？」

「あのあなたのお友だち、ほんとに口が堅かった。やっとなんとか聞き出したところによると、あの撃ち合いの数分後に警護の人たちがドロレス荘に到着したらしいの。そしてスヴォーロフを見つけて、急遽《きゅうきょ》フランス国外へ連れ出したんですって。いまは病院で、危篤状態だそうだけれど、助かる見込みは充分あるらしいわ」

「どこなんだ？」ジェームズはたたみかけるようにきいた。「どこの病院なんだ。KGBはまたスヴォーロフを狙う」

シルヴィーはただ肩をすくめるだけだった。「教えてくれないのよ、ジェームズ――どうしても言えないって」

「モールのほうは？　見当は？」

シルヴィーは顔を曇らせ、ゆっくり首を左右に振った。

ジェームズは、起こしていた上体をどさりとベッドに横たえ、途方にくれた様子でシルヴィーを見上げた。「シルヴィー、奴らはまたおんなじことをやろうとするよ！」

シルヴィーはジェームズをじっと見つめた。と、つと身をかがめると、彼の頬に唇を押しつけた。「ジェームズ」彼女は静かに言った。「もうあきらめたら？　忘れるわけにはいかない？　あなたはもう少しで殺されてたのよ。こんどはほんとうに殺されてしまうかもしれないわ。あんな殺し合いはやりたい人たちに任せるのよ。お願い、ジェームズ、もう十字軍のまねはやめて、危ないことは……」

ジェームズは青ざめた顔を激しく左右に振った。「いや……だめだ……そういうわけにはいかない。奴らはスヴォーロフを殺す。それがわからないのか？　ラングレーにはモールがいるんだ。そいつはまたスヴォーロフを殺すお膳立てをする……それを暴けるのはぼくしかいない。なんとかジーンに話さなければ……ジーンに……」

シルヴィーは静かな口調を変えずにジェームズの言葉をさえぎった。「あなたの考えてることはわかるわ、ジェームズ。ジーンによく話して、スヴォーロフの居場所を聞き出すっていうのでしょう？　でも彼、電話ではどうしても言わないのよ」

「じゃ、これからすぐワシントンへ行く」ジェームズは毛布をはねのけ、包帯がぐるぐる巻かれた胸をさらけだした。そして軀を起こそうとして、苦痛にあえいだ。「くそっ！」腹立たしげにうめき、枕に頭をおとす。しかめた顔からは、無理な動きと激痛のためすっかり血の気がひいていた。

シルヴィーはジェームズのかたわらにひざをつき、タオルをとって彼のひたいの汗をやさしくぬぐった。「あなたがワシントンへ行くのは無理よ、ジェームズ。まだ体力が回復してないんだから。ここで療養してるしかないわ」

「しかし……」

「お願い、もっと冷静になって。ばかを言わないの。とてもワシントンへ行くなんて無理よ。それに、あなたはどこでも警戒されてるわ。空港でつかまって、それでおしまいよ」

「シルヴィー、これは重大なことなんだ、わからない？」

「わかってるわ。わかってますとも」シルヴィーはひとつ大きく息をすると、決然と胸を張った。「わたしに任せて。あなたのぐあいがよくなりしだい、わたしがワシントンへ行くわ」


作戦担当次官ロバート・オーエンは長官秘書のオフィスで無造作にキャメルのコートをとると、足早に長官室にはいった。「遅れて申し訳ありません」

会議に召集されたほかの幹部はすでにみな顔をそろえていて、オーエンが最後だった。ハーディ長官が、どうしたという顔で彼を見た。「ベセスダに行ってたのです——病院に」オーエンは乱れた髪をなでつけながら説明した。そしてちょっと間をおいてから、静かにつけ加えた。「バート・ブシンスキーがけさ亡くなりました」

「なんてこった！」ロジャー・タフトがうなった。「これで二人死亡、スヴォーロフが昏睡状態ということになる。作戦本部の不手際は否めませんな」

作戦担当次官とF3の課長が非難をぶつけあってCIA内部の伝統的な確執に火をつけ

かねない気配に、ウィリアム・ハーディがすぐさまあいだにはいった。

「ブシンスキーはいい男だった」長官は声をおとして言った。「わたしも作戦本部にいた頃何度か一緒に任務についたことがあるんだ。家族はいるのか？」

ロバート・オーエンが咳払いして答えた。「妻と十五歳の息子、それに大学生の娘がいます」

ハーディはうなずいた。「ロバート、きみが通知の手紙を書いてやってくれないか？　わたしが署名する」

オーエンはアタッシェケースからとり出したファイルの一冊をすでにぱらぱらと繰っていた。「ブシンスキーは表彰に値すると思います――いい仕事をしてますから」

ウィリアム・ハーディはふたたびうなずき、「情報功労章《インテリジェンス・メダル》を申請しよう」と言うと、その話はこれでうちきるというように両方の手のひらをデスクの上に押しあてた。「息をひきとるまえに、ブシンスキーは何か言ったか？」

ロバート・オーエンは肩をすぼめた。「機内で言ったことをおもにくり返しただけでした。つまり、ジェームズ・ブラッドリーが突然現われて……」

「ああ、ああ、わかった」ハーディはオーエンの言葉をさえぎった。「まったくあのブラッドリーの奴は！　あの大ばか者にもインテリジェンス・メダルを申請しなきゃならんのかな？」

「あの大ばか者が、結局のところ、スヴォーロフの命を救ったのですからな」ロジャー・

タフトが鷹揚《おうよう》に言った。

「そのとおりだ」ウィリアム・ハーディは椅子を回転させてタフトのほうを向くと、平常の声にもどって言った。「まったくあの男のおかげだ。もし居場所がわかってつかまったら、わたしがこの手で勲章のリボンをあいつの胸にとめてやるよ」と、急に、ハーディの声が怒りをおびた。「ただし、鉄格子のなかでだ！　必ずほうり込んでやる。罪名は反抗、逃亡、機密情報の不法取得と不法使用、情報活動妨害、それから……」

「いまどこらあたりにいるのかね？」窓ぎわの席で成りゆきを見守っていたUSSR部部長ジェフ・クロフォードが、ブラッドリーの上司のロジャー・タフトに向かって口をはさんだ。

タフトは肩をすぼめた。「わからない。長官に電話をかけてきたのが最後で、その後何の連絡もないんだ。襲撃のあった日にフランスに飛んだものと見当をつけているんだが――いまたしかめている」

「空港に記録はないのか？」クロフォードは眉をひそめた。

「ない。偽造パスポートを使ったことはまちがいない。娘もたぶん一緒だろう。フランス警察とボーリユー近辺のホテルに照会中だ。二、三日うちには何かわかるはずだ」

「しかし、いちばんの問題は、スヴォーロフがボーリユー・クランツが言った。うして知ったかだろう」情報担当次官のハーバート・クランツが言った。

「そういえば、妙な噂を耳にしましたよ」ジェフ・クロフォードが、ウィリアム・ハーディを意味ありげに見ながら、ゆっくりと言った。「ブラッドリーが、長官、あなたに電話したとき、このラングレーにソ連のモールがいるということをはっきりと言明したという噂なんですがね」

「もし彼からそういう報告があったなら――」ハーディは冷たく事務的に答えた。「当然、現在調査がおこなわれている。もしブラッドリーがほんとうにそう言ったのだったらな」

長官は念を押すようにくり返した。

「もしブラッドリーがほんとにそう言ったのだったら――」ジェフ・クロフォードは長官をまねるような口調で言った。「彼の主張は正しいということになりますな。だれかがソ連側に、スヴォーロフがドロレス荘にいることを知らせたことはまちがいありませんから。そうじゃありませんか？」

「ジェフ、その話は調査中ということでもういいじゃないか。きみがいま言ったようなことはうかつに口にすべきことじゃない」そう答えると、ウィリアム・ハーディはジェフ・クロフォードに背を向けた。「ソ連側がどうやって情報を得たか、何か心当たりはあるか、ハーバート？」

ハーバート・クランツは親指と人差し指で小さな輪をつくった。零という意味である。

「まったくありません。われわれにわかったのは、同日の朝、ソ連の襲撃チームが到着したということだけなんです。先発工作員が九名、後方支援の予備エージェントが五名です。工作員九名の足としてシトロエンを二台借りてます。そのうちの一台が爆発して先発工作員のうちの四人が死に、さらに門のそばで一人、表側の芝生で一人死んでました。負傷者はわかりません。たぶん引き揚げるときに連れていったのでしょう」

「しかし、ドロレス荘はなぜ無防備になっていたんですかな？」ロジャー・タフトはロバート・オーエンに一発ジャブを見舞わずにはいられなかった。

「警護要員の交替時にちょっと混乱があったようなのだ。原因の一つはつぎの組の到着の遅れらしいのだが、なぜ遅れたのかいまもってわからない。そしてその遅れを知らない後方基地のだれかが、ドロレス荘に詰めている組に電話し、ただちに引き揚げるように命令している。そのため、引き揚げと到着のあいだに十五分の空白時間が生じてしまった。これもいま調査中だ」

「もしここにモールがいれば、簡単に手配できたでしょうな」ジェフ・クロフォードがまた一言はさんだ。

とたんに、無気味な沈黙が室内を支配した。

「また同じことが起こらないとどうして言えます？」クロフォードはつづけた。「スヴォーロフは生きている。連中がまた襲撃をくり返さないとどうして言えます？」

ハーディはクロフォードを見ずに答えた。「あらゆる予防策は講じてある。この部屋にいる人間すらもほとんどがスヴォーロフの現在の居所を知らない。F3からスヴォーロフ担当の特別チームを編制した。このチームの者はわたしとだけ連絡をとることになっている」

「それはけっこうですな」クロフォードは言い、それからまたちくりと一突《ひとつ》きした。「いずれにしても、何かあった場合には、またわれらのジェームズ・ブラッドリーがどこからともなく現われて助けてくれるでしょう」

ハーディはちょっと顔色を変えたが、何も言わなかった。ふつうの情況なら――ハーバート・クランツは思った――長官はクロフォードを部屋からほうり出してるところである。だが、こんどの事態は長官にも責任があり、長官としては、このうえ部下の一人とおおっぴらに口論してさらに権威を失墜する気にはなれないのだ――そう読んだクランツは、そろそろ話題を変えて時限爆弾の信管をはずすべき頃合と判断した。「この辺で、ブラッドリーがどうやってスヴォーロフの居所を知ったかという問題にもどろうじゃないか」

「ここのだれかから聞いたにちがいない――スヴォーロフの移送計画を知っていた者から」ロバート・オーエンが言った。

「そんな重大な機密を逃亡したエージェントに洩らす者などいませんよ」ロジャー・タフトがぴしゃりと言った。

「いない？」たっぷり皮肉のこもった声で、ハーディが言った。「さあ、どうかな、親友だったら――ブラッドリーと何度も一緒に仕事をして彼を完全に信用している者だったら、わからんのじゃないか？　ロジャー、きみはブラッドリーと親しい者を知ってるだろう？」

タフトは肩をすぼめた。「たくさんはいませんね。F3と作戦本部の五、六人てとこでしょう。スチュアート・ランジェラとカール・モートンとはかなり親しかったようです。それからアッカーマンとスチーヴンズとも何度か一緒に仕事をしてます。ロドニーとも親しかったようですが、ロドニーはドロレス荘ということを知らなかったはずです」
「ではロドニーははずすとして、ほかの者は？」
「ほかの者は——ええ、みんなスヴォーロフの居所を知ってましたね」

会議が終わったあと、出席したCIA幹部の一人はエレベーターで六階に行き、人事課にはいっていった。警備員に特別パスをちらりと見せ、現役工作員のファイルが保管されている部屋に通されたこの幹部は、数冊のファイルからいくつかの住所と電話番号を一枚の紙に引き写した。そして建物を出ると、車でワシントンに向かい、途中のガソリンスタンドの公衆電話から一つのローカル番号にダイヤルをまわした。三十分後、彼はジョージタウンの静かなカクテル・ラウンジにはいった。まもなく、ビジネス・スーツ姿の、顔色の悪い一人の小柄な男が彼に近づいてきた。会計士か書記といった感じの男である。

CIA幹部は男に手ぶりで椅子をすすめると、先刻の紙片を手渡した。「ランジェラ、モートン、アッカーマン、スチーヴンズ——この四人を一日二十四時間、張ってほしい。自宅の電話を傍受し、あらゆる行動を記録して、一日二回報告してくれたまえ。もちろん、四人のうちのだれかが異例の接触をおこなった場合には、ただちにわたしに連絡するのだ。わかったかな？」

「人はそろえられるか？　なにしろ四人だからな、大事《おおごと》だ」

「なんとかしますよ」

ＣＩＡ幹部はうなずいた。それはふたりの会見が終わったことを示す合図でもあった。

小柄な男はすみやかにその場を立ち去った。

黒人のウエートレスが、シーバス・リーガルのダブルをテーブルに運んできた。ＣＩＡ幹部は満足げにグラスの酒を一口飲むと、黒い葉巻に火をつけ、純金のライターをヴェストのポケットにしまった。


ヴォロコラムスク通りを西に向かって疾走する大型車ジル・リムジンのゆったりとした車内に、アンドロポフとカリーニンはともに無言で座っていた。敵意にみちた冷たい海に浮かぶ氷山二つといった雰囲気である。カリーニンは自分から会話をきりだそうとはしなかった。アンドロポフが、ブレジネフ書記長の別荘《ダーチャ》にカリーニンを伴ってくるよう強いられて非常な屈辱を感じていることを知っていたからである。別荘では、アンドロポフは書記長にボーリユーでの大失態について申し開きしなければならない。彼がブレジネフの不興を免《まぬが》れるには、責任をだれかほかの者に転嫁する以外になかった。そのアンドロポフの立場を弁護する重要な証人がカリーニンというわけなのだ。したがって、アンドロポフはカリーニンに借りをつくることになり、いつかそれを返さねばならない。だれにも借りをつくりたくないアンドロポフは、すでにそのことだけでカリーニンを憎悪しはじめているのである。一方カリーニンのほうは、書記長のまえに出ても何も恐れることはなかった。ボーリユーの襲撃では抜群の働きをし、実際もう少しでスヴォーロフの粛清に成功していたからである。さらにそのうえ第一管理本部本部長の彼は、自身の防護策を講じ、すでに生贄《いけにえ》を用意していた。第一管理本部作戦管理部の部長ポレヴォイを〝任務遂行におけるはなはだしい怠慢〟という名目でルビヤンカ監獄に拘禁させ、裁判にかけるばかりになっているのだ。ポレヴォイがボーリユー襲撃作戦とはまったく無関係であるということなどは問題ではなかった。

車は右に折れ、雪をかぶった樅《もみ》の並木にはさまれてまっすぐのびる細い道にはいった。この道にはクレムリンの特別警備隊を配した三つの検問所が連続して設けられており、それを通りぬけると、ようやく広壮な別荘の電気仕掛けの門に到達する。門で警衛勤務中の当直士官がふたりの身分証明書をチェックする。「まっすぐ母屋に向かって進むように」士官は運転手に指示し、後部座席のふたりには、「書記長は猟からまもなくもどられます」と言った。

「このあたり、いい獲物がいるんですか？」好奇心の旺盛な運転手のヴォロージャがきくと、士官は肩をすぼめた。

「きつねかうさぎぐらいだろうね。書記長はシベリアで猟をするほうがお好きなんだ」

車はゆっくり進んだ。と、前方のわき道からぴかぴかのリンカーン・コンティネンタルが現われ、ジル・リムジンはそのあとに従った。スイスの山荘《シャレー》を模した建物のまえのがらんとした駐車場にはいると、リンカーンは雪煙をあげて急停車した。カリーニンは笑みをかみころした。書記長が派手な車でとばすのが好きなことをよく知っていたからである。リンカーン・コンティネンタルは昨年ワシントンを訪問した際にアメリカ大統領から贈られた代物だった。

レオニード・ブレジネフは二連の散弾銃を手に車をおり、ふたりが追いつくのを待った。黒っぽい褐色の分厚い毛皮のコートを着ているため、ただでさえ太めの体型が、いっそう熊のように見えた。大きなカルパック帽も同じなめらかな毛皮で、幅の広い顔の両側に耳あてがぶらりと垂れている。

三人は挨拶をかわした。これまで何度かKGB最高会議で会ってカリーニンの顔を憶えていたブレジネフは、笑顔で彼を迎えた。カリーニンは勇気づき、思いきってきいた。

「いい獲物はございましたか、書記長?」

ブレジネフは、うむというような声を発して、リンカーンのトランクのほうをあいまいに示す身ぶりをし、手ぶらでは帰っていないことをほのめかした。「しかしこのあたりは小物ばかりでな」書記長は不満を言った。「大物が獲《と》れるのは、なんといってもシベリアだ——猟の醍醐味《だいごみ》が味わえるものな」そう言うと、着ている毛皮のコートを左手の大きなジェスチャーで示し、「どうだ、この毛皮? 全部わたしが自分でしとめたものだ。屈狸《くずり》だよ。屈狸を知ってるか、カリーニン? じつにたちの悪い奴だ。昼間はじっと森のなかに潜んでいて、夜になると獲物におそいかかる。残忍で、狂暴で、しかもそれ以上に狡猾《こうかつ》なんだ」突然、ブレジネフはアンドロポフを振り返った。「聞いたか、アンドロポフ？狡猾なんだよ。きみはぜひ屈狸と近づきになるんだな」ブレジネフの冷たく光る眼には悪意が満ちていた。アンドロポフはおもわず顔をそむけた。書記長の言いたいことは、充分すぎるほど彼の心にしみとおっていた。

ブレジネフは別荘のなかにはいり、大きな暖炉に歩を運んだ。コートも帽子もとらずに炉床のまえにひざをつき、埋もれ火をかきたてると、大きな農夫の手で、暖炉のわきの切ったばかりの薪《たきぎ》の山からよさそうなものを器用に吟味し、重さをみ、辛抱づよくくべていった。数分後には火がふたたび燃えあがり、ブレジネフは身を起こして満足そうに両手をはたいた。「さてと、それでは話を聞こうじゃないか、カリーニン」

カリーニンはアンドロポフにちらりと眼をやった。アンドロポフの顔からは血の気がひいていた。書記長は、まるでアンドロポフなど存在しないかのように彼の部下のほうに呼びかけて、意図的にKGB議長を辱《はずか》しめたのである。

カリーニンはボーリユーのドロレス荘襲撃のもようを語り、失敗した原因を分析した。「十五分間はまったく自由に行動できると聞いていたのです、書記長」彼は指摘した。「ボディガードが二人、建物内にいるだけということでした。ところが、到着してみると、警護員は二人以上おり、門には錠がかかっていて、そのうえわれわれの襲撃は予期されていたのです。それでも、まあそれだけでしたら、なんとか任務は遂行できたかもしれません。しかしそこへ、ほとんど間をおかずに新たな警護員が駆けつけてきたものですから、われわれはやむなく引き揚げたのです」

ブレジネフはこの報告をじっくりと検討しているようだった。「つまり罠にはまったということか？」

「いえ、そうではないと思います、書記長。もし罠だったのでしたら、むしろまずわれわれを潜入させ、それから門を封鎖して、好きなように料理していたでしょう。それよりわたしには、われわれの襲撃寸前に何者かがわれわれの接近をかぎつけ、とるものもとりあえず反撃に出たと、そう思えるのです」

「フランス警察の介入は？」

「ありませんでした。事後、すべてをもみ消すために出動しただけです。おかげで、新聞にはいっさい漏れていません。まあ、アメリカ側と協力はしているでしょう」

ブレジネフはコートを脱ぎ、暖炉のまえを行ったり来たりしはじめた。コートの下はたっぷりしたウクライナのルバシカで、幅広いベルトをしめていた。「それにしてもだ」書記長は急に強い口調になって言った。「まったく恥ずべき大失態だ！　三、四人のアメリカ人に九人のチームが撃退され、しかも六人もの優秀な工作員を失うとはな。常にどんな予期せぬ事態にも対処できるようでなくてはならん」

「まったくおっしゃるとおりであります、書記長」カリーニンは言った。「攻撃プランが不完全でした。したがいまして、さっそく作戦を担当した責任者を逮捕してありまして、わたしはこの者を裁判にかける所存です」

ブレジネフはゆっくりとうなずき、ソファーに沈みこんだ。「まあ、過ぎたことはそれでよしとしよう。問題は今後だ、カリーニン。スヴォーロフはどこにいる?」

「わかりません」カリーニンは認めた。「ワシントンにいるわれわれのエージェントも、スヴォーロフのこんどの居所をつきとめるのはむずかしいと言っています。どこかのアメリカの病院に移されたもようなのですが、だれもどこの病院か知らないようなのです」

「つまり、あいつがアメリカ人どもにわれわれの秘密をぺらぺらしゃべっているというのにわれわれは暖炉のまえで腕をこまねいていなきゃならんというのか?」

カリーニンは首を振った。「いえ、スヴォーロフはまだしゃべっていません、書記長。ドロレス荘から救出されたときには意識を失っていましたから。かなりの重傷を負ったことはたしかなのです。回復するまでは、尋問はおこなわれません。治るまでに二、三週間はかかるでしょう」

ブレジネフは片手をひざにたたきつけた。「だからどうだというのだ? 二、三週間はしゃべらないにしても、いずれしゃべることには変わりがないんだ!」

カリーニンは微笑をうかべた。「いえ、そうとはかぎりません、書記長。つまり、そのあいだになんとかスヴォーロフを隠れ場所からいぶし出すことができればです。そうすれば、こんどは万全の態勢をとって、まちがいなく二度と口をきけないようにしますから」

ブレジネフとアンドロポフはともに驚きの眼でカリーニンを見た。「というとなにかね

——」

ブレジネフがおもむろにきいた。「何かスヴォーロフを表にいぶし出すいい方法でもあるというのかね？」

「はい、まさにそう申しあげているのです、書記長——スヴォーロフが歩けるようになりしだい、いぶし出すことができますと」

ブレジネフは思案するように眼を細めた。「われわれはなぞなぞをやっているのではないんだぞ、カリーニン。何か具体的なプランがあるのか？　いいかげんなことだったら承知せんぞ、いいか！」

「はい、具体的なプランがあります」カリーニンはきっぱりと言った。

ブレジネフは大きく身をのりだした。「よし、話してみたまえ」

13 餌《えさ》

二基ずつのターボジェットエンジンがすさまじい轟音をあげ、二枚の垂直尾翼の下の黒いアフターバーナーから煙と火焔《かえん》が噴出する。ハバロフスク空軍基地のなめらかなアスファルト滑走路を、ミグ25軍用機が六機、つぎつぎと連なるようにして離陸した。その咆哮、吐き出す火焔、つややかな胴体、こうもりのような翼は、さながら暗いねぐらから姿を現わし空に飛び立つ龍を思わせた。近くの国境のむこう側、中華人民共和国の住民は、昔から龍を善良で賢い存在とみなしてきた――が、これら鉄の龍ミグ25については、そんな幻想はまったく持っていない。

辺境の町ハバロフスクの市民たちはしかし、これらの戦闘機を擁する自国の飛行隊に対して、中国人民が龍に対して持つ以上の敬虔《けいけん》な気持ちをいだいている。当然である。西側情報機関が〝フォックスバット〟とニックネームで呼ぶこのジェット戦闘機は、世界で最も速い軍用機なのだ。最高速度マッハ三、上昇限度十一万八千フィートと、性能でアメリカのほとんどの最新型ジェット機を上まわり、米ソ間の軍事力のバランスを軽くソ連側に傾けてしまった。そのためアメリカ軍情報部はこれまで、フォックスバットの性能の機密を知ろうと、大規模な、しかしあまり収穫のない情報収集工作に何百万ドルもかけてきたのである。

六機のミグは高度二万フィートで扇形の編隊を組むと、霧にかすむシホテアリニ山脈を越え、沿海州の曲がりくねった海岸線の上を通過した。間宮海峡に出た編隊はまもなく樺太上空に達し、この腰のくびれた島の、通常の朝のパトロールにはいった。

亜庭湾《あにわ》に達すると、編隊は後退翼を優雅に傾け、基地に向かってふたたび日本海上空をいっきに飛翔すべく西に向きを変えた。

そのときである。突然いちばん右端の機が編隊を離れ、海に突っこむように急降下していった。海面からわずか百五十フィートという低空でかろうじて水平飛行にはいり、南東に向きを変える。編隊から離脱したミグ25はまもなく、ソ連レーダー網のすべてのスクリーンから消えた。地上からの必死の呼びかけにも応じる気配がない。指令を受けたほかのミグ二機が、ただちに編隊を離れ、追跡を開始した。だが、最初に編隊から離脱したミグ25のパイロットは、追ってくる二機をいとも簡単にまいてしまった。北海道が視野にはいると、逃亡機は二万フィートまで高度を上げ、日本の領空にはいって、札幌近辺の雪をかぶった山々の上空に姿を現わした。日本のファントムが緊急発進し、領空侵犯機の阻止に出たが、ミグ25はたちまち危険な低空に高度を下げ、深い峡谷や狭い谷間《たにあい》に突入していって姿をくらましてしまった。

日本領空に侵入してから二十四分後、ミグ25は北海道南端に現われ、函館の民間空港に着陸した。

すぐさま、滑走路にいた空港作業員らが正体不明の航空機に駆け寄っていった。だが、みな途中で立ちすくんでしまった。正体不明機の操縦席から、白い飛行用ヘルメットをかぶり、ジッパーつきのグレーのオーバーオールを着た男が、拳銃を手におりてきて、空に向かって一発、威嚇射撃したのである。「さがって!」男はロシア語でしゃがれ声をはりあげた。「わたしはソヴィエト空軍大尉、ヴィクトル・マスリノフ! アメリカ合衆国へ行きたい!」

〈ソ連パイロット、最高機密《トップ・シークレット》のミグ25をみやげに西側へ亡命〉――報道機関のテレタイプがいっせいに始動し、正午までにはこの驚くべき大ニュースが世界じゅうに伝えられた。それにつづく解説記事は、この思いがけぬみやげものが西側にとっていかに価値あるものか、その重要性を一様に強調し、西側がソヴィエト軍用機を検査したのは、第四次中東戦争中にイスラエル軍がほとんど無傷のまま捕獲したミグ21が最後であることもあきらかにした。まさにアメリカの専門家たちがフォックスバットを、エンジンから操縦装置、装備、電子機器に至るまで徹底的に検査できる絶好の機会がおとずれたのである。

東京では、日本の関係閣僚たちが、怒るソヴィエト駐日大使らソ連外交団の猛烈な抗議をうけて当惑していた。ソ連側は当然マスリノフの身柄引き渡しと機体の即日返還を要求した。「パイロットは貴国領土内に緊急着陸しただけであり、現在彼は彼の意志に反して捕虜としてとらえられている」セミョーノフ駐日ソヴィエト大使は外務大臣佐藤明朗に向かって語気鋭く迫り、ついで見えすいた脅迫に出た。「日本政府のとった処置はあきらかに第三国の教唆によるものであり、われわれの要求を拒否するならば、重大な報復措置を招くことになろう」

「マスリノフ大尉は出入国管理令、銃砲刀剣類所持等取締法の違反により拘留しております」佐藤大臣は慇懃《いんぎん》に答えた。「機体については、これは捜査当局がマスリノフ大尉の行為に付随する証拠物件として、刑事訴訟法にもとづき、大尉の所持品扱いで領置してあるのであって、事件の解明のために分解する必要が生じるかもしれません」ソヴィエト大使は、日本側の言い分はマスリノフと機体を日本にとどめておくため法をこじつけただけであると非難したが、外務大臣は冷たくとりあわなかった。

ソヴィエト大使の非難はしかし、当たっていた。同じ日の朝、フォックスバットが北海道に着陸してからなんとわずか一時間後には、アメリカ政府の707が、空軍の海外科学《フォーリン・テクノロ》技術部《ジー・デイビジョン》の技術者ばかりからなる十七名の専門家チームを乗せ、ワシントンに近いアンドルーズ空軍基地を飛び立っていたのである。707は同夜函館に到着し、十七名の専門技術者たちはただちに、有刺鉄線をめぐらした応急の囲いのなかに通された。そこには〝幻の戦闘機〟といわれたミグ25が、武装した護衛に守られていた。アメリカ空軍技術者たちはすみやかに分厚い防水シートをはずし、作業にとりかかった。機体を分解し、部品のひとつひとつを系統だてて写真にとり、測定し、記録していったのである。

そして、この707に搭乗していたのは科学技術の専門家ばかりではなかった。ほとんど乗ってからおりるまではかとの接触を避け、ひっそりと固まってはいたが、さらに五人からなる一団が乗っていたのである。CIAのUSSR部部長ジェフ・クロフォードと同部の上級職員たちである。この五人はミグ25を見ようとさえしなかった。待ちうけていた現地のCIA支局員三人が滑走路にとめてあった二台の目立たない車に直行した。そして同夜九時、ジェフ・クロフォードの一行は、日本人士官の警護する函館グランド・ホテル四階のスイート四〇一にはいった。ヴィクトル・マスリノフは居間の大型テレビを消し、ぎごちない足どりで進み出て一行を迎えた。

マスリノフは二十代の終わりくらいの、背の高い筋肉質の男だった。金髪を短く刈り、幅広い顔は血色がいい。あごががっしりと大きく、口が小さく、茶色の眼は鋭い。

ジェフ・クロフォードは握手しながらにこやかな笑みをうかべたが、眼は冷たくすきをみせなかった。「ジム、ケン、アレックス、グレン」クロフォードが部下たちをファースト・ネームだけで紹介すると、マスリノフは四人の男たちににんまり笑いかけ、愛想よくうなずいた。「アレックスが通訳する」ゆっくりと言うクロフォードの言葉を、ただちにアレックス・ドラグンスキーが流暢《りゅうちょう》なロシア語に翻訳する。

一同はかしこまらず、大きなコーヒー・テーブルのまわりのソファーあるいは肘掛け椅子にそれぞれ思い思いについた。「無事到着したことを祝って一杯やるかね?」クロフォードが誘うように言った。

マスリノフはうなずいた。

「スコッチ？　ウオッカ？　シャンパン？」

マスリノフはちょっとためらってから、「スコッチ」と答えた。そしてクロフォードがさし出したダヴィドフの葉巻をとると、テーブルの上のマッチのほうへ身をのりだして火をつけ、いかにも満足げに一服した。「国にも葉巻はいいのがありますよ」彼は言った。

「キューバからのが」

日本人のウエーターがスコッチのボトル三本とグラス、ピーナッツ、氷、それにソーダ水の大きな瓶を運んできた。クロフォードはスコッチをグラスにつぎ、全員に手渡すと、「乾杯！」と言った。「ロシア語では何ていったかな――ナ・ズダローヴィェ！」マスリノフはしかつめらしい顔でグラスを上げ、「ナ・ズダローヴィエ」とおうむ返しにくり返した。太くて低い、力強い声だった。

ゆっくりと味わうようにスコッチを一口飲むと、クロフォードはテーブルの反対側のマスリノフをまっすぐ見た。「もうおわかりだろうが、われわれはアメリカ政府を代表する者だ。何かアメリカへ亡命したいということだが――」

マスリノフはうなずいた。

クロフォードはかたわらのケン・バリーからマニラ紙の薄いファイルを受けとった。

「きみはヴィクトル・マスリノフ、二十九歳、生まれはオデッサ、既婚、一子あり。家族はレニングラードに住み、きみはこのレニングラードに三年間勤務している。経歴は申し分なく、しかも通常より三年も早く大尉に昇進している。そしてソヴィエト空軍の最新鋭機に乗り、テスト・パイロットにも推挙されている。給料もいいし、種々の特典も受けている。つまりきみは空軍における輝かしい前途が約束されている。なぜ亡命したのかね？」

しばし、マスリノフは自身に関するアメリカ側のファイルの詳しい内容にあっけにとられていたようだったが、すぐに微笑した。「よく調べてありますね」彼は認めた。「しかし最近の情報が欠けてます。妻とは一年まえから別居しており、いまは独り暮らしです」そう言って、すぐに、「しかしわたしの亡命で妻子に危害が加えられたりすることがないよう願ってます」と言いそえた。

「きみはわたしの質問に答えていない」クロフォードは表情を変えずにうながした。

「なぜ亡命したかですか？」マスリノフは両手を、手のひらを上にしてひろげた。「ソヴィエトには自由がなく、息が詰まりそうだったからです。帝政時代となにひとつ変わっていません。いまはただ皇帝《ツァー》が別の名前で呼ばれているだけなのです！　本当のことをしゃべれるのは仲間とウオッカを飲んでいるときだけです。いや、最近ではその仲間さえも信じられなくなってきてるんです」彼は率直につけ加えた。「妻と別れてからとても寂しかった。それで新しい国で新しい生活を始めたいと思ったのです」

クロフォードは、この手の話はまえにも聞いたというようなうかぬ顔でうなずいた。

「助けてもらえますか？」マスリノフはきいた。「アメリカでは、ＫＧＢに見つからぬように、新しい戸籍や身分証明書を用意してくれ、ちがう訛《なま》りの英語も教えてくれ、顔の整形手術までしてくれると聞いたんですが——」

クロフォードはあいまいにうなずいた。「そのまえにまず、いくつかの質問に答えていただかなくてはならない」

かたわらではすでに、ケン・バリーとジム・ウィギンズがあわただしくテーブルにファイルを積みあげ、いちばん近い壁にソヴィエトの特大の地図をはりつけていた。グレン・ソーヤーは手近の椅子に小型テープレコーダーをセットし、二個のマイクロフォンをつなぐと、そのマイクロフォンをテーブルの上に、それぞれクロフォードとマスリノフに向けて置いた。マスリノフはその間、無言で辛抱づよく待っていた。

「それでは始めよう」すべてがととのうと、クロフォードが言った。「所属飛行隊名、指揮官および隊員の姓名……」

七時間後、ジェフ・クロフォードはホテルの人けのないロビーを抜け、表の通りで待ちうける車に乗りこんだ。車は空港に急行し、空港では707がすでにエンジンを始動させて待機していた。クロフォードひとりを乗せると、707はただちに離陸した。そして午前六時三十分には、クロフォードは東京のアメリカ大使館で、盗聴防止装置《スクランブラー》つきの電話の送受器をとりあげていた。電話は即座にラングレーの森につながり、数秒後にはハーバート・クランツが出た。

「しゃべったか？」クランツは勢いこんできいた。

「ああ、しゃべったなんてもんじゃない」クロフォードは答えたが、その声はもうひとつ冴《さ》えなかった。「だが金鉱を掘りあてたんだか、ガセネタをつかまされたんだかわからん」

「どういうことなんだ？」

「最初のデブリーフィングとしてはかなり広範囲にわたって聴取した」クロフォードは言った。「いろいろと訊《き》いたんだ──戦闘機部隊の戦略配備からミサイル基地、空中哨戒網、緊急発進プラン、地下空軍基地に至るまでな。得られた情報のかなりの部分はすでにわれわれが手中にしていたもので、これはすぐその場でチェックして、まちがいないことを確認した。したがって、こっちは全部本物なんだが、問題は、われわれがまだつかんでいなかった初耳の情報のほうで、これがけっこうあるんだ」

「たとえば？」

「たとえば──マスリノフによれば、ウラルとクリミアの七カ所に新しいミサイル基地がつくられ、ラトヴィアとエストニアの四カ所に新しい飛行場ができたということだ。それから、早期警戒システムにも新しい改良が加えられたというんだが、しかし何よりも気になる情報はだな、ハーバート、連中が最近巡航《クルーズ》ミサイル（地表すれすれに定められた進路を飛んで目標に命中する有翼の小型ミサイル）のテストに成功したというやつだ」

「どこで？」

「カザフで――初期のテストはバイコヌールでやってな。もしこのマスリノフの話が事実だとすると、われわれのミサイルはもう廃物だ。となると、こんどのSALT会議が非常に厄介なことになる」

クランツは沈黙した。それからおもむろに口をひらいた。「それはまずいな。会議は二週間後に始まるんだ」

「そうなんだ。だからこうして電話してるんだ、ハーバート。これは非常事態だ。すぐさまこのマスリノフの証言の一言一句をチェックしてたしかめる必要がある」

クランツは吐息をついた。「こけおどしということもありうると思ってるんだね、あんたは？」

「わからん」クロフォードは言った。「しかしこれまでの連中のやり口からすればだな、こんどの亡命事件が、われわれにガセネタをつかませるための大芝居だったとしても驚くにはあたらんだろうな」

だがクランツはにわかには信じがたい様子だった。「しかし、それだけのために連中がミグ25を犠牲にするだろうか？」

「考えられんことではない」クロフォードは慎重に言った。

「マスリノフの情報をどうやって確認するかだが、何かいいアイデアはあるかね？」

「ないな。この情報の確認にはたしかな証人が必要だ。トップクラスのな。それもいますぐに」

クランツはふたたび黙りこんだが、やがてぽつりと言った。「うってつけの人間が一人だけいる」

「だれだ？」

「同志アルカージー・スヴォーロフだ。ほかにだれがいる？」

ブレジネフの別荘《ダーチャ》からジェルジンスキー広場のKGB本部にもどったアンドロポフとカリーニンは、この二週間、互いに意識的に顔を合わせるのを避けてきた。だがけさはちがった。カリーニンのほうが数分間の面会を議長に求めたのである。カリーニンは誇らしげな笑みを満面にうかべ、議長のまえに威風堂々と姿を現わした。「かれらは餌をのみこみましたよ、議長」

アンドロポフは、読んでいたファイルから顔を上げると、悠然と眼鏡をはずし、レンズを念入りにふいた。それからようやく口をひらいてきいた。「かれらとは？」

「ワシントンのわれわれのエージェントからたったいま連絡がありました」カリーニンは声をはずませて言った。「かれらはマスリノフにデブリーフィングをして、その結果、こちらの予想どおりの行動に出ました。スヴォーロフを現在かくしている場所から出し、マスリノフと対面させて情報を確認しようというのです。来週の木曜の夜、プエルトリコのイグエロ岬にある隠れ家で対面させる予定だそうです」

アンドロポフの青白い顔に、一瞬満足そうな笑みがひろがった。「それはよかった」K

GB議長は言った。「みごとなものだ。とうとうスヴォーロフを引きずり出したのだな。おめでとう、カリーニン」

アンドロポフの腹のなかは煮えくりかえっているにちがいない、とカリーニンは思った。またしても部下にだしぬかれた形となったからである。しかしそうした本音は、すくなくとも議長の穏やかな顔からはまったくうかがわれなかった。「さっそくハバナに必要な手配をすることだな」アンドロポフが言った。

「よろしければ、わたくしがまた指揮をとらせていただきます」

アンドロポフは考え深げにうなずいた。

一時間後、カリーニンが起草し、赤軍参謀本部海軍作戦部長が連署した一通の電報が、キューバのハバナに向け打電された。宛先は同地のソヴィエト海軍基地司令官、そして内容はつぎのようなものだった。――〈緊急作戦にそなえ潜水艦オーロラ号を用意せよ。本作戦はすべてに優先する最高機密。艦、艦長、乗組員は、十七時に特殊工作班、装備とともに空軍特別便ツポレフ114にて到着するアレクセイ・カリーニンの配下におかれる。作戦に関してはカリーニンがいっさいの指揮をとるものとする。目的地はプエルトリコ。以上〉

同日夜、シルヴィー・ド・セリニーはワシントンに到着した。

偽造パスポートはニースのとき同様つつがなくその役割をはたし、シルヴィーは入国・

税関手続きをすばやくすませると、空港からジーン・アッカーマンに電話した。アッカーマンは最初は驚き、いきなりやってきたことに憤慨したようだったが、すぐに気を静め、ジョージ・ワシントン記念パークウェーからちょっとはいったリバーサイド・モーテルに部屋をとるよう指示した。化粧しっくい仕上げの、背の低い、植民地時代ふうのモーテルだった。アッカーマンはその夜遅くなってから車で駆けつけてきた。シルヴィーはさっそく部屋に通したが、はいってきたアッカーマンのあからさまな疑惑の眼と、歓迎もしない冷淡な態度に少々当惑した。アッカーマンがドアをロックすると、シルヴィーは彼女の〝信任状〟――いろいろな事実や合言葉や個人的な事柄を記して、彼女が使者にまちがいないことを保証したジェームズの手書きの手紙を見せた。それから二時間ばかり、彼女はリチャード・ホールがロンドンの記録保管所の秘密文書を盗んで以来――それはなにかもう遠い昔のことのように思えた――彼女とジェームズに起こった数々の出来事をすべて詳細に語った。アッカーマンの冷淡さは、シルヴィーが話しつづけるうちに少しずつ消えてゆき、彼はところどころで質問をまじえながら注意深く耳をかたむけていた。シルヴィーが話を終え、アッカーマンが立ちあがって伸びをしたのは午前二時だった。「驚いたな」アッカーマンは言った。彼の眼はその言葉が心からのものであることを示していた。「そんなこととはちっとも知らなかったよ」

「ジェームズがどうしてわたしをここまでよこしたかわかって？」

アッカーマンはうなずいた。「彼の疑惑は当たってる。たしかにいろいろと腑《ふ》に落ちないことがおこなわれているようだ。ラングレーでわたしなりに調べてみるよ」

シルヴィーは旅行の目的を忘れなかった。「スヴォーロフがどこにいるのか教えていただける？」

「だめだ」アッカーマンは言った。「といっても、わたしも知らないから教えられないだけだ。どこかの病院で快方に向かっていることはわかっているんだが、だれもその場所は知らされてないようなんだ。しかし、噂はいろいろときこえてくる。いまは、来週どこかに移されるって噂が流れてる。それを裏づけるように、けさ秘密施設のリストが検討されていた。一日か二日のうちにはたしかな情報が手に入れられるんじゃないかな」

シルヴィーはにっこり微笑んだ。だがその愛らしい顔も疲労で眼がはれ、憔悴《しょうすい》して青ざめていた。「疲れてるんだね」アッカーマンは同情するように言った。「シャワーを浴びて、ぐっすり眠るといい。ただ、このモーテルから外へは出ないで、食事も三度部屋でとるように。気晴らしはテレビぐらいだな」

シルヴィーは冷水を浴びせられたような顔になった。「ここでも何か危険があるっていうの？」

アッカーマンは安心させるように微笑《わら》ってみせ、首を横に振った。「そうじゃない。われわれがいつもふつうに心がける標準的安全策だ」

どちらかというと形式的に握手して、アッカーマンは立ち去った。

モーテルのロビーの公衆電話から、グレーのビジネス・スーツの黒人が、チェビー・チェースのある番号にダイヤルをまわした。「ミセス・アダムズ」男は送話器に向かって言った。「四百三十七号室」

セリニー城は、ロアール川からわき立つ早朝の霧に、まだすっぽりとつつまれていた。玉石を敷きつめた道にいまにもひづめの音がひびいてきそうな、あるいは霧のなかから気どったマスケット銃士や、密会の場所へ急ぐ優雅な宮廷の貴婦人が髣髴《ほうふつ》としてくるような、そんな眺めである。

しかし、ここ二、三日来、そしてけさも、城のポーチにぽつんと姿を見せた人影は、フランスの城の華やかな歴史とは何のかかわりもなかった。ひざまでのブーツに、シルヴィーの父のものだったシールスキンのロングコートという格好で、まだ杖にすがりながら、ジェームズ・ブラッドリーがいつものように城のまわりの散策に出かけようとしているのだ。中世ふうの城壁や、ゴシック様式のファサード、立ち並ぶルネサンス調の小塔などのあいだを、こんなふうに朝早く散歩するのがジェームズは心から楽しく、歩くたびにますますこの眺めに魅かれていく思いだった。

シルヴィーの肩に寄りかかって初めて外に出たとき、彼は眼のまえの光景におもわず息をのみ、庭の真ん中で立ちつくした。セリニー城は、三方に濠《ほり》と低い城壁をめぐらした長方形の広壮な建物で、勾配の急なかわらぶきの切妻屋根の下の白いファサードは、柱形《ピラスター》や手すり壁《パラペット》やゴシック様式の細長い窓で飾られていた。

彼の感激ぶりに、シルヴィーはうれしくてたまらぬ様子で説明役を買ってでた。セリニー城は、中世の要塞型の城からもっとのちの〝趣味の城《シャトー・ド・プレザンス》〟に移りかわる過渡期の典型的な城で、当時の最も著名な建築家の一人、ジール・ベルトローが、ゴシック調とルネサンス調の趣向をそれぞれほどよくないまぜて設計したのだと、彼女はジェームズに話した。

ふたりの初めての散歩は非常に短いものだったが、それでもジェームズにとってはかなりの苦痛を伴った運動だった。まだ体力がもどっていなかったため、ちょっと動いただけで目まいがしたのである。だがふたりは翌朝も、その後も毎朝、曙光がさしそめるとさっそく手に手をとって散歩に出かけ、庭をすみずまで探険したり、栗林を抜けて昔の教区教会の廃墟をおとずれたりした。ジェームズは一度途中でだしぬけに振り返り、一心に彼を見つめるシルヴィーの表情をとらえたことがあった。彼女の濃いブルーの眸《ひとみ》にはえもいわれぬやさしさがにじんでいた。それを見た彼はふいに、もう何も自問自答することはない、二度と迷うことはない、と悟ったのだった。もうサンドラの思い出を断ち切るのをおそれることはない――そう感じたのである。

シルヴィーが三日まえにワシントンに発《た》ってからというものは、彼女のいないことが肉体的な苦痛にさえ感じられるほどだった。彼女がそばにいることに慣れてしまったためばかりでなく、すでにシルヴィーは彼にとって不可欠の存在となっていたからである。それに、つのる思慕の情とともに、懸念もしだいに深まっていった。ジーン・アッカーマンなら安心して任せられるとわかっていても、やはり無事をたしかめずにはいられない気持ちだった。だからジェームズはこの日、午後になったらシルヴィーが発つまえに彼女とうちあわせておいたように、ワシントンのジーンとの連絡場所に電話するつもりでいた。

そのとき、シルヴィーの母の呼ぶ声がきこえたので、ジェームズは散歩からひきかえした。アグネス・ド・セリニーはポーチから彼に向かって、さかんに手を振っていた。彼も手を振ってこたえ、足を速めた。自身や娘のたび重なる不幸で年よりも老けこみ、一握《ひとにぎ》りの使用人たちとともに自分の城に幽閉されてしまっているこのアグネス・ド・セリニーを、ジェームズはしだいに好きになりはじめていた。もちろん、シルヴィーとの母娘の関係がかなりこじれた不自然なものであることは、最初から気づいていた。それでも、シルヴィーが発つ数日まえ頃から、ふたりのあいだに少しずつ変化が見られはじめたことを、彼ははっきり感じとっていた。アグネスが献身的にジェームズの世話をするうちに、シルヴィーが感謝の気持ちから娘らしいすなおな態度で母に接しはじめたのである。そしてジェームズはまえの晩、夕食を終えると、おもいがけずアグネスに抱きしめられた。「あなたのおかげで娘の心がとりもどせそうなの、ジェームズ。そしてあの子自身も、あなたのおかげで生気をとりもどしてきてるわ。ほんとに、あの子の眼があんなに幸せそうにいきいきと輝いているのを見るのは何年ぶりかよ」ジェームズはただぎごちなく微笑するだけだった。

アグネスがまた切迫した声で呼んでいた。「ジェームズ！　早く！　あなたに電話なの！」

「電話？」ジェームズは無理をしてさらに足を速めた。いったいだれからだろうか？　シルヴィーではない。アッカーマンか？　だがアッカーマンがかけてくるはずはなかった。緊急の場合以外はそういう約束なのである。シルヴィーに何かあったのだろうか？　それともスヴォーロフがどうかしたのだろうか？

　アッカーマンだった。「ルールを破ってすまん」親友の声はなにか重く、硬かった。

「至急知らせなきゃならんことがあってな。悪い知らせだ」

「何だ？　言ってくれ」

「うちの社では近いうち、かくまってた例の男をほかへ移す予定だ——数日まえに新しく入社した男に会わせるためにな。新入りのことは新聞で読んだだろうが、そうなると厄介なことになる」

　ジェームズは低く悪態をついた。アッカーマンが言ってるのは、ラングレーがスヴォーロフを亡命したソ連空軍パイロットに会わせることにしたということだが、この亡命事件はおそらく罠にちがいなかった。

「どこで会わせるんだ？」

「五年まえにおれたちがよく泳いだ所だ。おれが例のとなりのすごいグラマーといいところまでいってたときだよ、憶えてるか？」

「もちろん憶えてる」ジェームズは言った。忘れるはずがなかった。サンドラとリンが殺されてからまもなくのことなのである。ＣＩＡの訓練も最終段階にはいって、ジェームズはほかの五人のエージェントと一緒にイグエロ岬に送られ、潜水の講習を受けていたのだった。アッカーマンはそのとき、マヤグエスから来たすこぶるつきの美女の尻を追いまわしていた。「いつだ？」ジェームズはきいた。「例の男はいつ移されるんだ？」

「木曜の夜」

となると、あとわずか七十二時間しかない。「よし、なんとか行く」ジェームズは意を決したように言った。

「おい、ばかを言うな！ 傷もまだ治ってないそうじゃないか。それに、おまえは追われる身だ。空港でつかまっちまうよ。おまえはまだこっちへもどってきちゃだめだ――おれたちがこっちの例の謎を解くまではな」

「おれが行かなきゃ謎は解けない。大丈夫だ。なんとかして必ず行くから」

アッカーマンの声がさらに重く、苦しげなものになった。「悪い知らせというのはそれだけじゃないんだ、ジェームズ」彼はためらいがちに言った。「まだあるんだよ。彼女が――おまえの彼女が――行方不明なんだ」

「何だと!?」ジェームズは叫んだ。戦慄が全身を突き抜ける。「いま何て言った!?」

「まあ落ち着いてくれ。もしかするとただの行きちがいだ。もう一度、彼女のところへ行ってたしかめてみる。またできるだけ早く連絡するよ」電話は切れた。

ジーン・アッカーマンは電話ボックスを出た。そこから通りを百ヤードほどくだった四角いポーチの暗いかげには、黒っぽいコートを着た一人の男がひそんでいた。男は小さなイヤホーンを耳からはずすと、ポータブル・テープレコーダーの停止ボタンを押した。

シルヴィーがジーン・アッカーマンの指示に背《そむ》いたのは、そのときたった一度だけだった。

窓の下をゆったりと流れるポトマック川を眺めながら、彼女は一日、部屋のなかで物思いにふけっていた。パニックに陥ることもなければ追われることもない、耐えがたい悪夢とも無縁の平和な一日だった。ほんとうにこれほど落ち着いた気持ちになれたのは何週間ぶりだろうか、とシルヴィーは思った。そしてこの何週間かのあいだに彼女はどれほど変わったことだろう。いまはもう、恐怖におののきながらリチャード・ホールのアパートから逃げ出したただのヒステリックな娘ではなく、残酷で非情な現実になんとか立ち向かえるまでに成長していた。どんな現実にぶつかってもくじけたり、逃げたり、ジェームズの重荷になったりすることはなかった。その結果、彼女はジェームズの真のパートナーとなることができたのである。これは、ショーンのときには、決して果たしえなかった役割だった。彼女のこうした素質はおそらくまえからあったのだろうが、必要としなかったため、シルヴィー自身もまったく気づかなかった。だから、なにひとつ自分で決断することなく、裕福で美しいロマンチックな娘として、衝動にかられるまま流されるように生きてきたのである。ショーンははかない恋の対象として彼女を家においた。しかしジェームズは、すんなりとというわけではなかったが、ほんとうの協力者として受け容れてくれた。どういうものかそのため、ジェームズとのつながりのほうがずっと充実した完全なものに感じられるのである。チャーミングなだけの女、ここぞというときまってぞっとするような悲鳴をあげる女――自分はそんな女ではないということを、シルヴィーはキングズ・クロス駅でのあの朝以来なんとか証明しようと努めてきた。ジェームズ同様、能力も機知もあるということを彼に知ってもらおうとしてきた。それを彼女は果たしたのだ。その歓びはほとんど彼女を陶然とさせるほどに甘美なものだった。

真夜中近くなって、シルヴィーはタバコを切らした。ボーイを呼ぼうかという考えもちらっと浮かんだが、すぐに思いなおした。最初にここに来たときに、ほんの二十ヤードばかり先の踊り場で自動販売機を見たのを思い出したのである。彼女はドアをあけ、廊下を見まわした。だれもいない。ドアはロックせず、バッグのなかの小銭を手さぐりしながら、シルヴィーは踊り場へ急いだ。硬貨をとり出し、投入口に入れる。そしてボタンを押そうとした――その瞬間、背後から何者かが彼女をはがいじめにし、顔に湿った布を押しあてた。甘い、むかつくようなにおいがのどから肺に流れこむ。恐怖のあまり全身がこわばり、叫ぼうにも声が出ない。やがて何もかもがかすんでゆき、意識を失ったシルヴィーは襲撃者の腕のなかに倒れこんでいった。

それからどれくらいたっただろうか、シルヴィーの意識はもどりはじめたが、依然何もかもぼんやりと鮮明さを欠いていた。全身を柔らかい綿ですっぽりくるまれているようなそんな息苦しさをおぼえ、おだやかにうねる波にゆられているようでもある。眼をあけようとしても瞼《まぶた》が重く、思うようにひらかない。手足の感覚もなかった。何か遠くで話し合っているようなくぐもった声がきこえてくるが、何を言っているのか一言《ひとこと》も理解できない。それでも頭のなかが少しずつまとまりはじめ、ものが考えられるようになると、一つの疑問――一つの重大な疑問がシルヴィーの脳裡を占めた。どこへ連れていかれるのか？　ひょっとすると、ジェームズの言うモールのところへではないか？

それからまもなく、感覚の鈍った耳にきしるような音がきこえ、軀が乱暴にゆさぶられるのを感じて、シルヴィーははじめて、自分が車に乗せられていることを知った。と、いきなり何かを頭にかぶせられ、強い腕で軀をかかえられて、車から冷たい空気のなかに引きずり出された。が、すぐにまた暖かい場所に運びこまれ、椅子のようなものの上にどさりと落とされた。

ずきんがとられ、シルヴィーは眼をひらいた。ぼんやりとした不明瞭な影がまわりで動いている。やがて徐々に焦点が合い、あいかわらずかすみがかかってゆがんではいたが、物の形と人の姿ぐらいは見分けがつくようになった。まえにはデスクがあり、そのむこうには卵型の人の顔があった。あかりはランプが一つデスクの上にともっているだけで、部屋のなかは暗い。

声がきこえた。男の声で、強いアメリカ訛りのフランス語である。「ボンジュール、マドモワゼル・ド・セリニー」

デスクのむこうの人物が立ちあがり、近づいてきた。口にタバコがさしこまれる。そばの暗がりであかりがゆらめいた。シルヴィーは視線をさげた。暗みのなかから男の片手がのびて、彼女のタバコの先端につややかな純金のライターの小さな炎を近づけた。

ジェームズは一時間、顔をひきつらせて部屋を歩きまわりつづけた。神経がいまにもまいってしまいそうだった。気を沈めよう、考えをまとめよう、理性的になろうと努めるのだが、だめだった。シルヴィーにいったい何があったのか？　どこにいるのか？　どんなふうに姿を消したのか？　なぜアッカーマンはすぐに電話をくれないのか？　頭にうかぶのはただシルヴィーのことばかりだった。

アッカーマンが電話を切ったあと、ジェームズはアグネスには内心の不安をかくして、何でもないただのありきたりの連絡だったような顔をした。だが、アグネスが彼の心中を見抜いてしまったことは、彼女の青ざめた顔と心配そうな眼を見ればあきらかだった。シルヴィーにまた何か思わしくないことが起こったのだとすぐさま察したのである。そのアグネスとまともに向かい合っているのがつらく、ジェームズは彼女に、重要な連絡があるかもしれないので二、三時間電話をあけておいてくれと頼み、彼女のまえからしりぞいた。そして自分の部屋に座ってアッカーマンからの連絡を待つことにしたのだが、とても座っているどころではなかった。

この間に二回電話がかかり、そのたびに彼はまるで命綱でもつかむかのように受話器を握りしめた。が、二度とも村のだれかからで、城の女主人に翌日の買い物について問い合わせてきたのだった。そしていま、三度めの電話のベルが鳴り、これはジェームズへの電話だった。だが発信人は彼が待ちうけていた相手ではなかった。

交換手の声が遠くからきこえた。「ミスター・ジェームズ・ブラッドリーに指名電話です」

「ブラッドリーです」ジェームズはすぐさま答えた。

「そのまま少々お待ちください」

別の、何か金属的な、距離を感じさせる男の声が受話器にひびいた。「ジェームズ・ブラッドリーか?」ジェームズには聞きおぼえのない声である。ジーン・アッカーマンではない。生まれてはじめて耳にする声だが、その冷たい酷薄な口調はジェームズに忘れられぬもう一つの声——もう一つの電話の声を思い出させた。

「そうだ」答えながら、ジェームズは口が渇くのを意識した。

「居所がわかったから——」相手は事務的に言った。「きみのことはいずれ時期をみて始末することにするが、いまはとりあえず差し迫った問題についてだけ警告しておく。きみはついさっきワシントンの友人から電話を受けた。そしてきみはその友人に、ある人物が行くことになっているプエルトリコのある場所にきみも行くと言った」

ブラッドリーは答えなかった。

「そこで警告するわけだが——」相手は言った。「それはやめることだ。きみのガールフレンドはわれわれの手中にある。もしきみがイグエロ岬に近づくなら、娘の命はない」

「ああ——なんてことだ！」ジェームズはおもわずうめき、激しくふるえる手でテーブルの端をつかんだ。

「声を聴きたいか？」残忍な声はつづけた。答える間もなく、すすり泣きながら彼の名を呼び、支離滅裂なことを口走るシルヴィーの声が受話器にとびこんできた。「ジェームズ……わたしの大事なジェームズ……ごめんなさい、ダーリン……愛してる……どうか……」

ジェームズは受話器をとり落とすようにおくと、わななく両手に顔をうずめた。軀の奥底から動物の咆哮にも似た低い嗚咽《おえつ》がついて出る。ふたたび悪夢が彼をおそったのだ。またもまったく同じ脅迫をつきつけられたのである。「従わなければ、おまえの愛する者の命はない！」午後四時と指定したブリュッセルの電話を、ジェームズは思い出した。「午後四時までに書類がわれわれの手にはいらない場合には、おまえの妻と娘の命はない」そして幼いリンの泣き叫ぶ痛々しい声が必死に彼に訴えつづけた。「パパ！　パパ、お願い、早く来て！　わたしたちをおうちへ連れて帰って。パパ、こわいの……」彼は行かず、ふたりは死んだ。

がっくりと床にひざをついたジェームズは、握りしめた両方のこぶしを烈《はげ》しく、くり返し壁にたたきつけた。しまいには関節の皮膚が破れ、血が流れだした。「二度とくり返すものか！」彼は言いつづけた。「くり返すものか、くり返すものか、くり返すものか！」

14　抹　殺

　すでに夜中の十二時を過ぎていた。イグエロ岬に一つぽつんとたつ大きな家は、静まりかえって、一見平和そうだった。むき出しのコンクリートとガラスの、無粋な二階建ての現代建築で、カリブの澄んだ海や白い砂浜にまるでそぐわない。とってつけた要塞といった感じでそびえたっている。さいわい、マングローブや椰子《やし》の豊かに茂る木立をはじめ、ブーゲンビレアやポインセチア、ゴールデン・カナリオなどに囲まれているため、軍事施設然とした殺風景な外観はかなり和らげられてはいた。

　二階の窓がただ一つだけ明るいほかは、ポーチに小さなあかりがともっているだけで、あとは真っ暗である。建物のまわりにも、海岸にも、護衛の姿は見うけられない。建物から庭をつっきり、木々のあいだを縫って木の桟橋へ抜ける曲がりくねった小道にも、同様に人けはなかった。

　動く生き物といったら、とかげとマングースくらいで、それも、建物のドアがひらいて一人の男が外へ歩み出ると、そそくさと草のあいだに姿を消してしまった。男は一瞬立ちどまり、あたりの様子を注意深くうかがうと、海岸への道をたどりだした。が、また立ちどまり、こんどは左右にひろがる砂浜を見わたす。それから南に折れ、ふたたび木々の影のなかを静かに進んでくる。

いま、男からわずか十フィートばかりのところに、ジェームズ・ブラッドリーは息を殺してうずくまっていた。と、ほんの一瞬、南国の柔らかい月光が男の顔をくっきりと照らし出した。スヴォーロフである。顔はやつれ、まだ傷の痛みが残っているようだった。が、それでもスヴォーロフは桟橋に向かって歩きつづけた。

ジェームズは木々の陰を音もなく伝いながら、注意深くそのあとを追った。片手はポケットに深々と突っこみ、弾丸をこめたパイソンを握りしめている。彼の心をいまとらえているのは、この世で自分にとって大切なものをすべて犠牲にしてしまったという悲痛な思いだった。彼に残されたものはこの仕事以外にないのである。シルヴィーはすでに死んでしまったか、死にかけているにちがいなかった。となれば、もう自分の命などはどうでもよかった。希望をすべて失った人間はしかし、しばしば危険な存在となる。結局不思議な本能にかられ、自己のすべてを犠牲にして、一度着手した任務をなんとしてもやりぬこうとしているジェームズは、まさにそれであった。

顔には無精ひげがのび、全身汗まみれで、眼は疲労で赤く充血していた。着ているものはしわくちゃで、ズボンは海水に濡れたままである。セリニー城を出たときから、彼は飛行機で直接プエルトリコにはいるのは無理とあきらめていた。そこでパリからグアドループへ、グアドループからサント・ドミンゴへと飛行機を使い、空港から車をひろって港へ行った。波止場にはドミニカ共和国の貧しい漁師たちがいくらもぶらぶらしており、となりの島まで片道だけ運んでくれる漁船を見つけるのは簡単だった。漁船は六十マイルの航程で二度エンストはしたが、なんとか沿岸警備隊にも見つからずにイグエロ岬にたどりつくことができた。ジェームズは丸めたドルの札束を漁師のごつごつした手に押しつけ、浅い海にとびおりた。そして暗闇にまぎれてめざす砂浜にあがり、木立にひそんでじっと待ちうけたのである。むろん、ここへ来ることはシルヴィーのみならず、自分自身をも死に追いやるおそれがあることは充分承知していた。だが彼の心の内は奇妙に安らかだった。それというのも、彼が妻子や恋人を犠牲にしたのは、あるいはするのは、決して非情さや酷薄さや、命令やスローガンへの盲目的な追従からではないということを、いまやはっきりと悟ったからだった。彼は要するに祖国を、それが信奉するものを自分自身や家族よりも大事にし、それを守るためには何をも辞さない、そんな人間なだけなのである。そしていったんそうした任務につくと、どんなに悲惨な結末になろうと、最後までそれを全《まっと》うせずにはいられないのだ。

スヴォーロフは桟橋に達した。朽ちかけた段をのぼり、ゆっくり桟橋の中央に歩み出て立ちどまると、落ち着かぬ様子で左腕を眼に近づけ、時計を見た。

そのとき、木立のなかで何かが、ちょうど影法師が暗闇のなかを進むように動くのが、ちらりとジェームズの眼の端にうつった。ジェームズは影の正体をたしかめようと、そのほうにまっすぐ視線を向けた。その瞬間、背後の草がカサッと音をたて、はっとしたときはもうすでに遅かった。何者かが後ろからとびのるようにしておそいかかり、骨も折れよとばかりに両手を地面に押しつけてジェームズを押さえこんだ。「こんどはだめだ、同志」テキサス訛りまる出しのしゃがれ声が耳元で言った。「そうたびたび何もかもぶちこわしにされちゃかなわんからな。ここでこうしてじっとしてるんだ」

そのときだった。突然栈橋に数個の強力な投光器の光線がそそがれた。たちまちスヴォーロフが目もくらむ光の束の真ん中にとらえられる。と見るや、黒いウェットスーツの男五人が栈橋によじのぼり、無気味にスヴォーロフにつめよる。そして至近距離から銃身の短い軽機関銃を亡命者に向けたかと思うと、いっせいに発射した。スヴォーロフは文字どおり雨あられの銃弾を浴び、たちまち蜂の巣のようになって倒れた。わずか数秒間ですべては終わった。襲撃者たちは、よくリハーサルしたバレエの舞踊手たちのように、出現したとき同様、あっというまに姿を消した。あとにはぼろ切れのようなアルカージー・スヴォーロフの死体が残り、惨劇の跡を、置かれたままの投光器がさながら劇場の舞台のように照らし出していた。

だが、襲撃者は全員引き揚げたのではなく、一人だけまだ残っていた。残った男は、栈橋にひざをついてスヴォーロフの死をたしかめると、おもむろに立ちあがり、砂浜のほうに眼をやった。その視線をたどったジェームズは、おもわずあっと声をあげそうになった。栈橋にのぼる段に、グレーのサマースーツを着た男の姿が突然現われたのだ。しかもそれは、ジェームズがいつも眼にしてきた見慣れた姿だったのである。その人物は暗殺者とその犠牲者に向かって歩きはじめた。

「危ない！」ジェームズはうめいた。すると、信じられぬようなことが起こった。なんと驚いたことに、暗殺者もその人物を見た。暗殺者がその人物に向かってにやりと笑ったのだ。その冷たい陰険な笑いはジェームズの記憶を呼び起こした。カリーニン！　暗殺者は、ボーリユーでもスヴォーロフとジェームズを殺しかけた男だった。

だが、カリーニンは、彼に向かって歩いてくる敵側のこの人物に対してはまったく発砲しなかった。それどころか、まるで仲間同士のように手を振ったのである。そして潜水マスクを慎重につけなおすと、海にとびこんで姿を消した。それから一分後、まぎれもないモーターボートの音を、ジェームズの耳はとらえた。

スヴォーロフの死体のわきに静かに立ったグレーのサマースーツの人物は、黒い葉巻に純金のライターで火をつけた。

両腕をつかんでいた男の力が、一瞬わずかにゆるんだ。その一瞬をとらえ、ジェームズは渾身の力をこめて両肘を激しくうしろへ突き上げた。男はうめいて手を引いた。自由になったジェームズは、身を一転させるや相手の股間を蹴り上げ、男が苦痛に軀を二つに折ると、さらに首の横に強烈な空手チョップを見舞った。男はがくっとひざを折り、どさりと倒れた。ジェームズはひたいの汗をぬぐうと、木立のあいだからとび出していった。数歩で栈橋に駆けあがった彼の腕はまっすぐまえにのび、その手には強力なパイソンが、まえに立つ人物にぴたりと向けられていた。

「やっとまた会えましたね、オーエン次官」ジェームズは言った。

作戦担当次官はジェームズを見たが、その表情にさしたる変化は見られなかった。

「何もかも見ましたよ、次官。そしてやっとすべてがわかった。いまの殺し屋どもはKGBの連中でしょう？　あんたが連中をここへ手引きしたんだ――おれや罪のない娘が泊まっている部屋へ連中をよこしたときと同じようにね。スヴォーロフはモスクワにおけるわれわれの最高のエージェントだった。それをあんたは葬った。みごとなお手並みだ、オーエン次官。いったいいつからソ連のモールになったんだ？」

オーエンは依然無表情にジェームズを見ていた。「まるでへたなスパイ映画のヒーローのせりふでも聞いてるようだな」声も無表情だった。

「何のようにきこえようとかまわん！」ジェームズは激して言った。そしてパイソンを握る手にさらに力をこめ、「とにかく一緒にあの建物までもどってもらおう。たぶんあんたはあそこに当分のあいだじっととじこもっていることになる……」

「ジェームズ、その銃をしまって、すこし頭を冷やさんか」オーエンはおだやかに言った。「きみはとてもあの建物まで行けはしない。道沿いにずっとうちの部の連中を配してあるからな」

ジェームズは即座に、ロバート・オーエンが砂浜の暗がりからの狙撃に対して盾になるように移動した。「そのあんたの部下の一人はそこに気絶してころがってる」低くささやくように言うジェームズの声はかすれた。「つまり遠慮はしないということだ。ほかの連中が手を出そうとしたら、遠慮なくこの引き金を引く」

「そうしたらきみはただの人殺しということになって、とても逃げおおせはせん」オーエンの声に、はじめてすこしばかり懸念らしいひびきが加わった。

「人殺し？」ジェームズは鼻で嗤《わら》った。「冗談を言わないでくれ。あんたを片づければ勲章をもらえるさ。おれは見たんだよ、次官。あんたの裏切りの現場を押さえてるんだ。さあ、言うとおりにするか、それとも撃たれたいのか、どっちだ？　これはおどしじゃない」

オーエンはジェームズの視線を受けとめ、じっと見すえていたが、やがてうなずき、おもむろに口をひらいた。「ああ、おまえさんのことだからやりかねんな」言いながら、ジェームズの手でかすかにふるえる大型拳銃に眼をやる。

「おとなしく白状するね？」

すると、ロバート・オーエン次官はまったく思いもよらぬ態度に出たのである。にっこり笑ったのだ。

「ジェームズ、きみはまるっきり誤解している」オーエンはおだやかな口調で言った。

「うちにはモールなんぞはおらんのだよ」

ジェームズは一瞬相手の言葉がのみこめず、ただオーエンを見つめるばかりだった。

「どうしても説明するしかなさそうだな」オーエンはおだやかにつづけた。「例のロンドンの文書は持ってるかね？」と言って、すぐに、「いや、持ってないのならかまわん。ちょっとこれを見たまえ」

ロバート・オーエンはゆっくりと上着の外ポケットをさぐり、なにやら紙片をとり出すと、それを丁寧《ていねい》にひろげた。そして桟橋にひざをつき、紙片を板の上においてしわをのばした。それを見たジェームズは、驚きのあまりあんぐり口をあけた。シルヴィーから渡された文書と、紙も、インクも、印も、小さなしみに至るまで寸分たがわぬ完璧な複製なのである。右手の銃は依然オーエンにつきつけたまま、ジェームズは自分の持っている文書をとり出すと、やはり桟橋にひざをついて、オーエンのに並べた。

「そっくり同じじゃないかな？」オーエンは得意げに含み笑いをした。「うちの科学研究所が作った傑作だ。万一にそなえて、何枚か余分に作ったのだ」

ジェームズは唾をのみこんだ。「しかし……いったいなんで……」

「わからないのか？　この文書はKGB向けに作ったものなのだ。われわれが文案を考え、偽造し、かれらに発見させるのが目的でロンドンの公立記録保管所に忍びこませたものなのだよ。そしてロンドン駐在員の一人が二重スパイを通じてこの文書に関する情報を流したのだ」

「しかし、トップ・エージェントの正体を暴くような文書を、なぜわざわざ作ったりしたんです？」

「それは――」オーエンの口調はいちだんとなめらかになった。「この工作を考え出したご本人から直接聞くんだな」そう言うと、作戦担当次官はうしろを振り返った。

ジェームズはオーエンの肩ごしに彼の振り返ったほうを見た。そこには、マングローブの木陰に、半白の髪の、骨ばった痩身の男が立っていた。ウィリアム・ハーディだった。

ハーディは桟橋にのぼり、ふたりのところへやってきた。ジェームズは当惑顔で長官をむかえ、「これの張本人は長官なんですか」と、なんとか言葉をみつけて言った。

オーエンは吐息をついて、「どうも話してやるしかなさそうですよ」とハーディに言い、ジェームズの手のパイソンを目顔で示した。「へたをすると熱くなってこいつを使いかねない」

ハーディはうなずいた。そして腕を組み、大きく息を吸うと、咳払いをした。「数カ月まえに、KGB最高幹部会のメンバーの一人で暗号名パンドラというわれわれのエージェントが、ソ連側にいまにも正体を暴かれそうになった。同じKGBの高官で暗号名アキレスという男が、パンドラをまさに銃殺隊のまえに立たせられるだけの証拠をつかみそうになったのだ。わたしはいかなる犠牲を払ってでもパンドラを救うため、必要な権限を大統領に求めた」

「しかしどうもよくわかりませんね」ジェームズは言った。「いかなる犠牲を払ってもパンドラを救うというのはむろんわかります。それは当然でしょう。しかし、それだったら、どうしてパンドラを殺したんですか？」

オーエンが首をふった。「われわれがこうしたお膳立てをして葬ったのはパンドラじゃない、ジェームズ」作戦担当次官はいちだんと声をひそめた。「わからないか？」

ジェームズはぼろ切れのようなスヴォーロフの死体を見た。と、突然、稲妻のように真相がひらめいた。「それじゃ……それじゃスヴォーロフがパンドラじゃなくて……スヴォーロフはアキレス？」

オーエンはうなずいた。「そのとおり」

「だったらパンドラは？　モスクワにいるわれわれのエージェントというのは？」

オーエンは微笑《わら》った。「さっきわれわれに手を振って別れを告げていったのを見ただろうが。KGB第一管理本部本部長アレクセイ・カリーニンだ」

ジェームズの頭のなかで、この悪魔的なゲームの駒がそれぞれの正しい場所に並びだした。列がととのい、色が入れ替わる。黒が白に、そして白が黒に。「つまりスヴォーロフがカリーニンに疑惑を持った――」ジェームズは言った。「そこであなたがたはただちにスヴォーロフを葬ることにして、彼を陥れるこの秘密文書を偽造した。この文書に書いてあることはすべて事実無根――」

「もちろんだ」オーエンは認めた。「ゴリツィン伯爵は同性愛者ではなかったし、イギリスのためにスパイ活動をしたことなどは一度もなかった。娘のイリーナにしてもそうだ。イリーナは純粋に個人的な理由で自殺したのだ。そして当のスヴォーロフは、われわれがこれまでに相対したなかで最も献身的で手強い敵だった」

ハーディがジェームズとオーエンに背を向けて桟橋をひきかえしはじめた。ふたりはすぐにそのあとを追い、長官につづいて白い砂浜におりた。ジェームズのパイソンはいまは銃口を下に向けていた。「そしてすべて準備がととのって計画を進めようとしたとき――」ジェームズはつづけた。「たまたま……」

「たまたまとんまな学生がわれわれの偽造文書を眼にして本物と思いこみ、こっそり盗みおったのだ」ハーディが苦々しげに言った。

「それでKGBはその学生を殺し、シルヴィーを捕らえようとした」ジェームズは事件の経緯を順序だてて再構築していった。するとその間の出来事の一つ一つがまったくちがった意味合いをおびてくるのである。「そこで長官はわたしを送って文書を回収させ、それから……」

「……それからこのロバート・オーエンがソ連側にきみの居所を知らせたんだ」ジェームズのほうには顔を向けずに、ハーディはわめくようにいっきに言った。「とにかく早く文書が連中の手に渡るようにしなければならなかった。そこでこのオーエンが、KGBに金で買われる欲の皮のつっぱったアメリカ人の役を演じて、早く目的が達せられるような情報を連中に流しつづけたのだ」

「なんてことだ！《ジーザス・クライスト》」ジェームズは言った。「それじゃ連中にわたしらを殺させようとしたんじゃないですか――わたしとシルヴィーを！　なんて人間なんだ、あなたがたは！」

「われわれは何としてもカリーニンを守らねばならなかったのだ」ハーディはジェームズの非難をはねつけるように強い口調で言った。「どんな犠牲を払ってでもな。たとえわれわれの何人かを犠牲にしなければならなくてもだ」長官はジェームズを見た。その様子は口調とは裏腹にどこかぎごちなかった。「きみは消耗品なのだ。局では二年まえにきみに現役を退くようすすめた。きみは憎悪にとらわれており、しかもソ連側に正体をさらして顔を知られてしまっていたからだ。だがきみは拒否した。そういうきみを利用できるのは、こうした犠牲の見込まれる事件をおいてほかにはない。だから、ボーリユーで死んだあのふたりとともに、きみをこれに選んだのだ」

「しかし、スヴォーロフの亡命――あれはどういうふうに工作したんです？」

「正確には、彼は亡命したわけではない」ハーディはようやく笑みをうかべ、足元の割れた白い巻貝を蹴った。「きみの電話のせいであああいうことになったのだ。秘密文書の謎が解けたといって、きみがわたしにかけてきた脅迫電話だ。あのときはわれわれもあわてた。きみがほんとうに文書を新聞社に送るのではないかと思ったからだ。あの偽造文書が効力を発揮するのは、スヴォーロフがその存在を知らず、内容の信憑性《しんぴょうせい》を否定できない場合にかぎられるのだ。その場合にかぎり、あれを見たアンドロポフがスヴォーロフを逮捕し、裁判にかけ、二十四時間以内に銃殺するということが期待できたのだ。スヴォーロフはまちがいなく、反論することも許されずに処刑されていたにちがいない。だがもしあの文書が新聞に載ったら、その信憑性がたちまち問題になる。数時間のうちにスヴォーロフは反証をあげ、名誉を回復して、さらに疑惑をカリーニンに振り向けるかもしれん。したがって、われわれには選択の余地がなかった。偽造文書が公《おおやけ》になるまえに、スヴォーロフをソ連からおびき出すよりほかなかったのだ」

「ああ、スヴォーロフは亡命したのではない」長官のあとをうけて、オーエンが、葉巻の吸いさしを地面に投げすてながら言った。吸いさしは砂の上で螢のように淡い光を放っていた。「イスタンブールへ送られるようにわれわれが工作したんだ。そして市内をあちこちまわらせ、すきをみてさらってきたのだ。なかなかあざやかな作戦だったといえるのではないかな」

ジェームズは硬い表情を変えずにうなずいた。「なるほど。モスクワではだれもが、スヴォーロフは亡命したものと思いこんだ。したがって、ずっと捜していた西側のモールはスヴォーロフにちがいないと。で、アンドロポフは彼の粛清を命じ、そしてオーエン次官、あなたは彼がボーリユーにいることをKGBに手まわしよく知らせた。それからもちろん警護員が十五分間いなくなるようにも手配した」

「ところが、そこへきみが勇ましくとびこんできて――」オーエンも負けてはいなかった。

「われわれの苦心の工作をぶちこわしにしてくれたのだ」

ジェームズの脳裡に、ボーリユーの襲撃の夜のイメージが鮮明によみがえる。襲撃の始まる数分まえに初めて眼にしたスヴォーロフの、一点を凝視するどんよりとした眸《ひとみ》。彼はひざの上に本を一冊ひらいていたが、読んではいなかった。当然である。スヴォーロフはあそこに意志に反して拘禁されていたのだ。たぶん薬を使われていたにちがいない。もう一つのイメージがひらめく。ドロレス荘の正面の芝生。ふらふらと立ちあがったスヴォーロフは、カリーニンがやってくるのを見て、そのほうに足を一歩踏み出した。救助に来たものと思ったにちがいない。だがそのあと、カリーニンが彼に向かって発砲すると、スヴォーロフは何か言った。何と言ったのだったか？　〝カリーニン……プレダーチェリ……〟

「〝プレダーチェリ〟というロシア語はどういう意味ですか――英語でいうと？」ジェームズはきいた。

ハーディは肩をすぼめた。「ロシア語がわかるのはオーエンだ。わたしはだめだ。そのロシア語が何か？」

「〝裏切り者〟という意味だ」オーエンが答えた。「どう、疑問は解消したかね？」

ジェームズはうなずいた。つまり、スヴォーロフは最後に反逆者カリーニンに対する決定的な証拠をつかんだのだが、つかんだときはすでに遅すぎたのだ。しかし、まだ何かすっきりしない点があった。

「それほどスヴォーロフがじゃまだったのなら、ドロレス荘で重傷を負って倒れてるのを見つけたときに、どうして片づけてしまわなかったんです？」ジェームズはきいた。「それがいちばん簡単だったんじゃないですか？」

ハーディは、できの悪い生徒をまえにした教師のようにジェームズを見た。「そのくらいのことがわからんのか、ジェームズ？　まず第一に、スヴォーロフはKGBに殺させねばならなかった――最期を連中に見とどけさせねばな。それがカリーニンのいちばんの安全保障となるからだ。第二に、これはCIA内においてもほとんどの局員が知らない極秘工作なのだ。実際、各部の幹部《トップ》でもこのほんとうの筋書を知っている者はほとんどいない。パンドラがスヴォーロフではなくカリーニンだということをみな依然知らずにいるのだ。つまりこれは、局内に対してもカムフラージュをほどこした工作で、ほんの一握《ひとにぎ》りの人間によって進められたものなのだよ。事実を知ってるのはこのオーエン、わたし、それに作戦本部の数人だけだ。きみの直接の上司のロジャー・タフトも、何がおこなわれているのか感づいてもおらん。ジェフ・クロフォードにしても、あの気取り屋のハーバート・クランツにしても然り。カリーニンは何としてもいまのままでモスクワに残しておかねばならない。そのためには、こういう形をとるしかなかったのだ。局全体であたって、みんなが秘密工作の成功を自慢するようなことになったら、あすにも第二のフィリップ・エイジーが本を物して、アンドロポフがカリーニンを生きたまま赤の広場で火あぶりにするだろうからな」

「フォックスバットを送ってきたのは、当然カリーニンのアイデアですね？」

「ああ、あれはまさに乾坤一擲《けんこんいってき》、すばらしいアイデアだったな。きみのすばらしい妨害行動のおかげでスヴォーロフが命をとりとめ、われわれがいま言ったような理由でしかたなく急遽《きゅうきょ》彼をだれも知らぬ場所にかくすと、ソ連としてはなんとか裏切り者を表に引きずり出さなければならなくなった。そこでカリーニンは、ミグ25をパイロットとともに犠牲にするように上層部を説得したのだ。ちなみに、あのパイロットはむろん高度な訓練を受けたKGBのエージェントだった」

「まったくあれは完璧な一手だった」オーエンが相槌《あいづち》をうった。「SALT会議を二週間後にひかえてるわれわれのもとに、ミグ25のパイロットが重大な情報をもたらす。当然こちらとしてはすぐさま彼をスヴォーロフと対決させなくてはならない。どう考えてもそれ以外に手はないからな。そこでわれわれはさっそく、サン・ファンの海軍病院にいたスヴォーロフをここに移したというわけだ」

ジェームズはうなずいた。「暗殺チームはキューバから来たんでしょうな」

三人は建物に達した。死体をはさみ、突然、ジェームズには、自分たちの会話がひどく非現実的なものに思われた。死体をはさみ、拳銃をつきつけた形で始まったそれは、彼に情け容赦なく死への道を歩ませた男たちとの対決となり、さらにいまはスパイ戦争の三人の専門家同士のなごやかな討論という格好となっていた。彼はおもわずブルッと身をふるわせた。新しい葉巻に火をつけたオーエンが言った。「今夜の夕食の最中に、一枚のメモがスヴォーロフの手にまわった。脱出の手はずはすべてととのった、ソ連の特殊工作班が桟橋から彼を救出する、というメモだ」

「スヴォーロフはそれを信じたんですか?」ジェームズは疑わしそうにきいた。

「彼としては信じるしかなかったんじゃないか?」ハーディが冷酷な笑みをうかべた。

「われわれの思いどおりに動いてくれたよ。ま、生々流転は世の常だ、ジェームズ。あとは見たとおりだ」

三人は黙りこんだ。パイソンのグリップがジェームズの手のなかで湿っていた。「つまり、すべて作り事だったというわけですか」

「そのとおり」オーエンが誇らしげに言った。「それがまんまと見事に成功したのだ。パンドラは無事にモスクワに残り、アキレスは死んで消滅した。ただ、一つだけ気がかりだったのは、土壇場できみがまた舞台に躍りこんできて、何もかもだいなしにするのではないかということだった」

「だから、きみを脅迫して近づけまいとしたのだよ」ハーディが、またジェームズの視線を避けて言った。「オーエンがきみのファイルを検討して、きみがいちばんこたえることで脅すことにした。きみをくいとめるにはそれしかないと思ったのだ。その結果があの脅迫電話というわけだ」

ジェームズは歯をくいしばった。「あなたがたはたしかにおそろしく頭がいいのかもしれない。しかし人間じゃない。あなたがたは人の心を持たない、血も涙もない……」

「やめてくれ、ジェームズ」ハーディがきり返した。「わたしはきみの人間論を聞くためにここに来たんじゃない。われわれはテレビ討論会をやってるんじゃないんだ。それよりきみは、無事にこの事件を切り抜けられたことを神に感謝することだ。それからきみのガールフレンドも無事だから、それもな」

「どこにいるんです?」ふいにこみあげてくるものでジェームズののどはつまり、声がうわずった。

「元気でいるよ」ハーディが言った。「だが今後はきみの沈黙が彼女の安全を保証することになる。きみは自分の命は惜しくないだろうが、彼女は死なせたくないはずだ。つまり、きみが沈黙を守るかぎり、彼女は無事でいられるということだ。今後きみはパンドラのことはいっさい口外してはならない。もししたら、われわれは彼女がどこにいようと捜し出し、頭をぶち抜く。どうだ、わかったかな?」

ジェームズはハーディを無視した。「シルヴィーはどこにいるんです?」語気鋭くくり返すと、オーエンの上着の襟をつかんだ。

オーエンとハーディは視線をかわした。「落ち着くんだ」オーエンが強い口調で言った。「熱くなるな」作戦担当次官は南を指さした。「この浜辺を一マイルほど行ったところに小さな家がある。彼女は火曜日からそこにいる」

ジェームズはオーエンを放した。オーエンは上着のしわをのばし、ことさら落ち着きはらった態度で時計に眼をやった。「護衛はもうひきはらってるはずだ。午前一時に立ち去るように指示しといたからな。それまでにはすべて片がつくと思ったのでな」

ジェームズはパイソンをふたりの足もとに投げすて、「よかったら使ってください」と言うと、きびすを返して砂浜を走りはじめた。

「気に入ったら二、三日滞在してもいいぞ!」ハーディがジェームズの背中に向かってどなった。「そこにはたっぷり酒が用意してあるからな」

きこえたのかきこえなかったのか、ジェームズは振り返りもしなかった。かってにしろというように肩をすくめると、ハーディはずっしりと重いパイソンをひろいあげ、砂をぬぐってポケットにすべりこませた。「クビにしますか？」オーエンがきいた。「早めに年金か何かを与えて」

ハーディはちらっと皮肉な笑みをうかべて、建物に向かった。「そうはいかんだろう。あれは一応こんどの事件のヒーローということになるからな。ながーい休暇をやって頭が冷えるのを待つんだ。そのうちまたああいうのが役に立つ日が来ないともかぎらんだろう」

ウロヤン山脈の頂が夜明けの淡い黄色い光に染まりはじめる頃、白い背の低い家が見えてきた。ジェームズはいよいよ速く走りだした。あたりは不思議なほど穏やかに静まりかえっていた。まわりにはいそしぎが二、三羽砂浜をつつき、一《ひと》つがいのつぐみがチューリップノキにとまってさえずっているだけで、この、さながら魔法の国にでも踏みこんだような平和な楽園には、ほかにだれひとりいないように思えた。

だがそのとき、軀の倍もあるような大きなコートに身をつつみ、海のほうを見ながら砂浜を歩むほっそりと背の高い人影が、ジェームズの眼にうつった。寄せる波が素足にはじけ、長い髪が朝の風にやさしく舞っている。ジェームズは声をあげることができなかった。

心臓がいまにもとびだしそうに高鳴っていた。彼はただ立ちどまり、新しい一日がゆっくり明けていくあいだ、じっと彼女を見守った。

と、シルヴィーが向きを変えた。ジェームズを認める。そしてそのまま立ちつくした。

解説

コラムニスト
香山二三郎

映画の都ハリウッドを傘下に収めるユダヤ資本。その若手世代のトップのひとりにスティーヴン・スピルバーグがいる。ご存知の通り、スピルバーグはSFや恐竜映画ばかり作っているわけではなく、『シンドラーのリスト』のようなユダヤ人の悲劇をテーマにした重厚な作品も手掛けている。二〇〇五年製作の『ミュンヘン』もそうした一本だ。一九七二年、ミュンヘン五輪開催中にパレスチナ・ゲリラ〝黒い九月〟が選手村を襲撃、イスラエル選手団の十一名を殺害した。『ミュンヘン』はこのテロ事件に材を取った作品で、事件後イスラエル政府が暗殺チームを組織して〝黒い九月〟幹部への復讐に乗り出すという話。パレスチナ・ゲリラ側にも目配りした演出ゆえユダヤ系の保守派からは批判も受けることになったが、ユダヤ民族にまつわる独自のドラマ作りに挑むスピルバーグの姿勢は充分瞠目《どうもく》に値しよう。

さてそのスピルバーグのおかげで、冒険・スパイ小説ファンにはお馴染みの名前との再会がかなった。「『ミュンヘン』の背景を描いた真実のドラマ」と帯に謳《うた》われたノンフィクション『ミュンヘン――オリンピック・テロ事件の黒幕を追え』（ハヤカワ文庫）の著者のひとり、マイケル・バー゠ゾウハーその人である。

バー゠ゾウハーは一九七〇年代から九〇年代にかけて、スパイ小説、国際謀略小説のジャンルに数々の傑作を残したが、そのデビュー小説『過去からの狙撃者』（一九七三）が翻訳刊行されたのは一九七八年一月のことであった。発表から五年近くたっての紹介だが、その後、七八年八月に長篇第二作『二度死んだ男』（一九七五）、八〇年九月に第三作『エニグマ奇襲指令』（一九七八）が翻訳され、徐々に日本の読者もつかんでいった。一作目と二作目は米ソの冷戦を背景にしたスパイ活劇で、アメリカCIA作戦部のスーパーエージェント、ジェフ・ソーンダーズが主人公を演じる。三作目の『エニグマ奇襲指令』はしかし、第二次大戦を背景にナチスが開発した暗号機の奪取作戦の顚末を描いた戦時活劇に一転。リアルな歴史小説の妙も取り込んだこの作品で著者は新境地をひらいた。

かくてブレイクを果たしたバー゠ゾウハーが満を持して発表したのが、長篇第四作の本書『パンドラ抹殺文書』（一九八〇）である。翻訳も原著から間を置かず、一九八一年六月に刊行され好評を博した。冷戦下の米ソ諜報戦ものに再び作風を戻しているが、『過去からの狙撃者』『二度死んだ男』のようなスーパーエージェントものではなく、スパイ小説と国際謀略小説をまじえたシリアスなサスペンスに仕立てられている。

物語は、モスクワでアメリカの女性情報部員が機密物の受け渡しに失敗、そこからKG

B高官に潜入スパイがいることを察知されてしまう。共産党書記長レオニード・ブレジネフはKGB議長ユーリ・アンドロポフにスパイの逮捕を命じるが、いっぽうアメリカのCIA長官ウィリアム・ハーディも、くだんのスパイ「パンドラ」からKGBの幹部「アキレス」に正体を勘づかれたらしいことを知らされ、大統領に救済策を具申していた。そこまでがプロローグで、本篇はロンドンの公立記録保管所から幕を開ける。大学院生のリチャード・ホールは閲覧した歴史文書から一九一〇年にイギリス諜報局長官が国王に宛てた機密文書を発見、家に持ち帰ってしまう。だがそれはパンドラの秘密の鍵を握る文書だった。やがてホールはふたり組の男に殺され、現場から文書を持ち去った彼のフランス人の恋人シルヴィー・ド・セリニーが男たちに追われる羽目になる。

もちろん男たちというのはKGBの手先。前半はシルヴィーとそのKGBの刺客たちとの追跡劇がメインになるが、若い読者には一九七〇年代末の時代背景をざっと説明しておいたほうがいいかもしれない。まずソ連からいくと、ブレジネフやアンドロポフは実在の人物で、冒険・スパイ小説ジャンルではすでにお馴染みの名前。キューバ危機をめぐるジョン・F・ケネディとの攻防で知られるニキータ・フルシチョフの失脚後、一九六四年に書記長の座を継いだブレジネフはその後十八年間にわたって権力の座を守る。その時代は、ソ連政治指導部のデタント政策と、軍事的対決を至上とする保守派・軍部との内部抗争を核として、KGBが仕掛けてCIAが応戦するという国際謀略スパイ小説の

〝宝庫〟のような感があり、いかにもアメリカと世界の覇権を争う二大国家の一つに見える。

だが、ブレジネフが「現存社会主義国家」と豪語したソ連は〝張り子の虎〟であり、実は国内的には「停滞の時代」といわれているほど、この時代はあらゆる面にわたって進歩への信仰が崩壊していった時代だった。（井家上隆幸『20世紀冒険小説読本海外篇』早川書房）

アンドロポフはそのブレジネフ亡き後、一九八二年に書記長に就任するものの、十五カ月後に死去。ソ連も七九年に軍事介入したアフガニスタン紛争を経て、改革の挫折から崩壊への途をたどることになる。本書でもブレジネフとアンドロポフのやり取りから内部抗争の一端がうかがえるが、パンドラをめぐる攻防はまさにソ連の斜陽を物語る謀略劇ともいえようか。

いっぽうのアメリカはというと、一九七二年に起きた大統領リチャード・ニクソンの命による盗聴事件――ウォーターゲート事件以後、CIAの受難が続いていた。内外での秘密工作がやり玉に上げられたあげく、七七年に政権に就いた民主党のジミー・カーターには大規模な粛清――人員削減を食らった。本書でアキレス抹殺を提案するハーディに対し、「いったいいまの世の中をどう考えているのだ？」と説教する大統領の造型もカーターのキャラに則《のっと》っていよう。八〇年代に入り、共和党のロナルド・レーガン政権下でいったんその立て直しが計られるものの、民主党のクリントン政権は再びスパイ活動等人的諜報を軽視、後の共和党ブッシュ政権でもさして改善されないまま二〇〇一年の九・一一テロへとつながっていくことになる。

そうした米ソの動向が浮き彫りにされている点もさることながら、本書の面白さとなると、やはりシルヴィーの逃亡劇に途中から参加、パンドラ文書の秘密を明かし、その存在を死守しようと図る主人公ジェームズ・ブラッドリーの活躍ぶりと米ソ上層部がめぐらすコンゲーム（騙《だま》し合い）の行方に尽きようか。いいかえれば、先を読ませない物語展開の妙。

読者はただそのスピーディかつスリリングなストーリーテリングに乗っかっていくだけでいいが、著者は物語の細部や人物造型にも独自の工夫を凝らしているので、読み過ごされぬように。後半のクラマックス、窮地に立たされたソ連が画策するミグ25の亡命事件はその典型例で、これが一九七六年九月に函館で起きた現実の事件に材を取っていることは改めて指摘するまでもないだろう。

また、第一部でシルヴィーが親友のジェニファーと落ち合う場所を決めるくだり。ジェニファーは自ら〈オカルト・ロンドン社〉を起こし、様々なツアーを主催しているが、それが追跡劇にも活かされることになる。著者はシリアスな人狩り劇にロンドンの名物ツアーをさりげなく織りこんでみせるわけだが、実は本書の舞台背景は、モスクワからロンドン、ケンブリッジ、イスタンブール、ニース、プエルトリコ等、めまぐるしく変わっていく。その舞台選びからしてトラベルミステリの要素も少なからずあるのだ。

さらにブラッドリーはKGBに家族を殺され、IRA（アイルランド共和国軍）闘士であるシルヴィーの恋人はテロの最中、命を落としている。つまりブラッドリーもシルヴィーも家族や恋人を失っていて、ふたりともそのトラウマから立ち直りきれていなかったりする。それがふたりの恋愛劇を盛り上げる要因にもなるのだが、もう一点、ふたりの父親が悲劇的な最期を遂げている点にもご注目。それもナチス相手の戦争や血腥《ちなまぐさ》い政治抗争の犠牲者なのだ。著者がイスラエルの作家であることはつとに知られているが、もともとジャーナリスト出身で中東戦争に従軍するなど実戦体験もあり、後に国防省の報道官や国会議員まで務めている。スピルバーグと同様、ユダヤ人としてのこだわりや主張がその作品世界に色濃く投影されていることは論をまたないが、ふたりの家族に暝《くら》い過去を背負わせたり、ブラッドリーに復讐者の顔を持たせているのもそうしたルーツに因《よ》ろう。

後遺症という意味では、〝ジェームズの書〟に記された「百年スパイ」というアイデアからも同じようなモチーフがうかがえる。欧米のスパイ劇はかくも根が深いのだ。

なお、本書は週刊文春の一九八一年度「傑作ミステリーベスト10」の第六位に選出されている。当時のミステリーベスト10は内外の作品から十作選ばれており、翻訳作品としてはジョージ・スマイリー三部作の掉尾《とうび》を飾るジョン・ル・カレ『スマイリーと仲間たち』を抑えての第二位だ。けだしマイケル・バー＝ゾウハーの初期の傑作であると同時に、代表作のひとつというべきだろう。冷戦の時代が終わり、経済主導、犯罪主導の混迷の時代を迎えた今も、冒険・スパイ小説ファンには読み逃せない一冊なのである。

二〇〇六年二月

本書は、一九八一年六月にハヤカワ文庫NVより
刊行された作品の新装版です。

訳者略歴　1932年生，青山学院大学英文科卒，2007年没，英米文学翻訳家　訳書『狙撃』『終極の標的』ポロック，『ハシシーユン暗殺集団』ベル（以上早川書房刊）他多数

HM=Hayakawa Mystery
SF=Science Fiction
JA=Japanese Author
NV=Novel
NF=Nonfiction
FT=Fantasy

パンドラ抹殺文書《まつさつぶんしょ》

〈NV1112〉

二〇〇六年三月三十一日　発行
二〇一二年九月　十五　日　二刷

（定価はカバーに表示してあります）

著者　マイケル・バー＝ゾウハー
訳者　広《ひろ》瀬《せ》順《まさ》弘《ひろ》
発行者　早川　浩
発行所　株式会社早川書房

郵便番号　一〇一‐〇〇四六
東京都千代田区神田多町二ノ二
電話　〇三‐三二五二‐三一一一（大代表）
振替　〇〇一六〇‐三‐四七七九九
http://www.hayakawa-online.co.jp

乱丁・落丁本は小社制作部宛お送り下さい。送料小社負担にてお取りかえいたします。

印刷・株式会社精興社　製本・株式会社フォーネット社
Printed and bound in Japan
ISBN978-4-15-041112-1 C0197

本書は活字が大きく読みやすい〈トールサイズ〉です。